Memórias de Sherlock Holmes

COLEÇÃO A OBRA-PRIMA DE CADA AUTOR

Memórias de Sherlock Holmes

Sir Arthur Conan Doyle

Texto integral

Tradução e notas
Alda Porto

A ortografia deste livro foi atualizada segundo o
Acordo Ortográfico da Língua Portuguesa (1990),
que passou a vigorar em 2009.

MARTIN CLARET

© *Copyright* desta tradução: Editora Martin Claret Ltda., 2013.
Título original: *The Memoirs of Sherlock Holmes* (1894)

Direção	Martin Claret
Produção editorial	Carolina Marani Lima
	Felipe Leão Esteves
	Flávia P. Silva
	Marcelo Maia Torres
Diagramação	Gabriele Caldas Fernandes
	Giovana Gatti Leonardo
Direção de arte e capa	José Duarte T. de Castro
Ilustração de capa	Getulio Delphim
Tradução e notas	Alda Porto
Revisão	Michele Paiva
	Claudia Lins
	Maria Silvia Mourão Netto
Impressão e acabamento	Renovagraf

Dados Internacionais de Catalogação na Publicação (CIP)
(Câmara Brasileira do Livro, SP, Brasil)

Doyle, Arthur Conan, Sir, 1859-1930
  Memórias de Sherlock Holmes / Sir Arthur Conan Doyle;
tradução Alda Porto. – São Paulo: Martin Claret, 2013. (Coleção
a obra-prima de cada autor; 214).

Título original: The Memoirs of Sherlock Holmes
"Texto integral"
ISBN 978-85-7232-928-6

1. Ficção policial e de mistério (Literatura inglesa) I. Título.
II. Série.

12-15312   CDD-823.0872

Índices para catálogo sistemático:

1. Ficção policial e de mistério: Literatura inglesa   823.0872

EDITORA MARTIN CLARET LTDA.
Rua Alegrete, 62 – Bairro Sumaré – 01254-010 – São Paulo, SP
Tel.: (11) 3672-8144
www.martinclaret.com.br
5ª reimpressão – 2018

Sumário

Prefácio 7

Memórias de Sherlock Holmes

Aventura I - Esplendor de Prata 13
Aventura II - O rosto amarelo 43
Aventura III - O corretor da Bolsa de Valores 63
Aventura IV - O *Gloria Scott* 83
Aventura V - O ritual Musgrave 105
Aventura VI - O enigma de Reigate 127
Aventura VII - O estropiado 149
Aventura VIII - O paciente residente 169
Aventura IX - O intérprete grego 189
Aventura X - O tratado naval 209
Aventura XI - O problema final 247

Apêndice

Complemento de leitura 269
Sobre a tradutora 273

Prefácio
Um detetive quase real

Nascido em Edimburgo, na Escócia, em 1859, Arthur Ignatius Conan Doyle mais tarde seria popularmente conhecido por Sir Arthur Conan Doyle (receberia o título de Sir do Império Britânico em 1902). Doyle é um daqueles casos na cultura popular em que a criatura, Sherlock Holmes, torna-se de tal forma grandiosa, influente e imagética que acaba por deixar o criador à sua sombra, chegando ao ponto de os devotos de sua obra confabularem que ambos vivem num mesmo mundo ou que ambos, autor e personagem, transcendem os limites estabelecidos da ficção com o mundo factual, criando um amálgama desses mundos, fazendo supor que Doyle é um velho amigo de Sherlock Holmes, e, como tal, testemunha e companheiro do detetive em suas aventuras.

Como demonstrado, é quase impossível dissociar o indivíduo Doyle de seu personagem mais famoso. Elementar? Nem tanto assim, se partirmos do pressuposto que Doyle teve uma longa jornada até o ano de 1887, quando publica na revista *Beeton's Christmas Annual* a obra *Estudo em vermelho* (no original, *Study in Scarlet*), em que Sherlock Holmes aparece pela primeira vez. O seu detetive foi esboçado muito tempo antes, especialmente nas suas horas vagas no exercício da medicina, quando o escritor também desfrutava de um de seus grandes prazeres: a leitura. Sherlock Holmes foi planejado e desenvolvido tendo-se como parâmetro outro icônico detetive da literatura, o grande C. Auguste Dupin, do conto *Assassinatos da Rua Morgue*, de Edgar Allan Poe, considerado por muitos estudiosos e críticos o primeiro detetive da história da ficção; além de pioneiros da ficção policial – além do próprio Poe –, como o escritor francês Émile Gaboriau, com o seu detetive Monsieur Lecoq e, sobretudo, de Joseph Bell, seu professor na Universidade de

Edimburgo. A habilidade dedutiva e de análise, Holmes teria recebido deste último, pois esses anos de convivência com o Dr. Bell marcaram no futuro escritor as características peculiares que mais tarde seriam transportadas ao seu personagem de silogismos indutivos infalíveis.

Esse afluxo de imagens e símbolos irá compor a arguta "personalidade" residente no 221B de Baker Street, no distrito de Westminster, em Londres; imbuída de um senso lógico, sereno, de perfil curvado, contornado pelo manto; e tipificado por meio da boina de caçador que lhe universaliza o perfil, além do cachimbo de calabaça que lhe denota um superior ar de reserva. Essa é a imagem disseminada e inserida na cultura de massa, nos mais distintos campos de expressão e representação sociais, um arquétipo apurado e integrante do inconsciente coletivo.

Esmiuçar a proeminente obra de Sir Arthur Conan Doyle é um bom exercício, e dos mais saudáveis que se pode ter no campo da leitura. Embrenhar-se nos simbólicos e figurativos meandros dos pensamentos do detetive Sherlock Holmes representa o que há de melhor, em termos práticos, no âmbito ficcional, e o que esse mundo imaginativo pode oferecer para as nossas mentes; muitas vezes necessitadas do senso efusivo de dissolução e esclarecedor de Holmes, para trazê-lo à realidade de nossos dias. Entretanto, o verdadeiro perfil tensional do personagem fica a cargo do leitor, por mais descritivo e figurativo que este possa ser, e por mais variadas que sejam as performances e o desempenho do signo do personagem em nossa cultura. Cada um de nós possui um Sherlock Holmes particular, só nosso, que se despoja da relação das figurações e estereótipos.Na verdade, talvez não tenhamos um Sherlock Holmes, mas sejamos o próprio Sherlock Holmes, pois chegamos ao ponto de coadunarmos com o texto de Doyle de tal maneira que passamos a ser nós mesmos quem maquinamos a exuberância dos silogismos de uma matemática simples e pura do pensamento lógico: queríamos que fossem nossos os argumentos de Holmes na solução dos mais incríveis dos mistérios, argumentos de que tanto precisamos para equacionar os nossos dias e, ao final

de cada um deles, seguirmos o protocolo litúrgico de deitarmo-
-nos para descansar sabendo que as nossas problemáticas
particulares fora bem decifradas, ainda que a solução de um
problema seja a profecia de novos mistérios e enigmas. Mas
não será a vida um compêndio sobre o mais genuíno mistério?
O genuíno mistério é mais um joguete para Sherlock Holmes.

Memórias de
Sherlock Holmes

Aventura I
Esplendor de Prata

— Receio, Watson, que terei de partir – disse Holmes certa manhã ao nos sentarmos para o desjejum.
— Partir! Para onde?
— Para Dartmoor; King's Pyland.

Não me surpreendi. De fato, minha única surpresa era que ele ainda não houvesse se envolvido nesse caso extraordinário, o qual consistia no tema único de conversa de um extremo a outro da Inglaterra. Durante o dia inteiro, meu companheiro perambulara pela sala com o queixo no peito e as sobrancelhas franzidas, sem parar de encher e reencher o cachimbo com o mais forte tabaco preto, e surdo por completo a todas as minhas perguntas e comentários. Nosso vendedor de jornais nos enviara as últimas edições, que ele só olhara de relance e depois jogara em um canto. No entanto, por mais calado que Holmes se mantivesse, eu sabia muito bem sobre o que ele ruminava. Apenas um problema apresentado ao público desafiava-lhe os talentos de análise, isto é, o extraordinário desaparecimento do favorito para as corridas da Copa Wessex, e o trágico assassinato do treinador do animal. Quando, portanto, ele anunciou, de repente, a intenção de partir para o cenário do drama, a notícia apenas correspondeu àquilo que eu ao mesmo tempo supunha e esperava.

— Ficaria muito feliz em acompanhá-lo até lá se não for atrapalhá-lo – disse eu.

— Meu caro Watson, você me fará um grande favor se for comigo. E acho que não desperdiçará seu tempo, pois algumas circunstâncias nesse caso prometem, sem dúvida, torná-lo único. Creio que dispomos de tempo apenas para pegar o trem em Paddington, e entrarei em mais detalhes sobre a questão durante a viagem. Ficaria muito grato se você levasse consigo seu excelente binóculo.

E foi assim que, mais ou menos uma hora depois, vi-me sentado no canto do compartimento de um vagão de primeira classe que rumava a toda velocidade para Exeter, enquanto Sherlock Holmes, com aquele rosto anguloso, ávido, emoldurado pelo chapéu de viagem com orelheiras, folheava rapidamente a pilha de jornais recentes que adquirira em Paddington. Havíamos deixado Reading bem para trás antes de meu amigo enfiar o último deles embaixo do banco e oferecer-me a cigarreira.

— Estamos deslocando-nos bem – disse ele ao olhar pela janela e conferir as horas no relógio de pulso. Nossa velocidade no momento é de mais de 85 quilômetros por hora.

— Não observei os postes que assinalam quatrocentos metros – comentei.

— Nem eu. Mas os postes telegráficos nesta linha têm quase sessenta metros de distância um do outro, e o cálculo é simples. Imagino que tenha examinado o caso do assassinato de John Straker e o desaparecimento do Esplendor de Prata.

— Vi o que publicaram no *Telegraph* e no *Chronicle*.

— Trata-se de um desses casos em que se deveria usar a arte do indivíduo lógico na análise cuidadosa de detalhes em vez da aquisição de novas provas. A tragédia foi tão fora do comum, tão completa, e de tamanha importância para tantas pessoas que sofremos de um excesso de suposições, conjecturas e hipóteses. A dificuldade é separar o sistema de referências do fato, do fato absoluto e inegável, dos ornamentos interpretativos de teóricos e repórteres. Então, após nos estabelecermos nessa base lógica, nossa obrigação consiste em ver que deduções se podem tirar e quais os pontos especiais em torno dos quais gravita todo o mistério. Na noite de terça-feira, recebi telegramas tanto do Coronel Ross, proprietário do cavalo, como do inspetor Gregory, responsável pela investigação do caso, e ambos me pediam cooperação.

— Terça-feira à noite! – exclamei. – E hoje é manhã de quinta-feira. Por que você não viajou ontem?

— Porque cometi um erro crasso, meu caro Watson, que receio não passar de uma ocorrência mais comum do que pensaria alguém que só me conhecesse pelas memórias escritas por você. O fato é que não julguei possível que o cavalo mais notável da Inglaterra pudesse permanecer tanto tempo escondido, sobretudo em um lugar tão pouco habitado como o norte de Dartmoor. Ontem, de hora em hora, eu esperava ouvir que o haviam encontrado e que o sequestrador do Esplendor de Prata assassinara John Straker. Quando, porém, chegou outra manhã e descobri que, além da prisão do jovem Fitzroy Simpson, não se fizera nada, senti que era hora de me colocar em ação. No entanto, em certos aspectos, creio que ontem não foi um dia desperdiçado.

— Então, formou uma teoria?

— Pelo menos entendi os fatos essenciais do caso. Vou enumerá-los a você, porque nada esclarece tanto uma questão quanto apresentá-la a outra pessoa, e dificilmente conseguirei a sua cooperação se não lhe mostrar a situação da qual partimos.

Recostei-me nas almofadas, ao mesmo tempo em que baforava no charuto, enquanto Holmes, após curvar-se para frente, assinalava com o longo e fino indicador os pontos na palma da mão esquerda e me oferecia um resumo dos fatos que haviam motivado a viagem.

— O Esplendor de Prata – disse – é da linhagem de Isomomy,[1] e mantém um recorde tão brilhante quanto seu famoso ancestral. Tem 5 anos agora e arrebatou cada um dos prêmios do turfe para o Coronel Ross, seu afortunado proprietário. Até o momento da catástrofe, era o favorito da Copa Wessex; as apostas eram de três a um para ele. O cavalo sempre foi, contudo, o favorito entre os aficionados de corrida, e nunca os decepcionou, tanto que, mesmo com essas probabilidades iniciais, têm-se apostado enormes

---

[1] Sherlock Holmes começa sua narrativa para Watson com a seguinte frase da revista *Strand*: "O Esplendor de Prata é da estirpe Isonomy, e mantém um recorde tão brilhante quanto seu famoso ancestral". Isonomy era um cavalo muito famoso na época, na Grã-Bretanha, mas os editores americanos, por não entenderem a ligação, usaram o nome Somomy.

somas nele. Em consequência, torna-se óbvio que muitas pessoas tivessem imenso interesse em evitar a presença do Esplendor de Prata ao sinal da largada na próxima terça-feira. Por certo, avaliou-se o fato em King's Pyland, onde se localiza o haras de treinamento do coronel. Tomaram-se todas as precauções para proteger o favorito. O treinador, John Straker, é um jóquei aposentado, que corria com as cores do Coronel Ross antes de o excessivo peso impedi-lo de subir na balança. Serviu ao coronel durante cinco anos como jóquei e sete como treinador, sempre se mostrando um empregado zeloso e honesto. Tinha sob suas ordens três rapazes, pois o estábulo era pequeno e acomodava apenas quatro cavalos ao todo. Um desses rapazes vigiava o favorito todas as noites no estábulo, enquanto os outros dormiam no sótão. Todos os três exibiam excelentes personalidades. Casado, John Straker morava em uma pequena casa de campo a uns duzentos metros do haras. Não tinha filhos, mantinha uma empregada e levava uma vida confortável. Embora o campo ao redor seja muito solitário, a cerca de oitocentos metros ao norte há uma pequena aglomeração de moradias, construídas por um empreiteiro de Tavistock, para alojar inválidos e outros que queiram desfrutar o ar puro de Dartmoor. A própria cidade de Tavistock situa-se a pouco mais de três quilômetros a oeste, enquanto na charneca defronte, também a pouco mais de três quilômetros, estende-se o haras maior de treinamento, Mapleton, de propriedade de Lorde Backwater, administrado por Silas Brown. Em todos os demais lados, a charneca é um completo deserto, habitado apenas por alguns ciganos errantes. Essa era a situação geral na noite da última segunda-feira, quando ocorreu a catástrofe.

Naquela tarde, haviam-se exercitado e dado de beber aos cavalos, como de hábito, e trancado os estábulos às 21h. Dois dos rapazes seguiram a pé até a casa do treinador, onde jantaram na cozinha, enquanto o terceiro, Ned Hunter, permaneceu de vigia. Poucos minutos depois das 21h, a criada Edith Baxter levou-lhe o jantar ao estábulo: um prato de carneiro condimentado com *curry*. Não levou nenhum líquido porque havia uma torneira no estábulo, e a regra era que o rapaz de serviço não bebesse nada além de água. A criada trazia uma lanterna consigo porque estava muito escuro e o caminho atravessava a charneca descampada.

Edith Baxter se encontrava a uns trinta metros do estábulo quando surgiu um homem da escuridão e lhe gritou que parasse. Assim que ele chegou ao círculo de luz amarela projetado pela lanterna, ela viu que era uma pessoa de aparência cavalheiresca, vestida com um terno de *tweed* cinza e um chapéu de tecido. Calçava polainas e portava uma pesada bengala rematada com um castão. Ficou muito impressionada, porém, com a extrema palidez do rosto e o nervosismo da atitude dele. Achou que deveria ter mais ou menos trinta anos.

— Pode dizer-me onde estou? – perguntou. – Eu quase me decidira dormir na charneca, quando vi a luz de sua lanterna.

— O senhor está perto dos estábulos de treinamento de King's Pyland – informou ela.

— Ah, é mesmo? Que golpe de sorte! – exclamou. – Soube que um cavalariço dorme ali sozinho todas as noites. Talvez esse seja o jantar que você leva para ele. Ora, tenho certeza de que não será orgulhosa demais para aceitar a quantia de um vestido novo, não é? – tirou uma folha de papel branco dobrado do bolso do colete. — Cuide para que o rapaz receba isto hoje à noite, e terá o mais bonito vestido que o dinheiro pode comprar.

Ela se assustou com a veemência da atitude dele, desviou-se e correu até a janela pela qual entregava as refeições. Encontrou-a já aberta e Hunter sentado à pequena mesa ali dentro. Começara a relatar-lhe o que acontecera, quando o estranho tornou a aparecer.

— Boa noite – disse ele, ao olhar pela janela. – Eu queria trocar uma palavra com você.

A moça jurou que, enquanto ele falava, notou projetar-se da mão fechada o canto do pacotinho de papel branco.

— Que o traz aqui? – perguntou o rapaz.

— Trata-se de um negócio que talvez lhe ponha algo no bolso – respondeu o outro. — Você tem aí dois cavalos que disputarão na Copa Wessex: Esplendor de Prata e Bayard.

Dê-me a dica correta, e não terá nada a perder. É verdade que, no peso certo, Bayard consegue dar ao outro cem metros de vantagem na corrida de mil metros, e que o haras apostou muito dinheiro nele?

— Então o senhor é um desses malditos sujeitos que vendem informações na hora das apostas! – gritou o rapaz.

– Eu lhe mostrarei como os recebemos em King's Pyland.

Levantou-se de um salto e atravessou disparado o estábulo para soltar o cachorro. A moça fugiu de volta para a casa, mas, enquanto corria, olhou para trás e viu que o estranho se apoiava na janela. Um minuto depois, contudo, quando Hunter se precipitou estábulo afora com o cão de caça, o homem desaparecera, e, apesar de o rapaz percorrer todo o entorno dos prédios, não encontrou nenhum vestígio dele.

— Um momento! – pedi. – O cavalariço, quando saiu correndo do estábulo com o cachorro, deixou a porta aberta?

— Excelente, Watson, excelente! – murmurou meu companheiro. – O detalhe pareceu-me tão importante que enviei ontem um telegrama especial a Dartmoor para esclarecer a questão. O rapaz trancou a porta antes de sair. A janela, permita-me acrescentar, não era grande o bastante para que um homem a pudesse transpor.

Hunter esperou os colegas cavalariços voltarem para enviar um mensageiro ao treinador e contar-lhe o que acontecera. Straker ficou nervoso ao ouvir o relato, embora pareça não se ter dado conta de sua verdadeira importância. Deixou-o, porém, vagamente apreensivo, e a Sra. Straker, quando acordou à uma hora da manhã, encontrou-o ainda vestido. Em resposta às perguntas da mulher, ele disse que não conseguia dormir por causa da ansiedade em relação aos cavalos e que ia até a cavalariça verificar se estava tudo bem. Ela rogou-lhe que permanecesse em casa, pois ouvia o ruído da chuva na janela, mas, apesar de suas súplicas, o treinador vestiu a grande capa de chuva e saiu de casa.

A Sra. Straker acordou às 7h e constatou que o marido ainda não retornara. Vestiu-se às pressas, chamou a criada, e as duas encaminharam-se para o estábulo. Encontraram a porta aberta; dentro, enroscado em uma cadeira, viram Hunter afundado em um estado de absoluto estupor, a baia do favorito vazia, e nenhum sinal do treinador.

Elas logo despertaram os dois rapazes, que dormiam no sótão acima da sala dos arreios, onde se cortava a palha para alimentar os cavalos. Eles não ouviram nada durante a noite, pois tinham um sono pesado. Via-se com clareza que Hunter se achava sob o efeito de alguma poderosa droga e, como não conseguiram extrair-lhe algo que fizesse sentido, deixaram-no restabelecer-se no sono enquanto os dois rapazes e as duas mulheres correram à procura dos ausentes. Ainda tinham esperanças de que, por algum motivo, o treinador houvesse saído com o cavalo para exercícios no início da manhã, mas, ao subirem a colina da qual se descortinavam todas as charnecas vizinhas, não apenas não localizaram nenhum sinal do favorito desaparecido, como notaram algo que os advertiu de que se encontravam diante de uma tragédia.

A quatrocentos metros da cavalariça, a capa de John Straker pendia oscilante de um arbusto de tojo. Logo além na charneca, no fundo de uma depressão em forma de bacia, encontraram o cadáver do infeliz treinador. Haviam-lhe quebrado a cabeça com um violento golpe de alguma arma pesada, e ferido sua coxa, onde se via um corte longo e nítido feito, sem a menor dúvida, com algum instrumento muito afiado. Ficou claro, porém, que Straker se defendera vigorosamente contra os atacantes, pois trazia na mão direita uma pequena faca, coberta de sangue coagulado até o cabo, e a esquerda apertava uma gravata de seda vermelha e preta, que a criada reconhecera como a usada na noite anterior pelo estranho que visitara a cavalariça.

Hunter, ao despertar do torpor, também se mostrou convencido quanto ao dono da gravata. Tinha igual certeza de que o mesmo estranho, enquanto apoiado na janela, despejara uma droga no carneiro ao molho de *curry*, e assim privara os estábulos de seu vigia. Quanto ao cavalo desaparecido, havia, na lama do fundo da depressão, provas suficientes de que estivera ali na hora da luta. No entanto, dessa manhã em diante, desaparecera de vez, e embora se oferecesse uma volumosa recompensa, e os ciganos de Dartmoor ficassem vigilantes, não chegaram informações a respeito do favorito. Por fim, uma análise demonstrou que os restos do jantar do rapaz dos estábulos continham uma considerável quantidade de ópio em pó, enquanto as pessoas da casa partilharam a mesma comida na mesma noite, sem nenhum efeito prejudicial.

Esses são os principais fatos do caso, despojados de todas as suposições e expressos de maneira tão clara quanto possível. Vou recapitular agora a atuação da polícia para desvendá-lo.

O inspetor Gregory, encarregado do caso, é um oficial extremamente competente. Se também tivesse uma imaginação talentosa, talvez pudesse alcançar grandes alturas em sua carreira. Assim que chegou, logo encontrou e prendeu o homem no qual recaía, como seria de esperar, a suspeita. Teve-se pouca dificuldade em encontrá-lo, pois morava em uma daquelas residências de que falei. Parece que se chamava Fitzroy Simpson. Era um homem de excelente berço e educação, que dissipara uma fortuna nas corridas e agora vivia como um pequeno agenciador de apostas, discreto e refinado, nos clubes esportivos de Londres. Um exame de seu livro de apostas mostra que ele registrara apostas no valor de cinco mil libras contra o favorito. Ao ser preso, ofereceu uma declaração espontânea de que viera a Dartmoor na esperança de obter algumas informações sobre os cavalos de King's Pyland, e também sobre Desborough, o segundo favorito, mantido sob a responsabilidade de Silas Brown, no haras de Mapleton. Não tentou negar que agira como descrito na noite anterior, mas declarou que não tinha intenções maléficas, e apenas desejara obter informações em primeira mão. Quando confrontado com a gravata, ficou muito pálido e não pôde de modo nenhum explicar-lhe a presença na mão do homem assassinado. Sua roupa molhada mostrava que permanecera fora durante a tempestade na noite anterior, e a bengala, do tipo conhecido como Penang Lawyer, preenchida com chumbo, era uma arma tão poderosa que bem poderia, por repetidos golpes, ter infligido os terríveis ferimentos aos quais sucumbiu o treinador. Por outro lado, não se verificou no corpo de Fitzroy nenhuma ferida, embora o estado da faca de Straker revelasse que pelo menos um dos atacantes devia trazer em si o corte da arma. Aí tem você todos os dados do caso em poucas palavras, Watson. Bem, se puder me proporcionar alguma luz, lhe serei infinitamente grato.

Eu ouvira com o maior interesse a exposição que Holmes, com sua característica clareza, apresentara-me. Embora a maioria dos fatos me fosse conhecida, eu não avaliara o suficiente sua relativa importância, nem a relação com algum outro.

— Não é possível – sugeri – que a ferida aberta em Straker possa ter sido causada por sua própria faca durante os espasmos convulsivos que se seguem a qualquer lesão cerebral?

— Mais do que possível, é provável – respondeu Holmes.

— Nesse caso, um dos principais pontos a favor do acusado desaparece.

— No entanto – continuei –, mesmo agora não entendo qual será a teoria da polícia.

— Receio que qualquer teoria que formularmos suscite graves contradições – respondeu meu companheiro. – Creio que a polícia imagina que Fitzroy Simpson, depois de drogar o rapaz e, de algum modo, obter uma duplicata da chave, abriu a porta do estábulo e retirou o Esplendor de Prata, com a visível intenção de mantê-lo sequestrado. A rédea do animal desapareceu, de modo que Simpson deve tê-la posto ao retirá-lo. Então, após deixar a porta aberta, afastava-se com o cavalo pela charneca, quando se encontrou ou foi alcançado pelo treinador. Seguiu-se, decerto, uma briga. Simpson golpeou o crânio do treinador com a pesada bengala sem receber nenhum ferimento da pequena faca que Straker usou em defesa própria, e então o ladrão levou o cavalo a um esconderijo secreto, ou este talvez tenha disparado durante a luta, e agora, quem sabe, vagueie pela charneca. Assim se resume o caso para a polícia, e, por mais improvável que pareça, todas as outras explicações são ainda mais improváveis. Contudo, verificarei rapidamente a questão assim que chegar ao local, e até lá não vejo de fato como poderemos avançar muito de nossa atual posição.

Caía a tarde ao chegamos à pequena cidade de Tavistock, que se estende como o ornato de um escudo no meio do enorme círculo de Dartmoor. Dois cavalheiros nos esperavam na estação: o primeiro, um homem alto, louro, de cabelos e barba semelhantes a uma juba de leão, e olhos azul-claros curiosamente penetrantes; o outro, uma pessoa baixa, alerta, muito bem-arrumada e elegante, de sobrecasaca e polainas, com suíças aparadas e um monóculo. Este era o Coronel Ross, famoso esportista, e o primeiro, o inspetor Gregory, homem que conquistava rápida fama no serviço inglês de investigação de crimes.

— Muito me encanta que tenha vindo, Sr. Holmes – disse o coronel. — O inspetor aqui fez tudo o que se podia sugerir, mas não quero deixar pedra nenhuma sem revirar na tentativa de vingar o infeliz Straker e recuperar meu cavalo.

— Não se constataram quaisquer novos desmembramentos? – perguntou Holmes.

— Lamento dizer que fizemos pouquíssimo progresso – disse o inspetor. — Temos uma carruagem aberta lá fora, e como os senhores, sem dúvida, gostarão de conhecer o lugar antes do anoitecer, poderíamos conversar durante o trajeto.

Um minuto depois, sentávamos todos em uma confortável carruagem com capota dobrável, e sacolejávamos pela curiosa e antiga cidade de Devonshire. O inspetor Gregory, com a mente repleta do caso de que o encarregaram, despejava uma enorme quantidade de observações, enquanto Holmes inseria uma pergunta ou exclamação aleatórias. O Coronel Ross recostou-se com os braços cruzados e o chapéu inclinado acima dos olhos, enquanto eu ouvia com interesse o diálogo dos dois detetives. Gregory formulava uma teoria quase idêntica à que Holmes previra no trem.

— A rede fecha-se cada vez mais em torno de Fitzroy Simpson – comentou o inspetor –, e creio que ele é o nosso homem. Ao mesmo tempo, reconheço que as provas contra ele são apenas circunstanciais e podem ir por água abaixo se surgir algo novo.

— Que acha da faca de Straker?

— Chegamos à conclusão de que ele mesmo se feriu na queda.

— Meu amigo, o Dr. Watson, fez-me essa sugestão enquanto vínhamos. Se assim for, depõe contra Simpson.

— Sem a menor dúvida. Ele não tinha a faca nem qualquer sinal de ferimento. Com certeza, as provas contra ele são muito fortes. Demonstrou grande interesse pelo desaparecimento do favorito. Acha-se sob a suspeita de ter envenenado o cavalariço, caminhou sem a menor dúvida pela charneca durante a tempestade, estava armado com uma pesada bengala, e sua gravata foi encontrada na mão do morto. Penso de fato que temos o suficiente para apresentar o caso perante um júri.

Holmes balançou a cabeça.

— Um advogado inteligente rasgaria tudo isso em farrapos – contestou. – Por que ele retiraria o cavalo do estábulo? Se a sua intenção era feri-lo, por que não o fez ali? Encontrou-se uma duplicata da chave em sua posse? Que farmacêutico lhe vendeu o ópio em pó? Acima de tudo, onde poderia ele, um estranho ao distrito, esconder um cavalo, e um cavalo como aquele? Qual a explicação dele quanto ao papel que quis que a criada desse ao cavalariço?

— Diz que era uma nota de dez libras. Encontrou-se uma em sua carteira. Mas as suas outras dúvidas não são tão difíceis de serem respondidas. Ele não é estranho ao distrito. Hospedou-se duas vezes em Tavistock no verão. Na certa, trouxe o ópio de Londres. A chave, assim que lhe servisse do propósito, seria jogada fora. O cavalo pode estar no fundo de um dos poços ou das velhas minas na charneca.

— O que ele diz a respeito da gravata?

— Reconhece que é sua e declara que a perdera. Mas um novo elemento foi introduzido no caso que talvez explique o fato de ele retirar o cavalo do estábulo.

Holmes aguçou os ouvidos.

— Encontramos pegadas, as quais mostram que um grupo de ciganos acampou na noite de segunda-feira a um quilômetro e meio do local onde ocorreu o assassinato. Na terça-feira, foram embora. Veja bem, se partirmos da suposição de que houve algum tipo de combinação entre esses ciganos e Simpson, será que o suspeito não lhes conduzia o cavalo quando foi alcançado, e talvez eles não o tenham agora?

— Decerto, é possível.

— No momento, vasculha-se a charneca à procura desses ciganos. Também revistei todos os estábulos de Tavistock em um raio de 16 quilômetros.

— Pelo que eu soube, há outro haras muito perto...

— Sim, e esse é um fator que, com certeza, não devemos negligenciar. Como Desborough, o cavalo deles, era o segundo nas apostas, o desaparecimento do favorito interessava-lhes. Sabe-se que Silas Brown, o treinador, tem feito grandes apostas no evento, e não era amigo do infeliz Straker. Examinamos, porém, o haras sem nada encontrar que o ligue ao caso.

— E nada que ligue Simpson aos interesses do haras de Mapleton?

— Nada, de modo algum.

Holmes recostou-se na carruagem, e a conversação cessou. Alguns minutos depois, nosso cocheiro parou diante de uma bonita casinha de campo de tijolos vermelhos, com beirais salientes acima da rua. A pouca distância, em frente ao pequeno campo cercado dos cavalos, erguia-se um longo prédio anexo, revestido de cerâmica cinza. Em todos os outros lados, as baixas curvas da charneca, coloridas de bronze pelas samambaias esmaecidas, estendiam-se ao longe até a linha do horizonte, interrompidas apenas pelos campanários de Tavistock e por uma aglomeração de casas que se afastava em direção oeste, a qual assinalava o haras de Mapleton. Saltamos todos da carruagem, com exceção de Holmes que continuou recostado, os olhos fixos no céu diante de si, inteiramente absorvido em seus pensamentos. Só quando lhe toquei o braço, ele despertou com um violento sobressalto e desceu da carruagem.

— Perdão – disse, e dirigiu-se ao Coronel Ross, que o encarava com certa surpresa. – Eu sonhava acordado.

O brilho que desprendia dos olhos e a excitação na atitude dele me convenceram, habituado ao seu jeito de ser, de que tinha uma pista, embora eu não imaginasse onde a encontrara.

— Talvez prefira ir logo ao local do crime, Sr. Holmes...

— Acho que prefiro ficar aqui e examinar uma ou duas questões de detalhes. Trouxeram Straker de volta para cá, imagino?

— Sim; jaz no andar de cima. O inquérito será amanhã.

— Ele trabalhou para o senhor durante alguns anos, certo, Coronel Ross?

— Sempre o considerei um excelente empregado.

— Suponho que fez um inventário do que ele tinha nos bolsos na hora da morte, inspetor.

— Guardei seus pertences na sala de estar, se quiser vê-los.

— Ficaria muito satisfeito.

Entramos em fila na sala da frente e sentamo-nos ao redor da mesa de centro, enquanto o inspetor destrancava uma caixa quadrada de estanho e espalhava uma pequena pilha de objetos diante de nós: 1 caixa de fósforos, 5 centímetros de vela, 1 cachimbo de raiz de roseira-brava, 1 saquinho de pele de foca com uns 15 gramas de tabaco Cavendish para cachimbo de fibras longas, 1 relógio de prata com corrente de ouro, 5 soberanos em ouro, 1 lapiseira de alumínio, alguns papéis e 1 faca de cabo de marfim, com uma lâmina muito delicada e firme, onde se lia Weiss & Co., Londres.

— É uma faca muito singular – disse Holmes, ao erguê-la e examiná-la minuciosamente. – Suponho, pelas manchas de sangue, que se trata da mesma encontrada no punho do morto. Watson, não é comum essa faca em seu ambiente de trabalho?

— É o que chamamos de bisturi de cataratas – respondi.

— Foi o que pensei. Uma lâmina muito delicada, criada para trabalho delicado. Algo estranho de alguém levar consigo em uma empreitada perigosa, sobretudo por não se fechar no bolso.

— Tinha a ponta protegida por um aro de cortiça que encontramos ao lado do cadáver. A Sra. Straker nos disse que a faca ficava na penteadeira e que ele a pegara ao sair do quarto. Embora ineficaz como arma, talvez fosse a melhor que tivesse ao alcance no momento.

— Muito possível. E esses papéis?

— Três são notas de comerciantes de feno. Essa é uma carta de instruções do Coronel Ross. A outra, a conta de uma modista chapeleira, no valor de 37 libras e 15 xelins, preenchida por madame Lesurier, de Bond Street, para William Darbyshire. A Sra. Straker nos explicou que Darbyshire era amigo do marido e que, de vez em quando, endereçavam-se as cartas dele para cá.

— Madame Darbyshire tinha gostos meio caros – observou Holmes ao dar uma olhada na conta. – Vinte e dois guinéus é muito por apenas um conjunto. Parece, contudo, que nada mais há para tomarmos conhecimento aqui, e podemos ir direto ao local do crime.

Quando surgimos da sala de estar, uma mulher, que ficara à espera no corredor, adiantou-se e pôs a mão no braço do inspetor. Exibia um rosto emaciado, magro e ansioso, dilacerado com os vestígios do recente horror.

— Vocês o pegaram? Encontraram-no? - arquejou ela.

— Não, Sra. Straker. Mas o Sr. Holmes veio de Londres para nos ajudar, e faremos o possível.

— Eu não a teria conhecido em Plymouth em uma festa ao ar livre há algum tempo, Sra. Straker? – perguntou Holmes.

— Não, senhor; o senhor se enganou.

— Meu Deus! Ora, eu teria jurado. A senhora usava um vestido de seda cinza-claro com enfeites de pena de avestruz.

— Nunca tive tal vestido – respondeu ela.

— Ah, então não há dúvida de que me enganei – disse Holmes.

E, com um pedido de desculpas, seguiu o inspetor casa afora. Uma curta caminhada pela charneca levou-os à vala onde o corpo fora encontrado. Na borda desta, via-se o arbusto de urzes no qual se pendurara a capa de chuva.

— Creio que não ventou naquela noite – disse Holmes.

— Não, mas choveu forte.

— Nesse caso, não foi o vento que a impeliu ao arbusto, mas alguém a pôs ali.

— Sim. Ela foi estendida na moita.

— O que diz interessa-me demais. Noto que a terra foi bastante pisoteada. Sem dúvida, muitos pés vieram aqui desde a noite de segunda-feira.

— Colocou-se aqui ao lado um pedaço de esteira, e todos pisamos apenas até esse limite.

— Excelente.

— Nesta sacola, tenho uma das botas que Straker usava, um dos sapatos de Fitzroy Simpson e a ferradura despregada do Esplendor de Prata.

— Meu caro inspetor, o senhor se supera!

Holmes pegou a sacola e, após entrar na vala abaixo, empurrou a esteira para uma posição mais central. Em seguida, deitou-se de bruços, apoiou o queixo nas mãos e fez um exame minucioso da lama pisada diante de si.

— Vejam! – exclamou de repente. – Que é isso? – Era uma vela consumida até o meio, tão coberta de barro que parecia, à primeira vista, uma pequena lasca de madeira.

— Não sei como a deixei passar – disse o inspetor com uma expressão aborrecida.

— Estava invisível, enterrada na lama. Só a vi porque a procurava.

— Como? Esperava encontrá-la?

— Não me pareceu improvável.

Holmes tirou as botas da sacola e comparou as marcas de cada uma com as pegadas no chão. Então subiu até a borda da cova e engatinhou em meio às samambaias e às moitas.

— Receio que não haja mais rastros – disse o inspetor. – Examinei o terreno com todo o cuidado por cem metros em cada direção.

— De fato! – concordou Holmes e levantou-se. – Eu não devo ter a impertinência de examiná-lo de novo depois do que você disse. Mas gostaria de dar uma pequena caminhada pela charneca antes de escurecer, para amanhã saber em que terreno piso, e acho que porei essa ferradura no bolso para atrair sorte.

O Coronel Ross, que manifestara sinais de impaciência com o método calmo e sistemático de meu companheiro, olhou para o relógio.

— Eu apreciaria que voltasse comigo, inspetor – disse. – Gostaria de sua opinião em vários pontos, sobretudo quanto a me aconselhar se devo eliminar o nome de nosso cavalo da relação dos que competirão na Taça.

— Decerto que não! – exclamou Holmes, com decisão. – Eu deixaria o nome ficar.

O coronel curvou-se.

— Muitíssimo me alegra ter ouvido sua opinião, senhor – disse. – Quando terminar sua caminhada, o senhor nos encontrará na casa do desafortunado Straker, e iremos juntos na carruagem até Tavistock.

Ele retornou com o inspetor, enquanto Holmes e eu caminhávamos devagar pela charneca. O sol começava a se pôr atrás da cavalariça de Mapleton, e a longa planície inclinada tingia-se de um dourado que se escurecia em vivos matizes castanho-avermelhados, onde as samambaias e as sarças esmaecidas captavam a luminosidade do entardecer. Mas todas as glórias da paisagem se desperdiçavam para meu amigo, mergulhado na mais profunda reflexão.

— É por aqui, Watson – disse ele, afinal. – Podemos deixar de lado, no momento, a questão de saber quem matou John Straker, e limitar-nos a descobrir o que aconteceu com o cavalo. Ora, supondo que ele disparou em fuga durante ou depois da tragédia, aonde poderia ter ido? O cavalo é uma criatura muito gregária; se o largam sozinho, seus instintos o teriam impelido a retornar a King's Pyland ou ir para Mapleton. Por que vagaria assustado sem rumo pela charneca? A essa altura, com certeza, ele teria sido visto. E por que os ciganos o sequestrariam? Esses nômades sempre se mudam e não deixam nada para trás quando tomam conhecimento de dificuldades, pois não desejam ser atormentados pela polícia. Não poderiam esperar vender um cavalo de tal porte. Correriam grande risco e nada ganhariam. Sem dúvida, a obviedade disso se salienta.

— Onde está o cavalo, então?

— Já disse que deve ter ido para King's Pyland ou Mapleton. Não está em King's Pyland. Portanto, só pode estar em Mapleton. Tomemos o fato como hipótese de trabalho e vejamos ao que nos leva. Esta parte da charneca, como observou o inspetor, é muito compacta e seca. Mas se dissolve em direção a Mapleton, e dá para ver daqui uma extensa vala do outro lado, que deve ter ficado muito encharcada na noite de segunda-feira. Se nossa suposição estiver certa, o cavalo deve tê-la atravessado, e é lá que deveríamos procurar seus rastros.

Vínhamos caminhando muito rápido durante essa conversa, e mais alguns minutos nos levaram à mencionada vala. Como me pediu Holmes, desci pela borda à direita, e ele pela esquerda, porém, eu não avançara cinquenta passos antes de ouvi-lo soltar um grito e acenar-me com a mão. Via-se claramente delineado o rastro de um cavalo na terra fofa, e a ferradura que Holmes levava no bolso encaixava-se com toda exatidão na pegada.

— Veja que valor tem a imaginação! – disse Holmes. – É a única qualidade que falta a Gregory. Imaginamos o que poderia ter acontecido, agimos segundo a suposição e constatamos que tínhamos razão. Continuemos.

Atravessamos o fundo pantanoso e passamos por quase meio quilômetro de turfa compacta e seca. Mais uma vez o terreno se inclinava, e mais uma vez chegávamos aos rastros do Esplendor. Em seguida, nós os perdemos por uns oitocentos metros, mas tornamos a encontrá-los bem próximos de Mapleton. Foi Holmes quem os viu primeiro, parou e apontou-os com uma expressão de triunfo no rosto. Ao lado dos rastros do cavalo, também se destacavam visíveis as pegadas de um homem.

— O cavalo seguia sozinho antes! – exclamei.
— Isso mesmo. Seguia sozinho antes. Ei, que é isso?

A pista dupla fazia um brusco desvio e tomava a direção de King's Pyland. Holmes assobiou, e ambos a acompanhamos. Ele tinha os olhos fixos nas pegadas, mas eu, por acaso, olhei para um lado e vi, para minha surpresa, os mesmos rastros que retornavam mais uma vez na direção oposta.

— Ponto para você, Watson – disse Holmes, quando apontei e o fiz vê-los. – Poupou-nos uma longa caminhada, que nos teria levado de volta a nossas próprias pegadas. Sigamos a pista de retorno.

Não tínhamos avançado muito. Terminava na pavimentação de asfalto que conduzia aos portões dos estábulos de Mapleton. Ao nos aproximarmos, um cavalariço os transpôs e correu em nossa direção.

— Não queremos ociosos aqui! – gritou.

— Eu só gostaria de lhe fazer uma pergunta – disse Holmes, com o indicador e o polegar no bolso do colete. – Chegaria eu cedo demais para visitar o seu patrão, o Sr. Silas Brown, amanhã, às cinco da manhã?

— Bendito seja, senhor, se vir alguém aqui a essa hora, será ele, pois é o primeiro a se levantar! No entanto, veja-o ali, senhor, para responder às suas perguntas. Não, senhor, não; perderei meu emprego se deixá-lo me ver tocar seu dinheiro. Depois, se o senhor quiser.

Quando Sherlock Holmes guardou a meia coroa que tirara do bolso, um idoso de aparência feroz saiu a passos largos do portão e brandiu na mão uma chibata.

— Que se passa aí, Dawson? – gritou. – Nada de mexerico! Vá cuidar de seu trabalho! E vocês? Que diabos querem aqui?

— Uma conversa de dez minutos, meu caro senhor – respondeu Holmes com a mais delicada das vozes.

— Não tenho tempo para conversar com todos os vagabundos que aparecem. Não queremos estranhos aqui. Vão logo embora, ou talvez encontrem um cachorro em seus calcanhares!

Holmes curvou-se para frente e sussurrou algo no ouvido do treinador, o qual teve um violento sobressalto e corou até as têmporas.

— É mentira! – gritou. – Uma mentira infernal!

— Muito bem! Vamos discutir a respeito aqui em público ou conversar em sua sala?

— Oh, entre, se assim o deseja. – Holmes sorriu. – Não o farei esperar mais que alguns minutos, Watson – disse. E dirigiu-se então ao treinador: – Agora, Brown, estou à sua inteira disposição.

Transcorreram vinte minutos, e todos os matizes avermelhados do crepúsculo haviam se tornado cinzentos quando

Holmes e Brown reapareceram. Jamais vi tamanha mudança como a que ocorreu em Silas Brown nesse tão breve espaço de tempo. Tinha o rosto lívido, gotas de suor brilhavam na testa, e as mãos tremiam até fazer a chibata balançar como um ramo ao vento. Também desaparecera do treinador toda aquela atitude belicosa e arrogante, e agora ele se encolhia servil ao lado de meu companheiro, como um cão junto ao dono.

— Suas instruções serão seguidas. Tudo será feito... – disse o treinador.

— Não deve cometer nenhum erro – recomendou Holmes, olhando em volta. O outro se retraiu quando leu nos olhos dele a ameaça contida que acompanhou as palavras.

— Ah, não, não haverá erro. Estará lá. Devo mudá-lo primeiro ou não?

Holmes pensou um pouco e então desatou a rir.

— Não, não o mude. Escreverei a você a respeito. Nada de truques agora, do contrário...

— Ah, o senhor pode confiar em mim, o senhor pode confiar em mim!

— Trate-o nesse dia como se fosse seu.

— Pode contar comigo.

— Sim, creio que posso. Bem, você terá notícias minhas amanhã.

Girou nos calcanhares, indiferente à mão trêmula que o outro lhe estendia, e partimos para King's Pyland.

— Raras vezes encontrei uma combinação mais perfeita de belicoso, covarde e gatuno do que o mestre Silas Brown – comentou Holmes, enquanto avançávamos com dificuldade.

— Ele tem o cavalo, então?

— Tentou negá-lo de forma truculenta, mas lhe descrevi com tanta precisão quais haviam sido suas ações naquela manhã que ele se convenceu de que eu o vigiava. Decerto você observou os peculiares bicos quadrados nas pegadas, os quais correspondem, sem tirar nem pôr, às botas dele. Além disso, claro que nenhum subalterno ousaria ter semelhante atitude. Também lhe descrevi que, de acordo com seu hábito de ser sempre o primeiro a se levantar, ele avistou um cavalo estranho vagando na charneca. Continuei e disse que saiu atrás do animal, e qual não foi seu espanto ao reconhecer a mancha bem branca na testa a que o favorito deve o nome de Esplendor de Prata, que o acaso colocava em seu poder o único cavalo capaz de vencer e no qual ele investira seu dinheiro. Então descrevi que seu primeiro impulso foi conduzi-lo de volta a King's Pyland, e que o diabo dentro de si convenceu-o de que poderia esconder o animal até o fim da corrida, e ele o levara e escondera em Mapleton. Depois que lhe relacionei todos os detalhes, o sujeito desistiu e pensou apenas em salvar a própria pele.

— Contudo, os estábulos de Mapleton foram revistados.

— Ah, um velho falsificador de cavalos como ele tem muitos artifícios...

— No entanto, você não receia deixar o cavalo em poder dele, visto que tem todo o interesse em prejudicá-lo?

— Meu caro amigo, ele o guardará como a menina dos olhos. Sabe que sua única esperança de clemência é apresentá-lo são e salvo.

— O Coronel Ross não me pareceu um homem que se disporia a demonstrar clemência em nenhuma circunstância.

— A questão não cabe ao Coronel Ross. Sigo sempre meus próprios métodos e revelo apenas o que quero, muito ou pouco. Essa constitui a vantagem de eu não pertencer aos órgãos oficiais. Não sei se você observou, Watson, mas a atitude do coronel comigo mostra-se bem pouco cavalheiresca. Agora estou a fim de me divertir um pouco à custa dele. Não lhe diga nada a respeito do cavalo.

— Decerto que sem sua permissão, não.

— Claro que tudo isso não passa de uma questão menor, comparada à de que quem matou John Straker.

— E vai dedicar-se a essa agora?

— Ao contrário. Ambos retornamos a Londres no trem noturno.

Fiquei estarrecido com as palavras de meu amigo. Havíamos passado apenas algumas horas em Devonshire, e o fato de ele desistir de uma investigação que começara de modo tão brilhante pareceu-me bastante incompreensível. Nem mais uma palavra consegui arrancar dele até chegarmos de volta à casa do treinador. O coronel e o inspetor esperavam-nos na sala.

— Meu amigo e eu retornaremos à cidade no expresso da noite – disse Holmes. — Desfrutamos um aprazível sopro de ar puro em sua bela Dartmoor.

O inspetor arregalou os olhos, e o coronel curvou os lábios em um sorriso de escárnio.

— Então perdeu a esperança de prender o assassino do infeliz Straker – disse.

Holmes deu de ombros.

— Sem dúvida, graves dificuldades interpõem-se no caminho – respondeu. – Tenho tudo para alentar a esperança, porém, de que seu cavalo dará a largada na terça-feira, e rogo-lhe que deixe seu jóquei de prontidão. Permita-me pedir uma fotografia do Sr. John Straker?

O inspetor tirou uma de um envelope e entregou-a ao meu companheiro.

— Meu caro Gregory, o senhor se antecipa às minhas necessidades. Se me derem licença, eu queria pedir-lhes que me esperassem aqui um instante, pois tenho uma pergunta que gostaria de fazer à criada.

— Devo dizer que fiquei muito decepcionado com nosso consultor de Londres – disse o Coronel Ross, curto e grosso, quando meu amigo Holmes saiu da sala. – Vejo que não avançamos nada depois da chegada dele.

— Pelo menos o senhor tem a garantia dele de que seu cavalo disputará a corrida – retruquei.

— Sim, a garantia dele – disse o coronel com um dar de ombros. – Preferia ter o cavalo.

Eu improvisaria alguma resposta em defesa de meu amigo, quando este entrou na sala.

— Agora, cavalheiros, estou pronto para ir a Tavistock.

Quando entrávamos na carruagem, um dos cavalariços segurou a porta aberta. Uma ideia repentina parece ter ocorrido a Holmes, pois ele se curvou para frente e tocou a manga do rapaz.

— Vocês têm algumas ovelhas no cercado – disse. – Quem cuida delas?

— Eu, senhor.

— Notou algo fora de ordem nelas recentemente?

— Bem, senhor, nada de muito importante, mas três começaram a capengar.

Vi que Holmes manifestou extrema satisfação, pois ria e esfregava as mãos.

— Uma pista com possibilidades de nos levar longe, Watson, muito longe! – revelou-me e beliscou-me o braço. – Gregory, eu gostaria de chamar sua atenção para essa singular epidemia entre as ovelhas. Em frente, cocheiro!

O Coronel Ross continuava a manter uma expressão da qual se desprendia a fraca opinião que formara do talento de meu companheiro, mas notei pelo semblante do inspetor que o pedido de Holmes despertara-lhe intenso interesse.

— Considera-a importante? – perguntou.

— Extremamente.

— Gostaria de chamar-me a atenção para algum ponto específico quanto à epidemia?

— Para o curioso incidente do cachorro à noite.

— O cachorro não se manifestou naquela noite.

— Esse constitui o incidente curioso – observou Sherlock Holmes.

Quatro dias depois, Holmes e eu estávamos mais uma vez no trem, com destino a Winchester, para assistirmos à Copa Wessex. O Coronel Ross combinou de nos esperar diante da estação, e partimos em sua carruagem para o local das corridas, na periferia da cidade. Ele mantinha a fisionomia séria e uma atitude de extrema frieza.

— Não vi meu cavalo em parte alguma – disse.

— Suponho que o reconheceria quando o visse, não? – perguntou Holmes.

O coronel estava furioso.

— Há vinte anos participo de corridas de cavalo, e jamais me fizeram tal pergunta antes – respondeu. – Uma criança reconheceria o Esplendor de Prata, com sua testa branquíssima e a perna dianteira sarapintada.

— Como estão as apostas?

— Bem, essa é a parte curiosa da questão. Ontem ainda se podiam obter quinze por um no momento, mas o preço tem caído cada vez mais, até mal chegar a três por um de vantagem.
— Hum! – resmungou Holmes. – Claro que alguém sabe de algo...

Quando a carruagem se aproximou da área cercada perto da grande tribuna, olhei para o cartaz das inscrições na lista de competidores:

Copa Wessex

50 soberanos cada cavalo, com o acréscimo de 1.000 soberanos para os de quatro e cinco anos. Segundo, 300 libras. Terceiro, 200 libras.
Novo percurso (2.600 metros).
1º O Negro, do Sr. Heath Newton (boné vermelho, jaqueta canela).
2º Pugilist, do Coronel Wardlaw (boné *pink*, jaqueta azul e preta).
3º Desborough, de Lorde Backwater (boné e mangas amarelas).
4º Esplendor de Prata, do Coronel Ross (boné preto, jaqueta vermelha).
5º Iris, do Duque de Balmoral (listras amarelas e pretas).
6º Rasper, de Lorde Singleford (boné roxo, mangas pretas).

— Retiramos nosso segundo melhor cavalo e depositamos todas as esperanças em sua palavra, detetive – disse o coronel. – Ora, que significa aquilo? O Esplendor de Prata é o favorito?
— Cinco a quatro contra o Esplendor de Prata! – berrou o narrador de turfe pelo alto-falante. – Cinco a quatro contra o Esplendor de Prata. Cinco a quinze contra o Desborough! Cinco a quatro para os demais competidores!
— Afixaram-se os números! – exclamei. – Todos os seis estão incluídos.

— Todos os seis? Então meu cavalo vai correr! – gritou o coronel em grande agitação. – Mas não o vejo. Minhas cores não passaram.

— Passaram apenas cinco. Aquele deve ser ele.

Enquanto eu falava, um vigoroso cavalo saiu do cercado de pesagem e passou a meio galope por nós, exibindo no lombo o conhecido preto e vermelho do coronel.

— Aquele não é meu cavalo! – gritou o coronel. – Aquele animal não tem um único pelo branco no corpo. Que fez, Sr. Holmes?

— Ora, ora, vejamos como ele se sai – disse meu amigo, imperturbável. Por alguns minutos, observou pelo meu binóculo. – Magnífico! Uma excelente arrancada! – gritou de repente. – Lá estão eles contornando a curva!

De nossa carruagem, tínhamos uma vista esplêndida de como eles se deslocavam pela reta final. Os seis cavalos corriam tão emparelhados que um tapete poderia cobri-los, mas, a meio caminho da chegada, o amarelo do estábulo de Mapleton surgiu na dianteira. Antes de nos alcançar, porém, o ímpeto da disparada de Desborough arrefeceu, e o cavalo do coronel, que se aproximava a toda, cruzou a linha de chegada com seis corpos de vantagem antes do rival de Mapleton, a égua Iris, do duque de Balmoral, conquistando com dificuldade o terceiro lugar.

— Em todo caso, a corrida é minha – arquejou o coronel, e passou a mão pelos olhos. – Confesso que, para mim, essa história parece não ter pé nem cabeça. Não acha que guardou seu mistério em segredo por tempo demais, Sr. Holmes?

— Com certeza, coronel, o senhor logo saberá de tudo. Vamos todos dar uma olhada no cavalo. Lá está o vencedor – continuou, enquanto nos dirigíamos ao interior do cercado de pesagem, onde só se permitia a entrada dos proprietários e seus amigos.

— O senhor só tem de lavar-lhe a cara e a perna com vinho, e verá que se trata do mesmo Esplendor de Prata de sempre.

— O senhor me deixou sem ar.

— Encontrei-o nas mãos de um impostor e tomei a liberdade de fazê-lo correr no mesmo estado em que estava.

— Meu caro, o senhor fez maravilhas. O cavalo está em ótima forma física e saudável. Nunca esteve melhor na vida. Devo-lhe mil desculpas por ter duvidado de sua capacidade. O senhor me prestou um imenso serviço pela recuperação de meu cavalo. E me prestaria um ainda maior se conseguisse agarrar o assassino de John Straker.

— Fiz isso – disse Holmes em voz baixa.

O coronel e eu encaramo-lo admirados.

— Agarrou? Onde está ele, então?

— Aqui.

— Aqui! Onde?

— Em minha companhia no presente momento.

O coronel enrubesceu, irado.

— Reconheço com toda convicção que lhe devo favores, Sr. Holmes, mas tenho de encarar o que o senhor acabou de dizer como uma brincadeira de mau gosto ou um insulto.

Sherlock Holmes riu.

— Garanto-lhe que não o associei ao crime, coronel – afirmou. – O verdadeiro assassino encontra-se logo atrás do senhor! – Recuou e pôs a mão no lustroso pescoço do puro-sangue.

— O cavalo! – exclamamos ambos, o coronel e eu.

— Sim, o cavalo. E talvez diminua a culpa do Esplendor de Prata se eu afirmar que fez isso em defesa própria, e que John Straker era um homem em tudo indigno de sua confiança. Mas aí toca a campainha e, como tenho chances de ganhar algum dinheiro nesse páreo, adiarei uma explicação mais ampla para um momento mais conveniente.

Tínhamos apenas para nós todo o canto de um vagão Pullman naquela noite de volta a Londres, e creio que foi uma viagem muito curta para o Coronel Ross e para mim, enquanto ouvíamos a narrativa dos acontecimentos que haviam ocorrido no haras de treinamento de Dartmoor, na noite de segunda-feira, e os meios pelos quais Holmes desenredara-os.

— Confesso – disse ele – que todas as teorias que eu formulara, segundo as reportagens dos jornais, revelaram-se inteiramente errôneas. No entanto, continham algumas informações de verdadeira importância se outros detalhes não as houvessem encoberto. Fui a Devonshire com a convicção de que o verdadeiro culpado era Fitzroy Simpson, embora, claro, constatasse que as provas contra ele estavam longe de ser completas. Só na carruagem, assim que chegamos à casa do treinador, foi que me ocorreu a imensa importância do carneiro ao molho de *curry*. Talvez vocês se lembrem de que eu estava distraído e permaneci sentado depois de todos terem saltado. Em minha mente, perguntava-me como pude ter negligenciado uma pista tão óbvia.

— Confesso – disse o coronel – que mesmo agora não entendo como isso nos ajuda.

— Foi o primeiro elo de minha cadeia de raciocínio lógico. De modo nenhum, o ópio em pó é insosso. Embora não tenha um sabor desagradável, quem o ingere sente. Se misturado a qualquer prato comum, o comensal sem a menor dúvida o detectaria, e na certa não o comeria mais. O condimento *curry* era o exato agente que disfarçaria o gosto. Por nenhuma suposição possível, poderia o estranho Fitzroy Simpson ser responsável pela adição de *curry* ao prato servido à família do treinador naquela noite, e com certeza se trata de uma monstruosa coincidência imaginar que, por acaso, ele chegasse com pó de ópio na mesma noite em que serviam um prato em que o sabor do ópio ficaria disfarçado. É inimaginável. Portanto, elimina-se Simpson do caso, e nossa atenção se concentra em Straker e sua mulher, as duas únicas pessoas que poderiam ter escolhido carneiro ao molho de *curry* para o jantar daquela noite. Acrescentou-se o ópio depois que se separou o prato a ser servido ao cavalariço, pois os outros jantaram a mesma comida, sem efeitos danosos. Qual deles, então, teve acesso ao prato do rapaz, sem que a criada o visse?

Antes de decidir essa questão, dera-me conta da importância do silêncio do cachorro, pois uma dedução verdadeira invariavelmente sugere outras. O incidente de Simpson mostrara-me que se mantinha o animal nos estábulos e, no entanto, embora alguém tivesse entrado e retirado um cavalo, o cachorro não latira o suficiente para acordar os dois rapazes no sótão. Torna-se óbvio que o visitante do meio da noite era alguém que o animal conhecia bem.

Já me convencera, ou quase, de que John Straker fora à estrebaria na calada da noite e retirara Esplendor de Prata. Mas para que finalidade? Para algo desonesto, óbvio, caso contrário, por que drogaria o próprio cavalariço? No entanto, fiquei confuso na tentativa de esclarecer o motivo. Houve casos anteriores em que treinadores garantiam a posse de grandes somas ao apostarem contra seus próprios cavalos, com a ajuda de intermediários, e depois os impediam de ganhar por meio de fraude. Às vezes, é um jóquei que retém o cavalo, outras, por meios mais seguros e sutis. Qual se aplicava ao nosso caso? Eu esperava que o conteúdo dos bolsos de Straker me ajudasse a tirar uma conclusão.

E foi o que ocorreu. Não se esqueçam, senhores, da faca singular encontrada na mão do morto, uma faca que, com certeza, nenhum homem escolheria como arma. Era, como nos disse o Dr. Watson, um tipo de bisturi usado para as mais delicadas cirurgias. E deveria ser usada em uma difícil operação na noite em questão. O senhor deve ter conhecimento, com sua grande experiência em assuntos de turfe, Coronel Ross, que é possível fazer uma leve incisão subcutânea nos jarretes de um cavalo, de modo a não deixar marca nenhuma. Um cavalo assim tratado adquire uma discreta claudicação, que se atribuiria ao excesso de exercício ou a um ligeiro acesso de reumatismo, mas nunca a um ato criminoso.

— Vilão! Salafrário! – gritou o coronel.

— Temos aqui o motivo por que John Straker desejou retirar o cavalo para a charneca. Uma criatura tão impetuosa, sem a menor dúvida, teria despertado o mais ferrado no sono dos dorminhocos quando sentisse a picada da faca. Era de todo necessário fazê-lo ao ar livre.

— Que cego fui eu! – gritou o coronel. – Claro que, por isso, ele precisou da vela e riscou o fósforo.

— Com certeza. Mas, ao examinar seus pertences, fui afortunado o bastante para descobrir não apenas o método do crime, mas também suas motivações. Como homem do mundo, coronel, o senhor sabe que não levamos contas dos outros nos bolsos. A maioria de nós tem muito a fazer para saldar as nossas. Concluí de imediato que Straker levava uma vida dupla, e mantinha um segundo domicílio. A natureza da conta revelou que envolvia uma senhora, no caso, e uma de gostos caros. Por mais generoso que o senhor seja com seus empregados, coronel, alguém dificilmente espera que possam comprar vestidos de vinte guinéus para as respectivas mulheres. Interroguei a Sra. Straker quanto ao traje completo em questão, sem que ela o soubesse, e, após convencer-me de que a senhora nunca o recebera, anotei o endereço da modista e achei que, se lhe fizesse uma visita com a fotografia de Straker, poderia com facilidade liquidar com o fictício Sr. Derbyshire.

A partir daí, tudo se esclareceu. Straker conduzira o cavalo para uma vala onde sua luz ficasse invisível. Simpson, na fuga, deixara cair a gravata, e Straker pegara-a – talvez com a ideia de que poderia usá-la para prender a perna do cavalo. Uma vez na cavidade, pusera-se atrás do cavalo e acendera a vela, mas a criatura se assustou com o repentino clarão; com o estranho instinto dos animais, ao pressentir que pretendiam fazer-lhe algum mal, escoiceara, e a ferradura de aço atingira em cheio a testa de Straker. O treinador já tirara a capa, apesar da chuva, a fim de realizar aquela delicada tarefa cirúrgica, e assim, ao cair, sua faca causou-lhe um profundo corte na coxa. Expliquei-me com clareza?

— Maravilhosa! – exclamou o coronel. – Maravilhosa! Como se houvesse presenciado tudo.

— Confesso que minha dedução levou-me ainda mais longe. Parecia-me que um homem tão astuto como Straker não empreenderia essa delicada incisão de jarrete sem uma pequena experiência. Em que poderia realizá-la? Bati os olhos nas ovelhas e fiz uma pergunta, a qual, para minha surpresa, revelou que essa suposição estava correta.

Quando retornei a Londres, visitei a modista, que reconhecera Straker como um excelente cliente chamado Derbyshire, o qual tinha uma elegante esposa com forte predileção por vestidos caros. Não resta a menor dúvida de que essa mulher o mergulhou totalmente em dívidas e, em consequência, levou-o a essa infeliz trama.

— O senhor explicou tudo, menos uma coisa! – exclamou o coronel. – Onde estava o cavalo?

— Ah, disparou em fuga e foi tratado por um de seus vizinhos. Acho que, em relação a ele, devemos conceder uma anistia. Se não me engano, aqui nos desviamos no entroncamento de Clapham e chegaremos à estação Victoria. Coronel, se o senhor tiver vontade de fumar um charuto em nossos aposentos, será um prazer oferecer-lhe quaisquer outros detalhes que talvez lhe interessem.

Aventura II
O rosto amarelo

[Ao publicar estes breves esboços com base nos numerosos casos em que os extraordinários talentos de meu companheiro tornaram-me o ouvinte e, com o tempo, o ator em algum estranho drama, julgo apenas natural enfatizar-lhes mais os sucessos do que os fracassos. E o faço não tanto por amor à sua reputação, pois, na verdade, era quando ele ficava perplexo que sua energia e sua vitalidade se revelavam mais admiráveis, mas porque, quando Holmes fracassava, ocorria com demasiada frequência que ninguém mais tivesse êxito e a história do caso permanecia para sempre sem um desfecho. De vez em quando, contudo, mesmo nas ocasiões em que ele cometia algum erro, acabava-se por descobrir a verdade. Anotei cerca de meia dúzia de casos que se incluem nessa categoria; a aventura "O ritual Musgrave" e a que contarei agora são os dois que apresentam as mais fortes características de interesse.]

Sherlock Holmes poucas vezes fazia exercícios por amor ao exercício. Poucos homens mostravam-se capazes de maior esforço muscular, e ele foi, sem a menor dúvida, um dos mais excelentes pugilistas de seu peso que já vi, embora encarasse o esforço físico sem objetivo um desperdício de energia, e quase nunca se exercitasse a não ser para participar de uma atividade profissional. Nessas ocasiões, mostrava-se inteiramente infatigável e extremoso. O fato de que se mantivesse em boa forma física nessas circunstâncias é surpreendente, porém isso se devia a uma dieta alimentar das mais frugais e a hábitos simples que beiravam a austeridade. Com exceção do esporádico uso de cocaína, ele não tinha vícios, e apenas recorria à droga como um protesto contra a monotonia da existência, quando os casos se tornavam escassos e os jornais, desinteressantes.

Um dia, no início da primavera, sentira-se relaxado a ponto de sair comigo para um passeio pelo Hyde Park, onde os primeiros rebentos de verde brotavam dos olmos, e os pegajosos racemos dos castanheiros irrompiam em folhas de cinco invólucros. Durante duas horas perambulamos juntos, calados quase o tempo todo, como convém a dois amigos que partilham de íntimo conhecimento. Aproximava-se das 17h quando nos vimos mais uma vez em Baker Street.

— Perdão, senhor – disse nosso criado, ao abrir a porta. – Esteve aqui um cavalheiro à sua procura, senhor.

Holmes olhou-me com reprovação:

— Chega de passeios à tarde! – disse. – O cavalheiro se foi, então?

— Sim, senhor.

— Não o convidou a entrar?

— Sim, senhor; ele entrou.

— Esperou quanto tempo?

— Meia hora, senhor. Um cavalheiro muito agitado, senhor, não parou de andar e pisar fundo durante o tempo todo em que ficou aqui. Esperei diante da porta e pude ouvi-lo. Por fim, saiu para o corredor e gritou: "Esse homem nunca vai chegar?". Foram essas as palavras exatas, senhor. "Basta o senhor esperar um pouco mais", disse eu. "Então esperarei ao ar livre, pois me sinto meio sufocado. Voltarei daqui a pouco."

E com isso se levantou e saiu.

— Ora, ora, você fez o melhor que pôde – disse Holmes quando entramos na sala. – De qualquer forma, é muito irritante, Watson. Eu que precisava tanto de um caso, e esse parece, a julgar pela impaciência do homem, importante. Veja! Não é o cachimbo dele ali em cima da mesa? Ele deve tê-lo esquecido. Um belo e antigo cachimbo de urze-branca, com um bom tubo longo do que os negociantes de fumo chamam âmbar. Eu gostaria de saber quantas boquilhas de âmbar genuíno há aqui em Londres. Algumas pessoas acham que uma mosca capturada no interior é um sinal de autenticidade. Veja que trabalheira: pôr moscas falsas em âmbar falso! Bem, ele devia estar com a mente perturbada para se esquecer de um objeto que, com toda evidência, valoriza muitíssimo.

— Como sabe que ele o valoriza muitíssimo? – perguntei.

— Bem, calculo o custo original do cachimbo entre sete e seis xelins. Ora, veja aqui, já o consertaram duas vezes: uma no tubo de madeira e outra no âmbar. Cada um desses consertos, feito, como se observa, com anéis de prata, deve ter custado mais do que o cachimbo original. O sujeito deve valorizá-lo muitíssimo, se prefere remendá-lo a comprar um novo pela mesma quantia.

— Mais alguma coisa? – perguntei, pois Holmes girava o cachimbo na mão e examinava-o daquele seu jeito típico e pensativo.

Ergueu-o e bateu-lhe com o indicador comprido e fino, como faria um professor dando aula sobre um osso.

— Os cachimbos revelam-se às vezes de extraordinário interesse. Nada tem mais individualidade, a não ser, talvez, relógios e cadarços de botas. As indicações aqui, porém, não são nem muito marcantes nem muito importantes. O dono é, obviamente, um homem musculoso, canhoto, com excelente dentadura, de hábitos descuidados, e sem a menor necessidade de fazer economia.

Meu amigo lançou essa informação de maneira muito improvisada, mas notei que me enviesou o olhar, para ver se eu lhe acompanhara o raciocínio.

— Você acha que um homem deve ser rico para fumar um cachimbo de sete xelins – comentei.

— Essa mistura de Grosvenor custa oito pence a onça – respondeu Holmes. – Como ele poderia comprar um excelente fumo pela metade do preço, não tem a menor necessidade de fazer economia.

— E os outros detalhes?

— Tem o hábito de acender o cachimbo em lampiões e bicos de gás. Vê-se que um lado está bem chamuscado de cima a baixo. Claro que um fósforo não causaria tais desgastes. Por que um fumante mantém um fósforo junto do cachimbo? Mas não se pode acendê-lo em um lampião sem que se queime o fornilho. E vê-se o chamuscado em todo o lado direito. Deduzo daí que ele é canhoto. Leve seu cachimbo até o lampião e veja com que espontaneidade, sendo destro, você segura o lado esquerdo junto à chama. Talvez possa fazê-lo vez por outra do lado contrário, mas não como um hábito. Em seguida, as mordidas no âmbar, o que sugere um sujeito musculoso, enérgico, com um bom conjunto de dentes, para marcá-lo assim. Mas, se não me engano, ouço-o na escada; por isso, teremos algo mais interessante do que o cachimbo para estudar.

Instantes depois nossa porta se abriu, e entrou um rapaz alto, bem-vestido, com discrição, em um terno cinza-escuro e um chapéu de feltro marrom. Eu diria que ele estava na faixa dos trinta, embora, na verdade, fosse um pouco mais velho.

— Peço que me perdoem – disse, meio encabulado. – Suponho que deveria ter batido antes. Sim, claro que deveria. O fato é que estou um pouco transtornado; atribuam essa indelicadeza, por favor, ao transtorno.

Passou a mão pela testa com uma expressão de confusão, e então mais desabou do que se sentou em uma cadeira.

— Vejo que o senhor não dorme há uma ou duas noites – disse Holmes, à sua maneira espontânea e genial. – Isso extenua mais os nervos da pessoa do que o trabalho, e mais até do que o prazer. Permita-me perguntar como posso ajudá-lo?

— Eu precisava de seu conselho, senhor. Não sei o que fazer, e parece que toda a minha vida se desmoronou.

— Deseja contratar-me como detetive consultor?

— Não apenas isso. Quero a sua opinião como homem de bom senso... Um homem do mundo. Preciso saber o que devo fazer em seguida. E peço a Deus que o senhor possa ajudar-me.

Ele se expressava em breves erupções agudas, espasmódicas, e pareceu-me que até falar lhe era muito penoso, e que sua firme vontade do começo ao fim dominava-lhe a tendência a se calar.

— Trata-se de algo muito delicado – disse. – Ninguém gosta de falar a respeito de questões familiares com estranhos. Parece terrível conversar com dois homens que nunca vi antes sobre a conduta da própria mulher. É assustador ter de fazê-lo. Mas cheguei ao limite de minhas forças e preciso de orientação.

— Meu caro Sr. Grant Munro – começou Holmes. Nosso visitante levantou-se de um salto da cadeira.

— Como? – gritou. – Sabe meu nome?

— Se deseja preservar seu anonimato – disse Holmes, com um sorriso –, gostaria de sugerir-lhe que deixe de escrever seu nome no forro do chapéu; caso contrário, vire a copa em direção à pessoa a quem se dirige. Eu ia dizer que tanto meu amigo como eu temos ouvido inúmeros segredos estranhos nesta sala e tido a boa sorte de proporcionar paz a muitas almas aflitas. Espero que possamos fazer o mesmo pelo senhor. Permita-me pedir-lhe, pois o tempo talvez se revele de suma importância, que me forneça os fatos sem mais demora?

Nosso visitante tornou a passar a mão pela testa, como se considerasse o ato amargamente difícil. Em cada gesto e expressão, identifiquei-o como um homem reservado, independente, com uma ponta de orgulho na índole, que tendia mais a ocultar do que a expor suas feridas. De repente, com o gesto violento da mão fechada como quem joga para o alto toda a reserva, começou:

— Os fatos são os seguintes, Sr. Holmes: sou casado há três anos. Durante esse tempo, minha mulher e eu nos amamos muito e vivemos mais felizes do que quaisquer pessoas que se uniram. Nunca tivemos sequer uma discussão relacionada a ideias, palavras ou ações. Mas, desde a última segunda-feira, ergueu-se de repente uma barreira entre nós e constato que existe algo em sua vida e no que lhe passa pela mente que conheço tão pouco quanto se ela fosse uma mulher qualquer que passa por mim na rua. Somos estranhos, e quero saber por quê.

Agora há algo que quero enfatizar-lhe, antes de entrar em outros detalhes, Sr.Holmes. Effie me ama. Que isso fique bem claro. Ela me ama do fundo do coração e da alma, e nunca me amou mais do que agora. Sei que sim. Sinto que sim. Minha dúvida não é essa. Um homem sabe bem quando a mulher o ama. Um segredo entre nós, porém, impede-nos de sermos os mesmos até que o esclareçam.

— Informe-me, por favor, sobre os fatos, Sr. Munro — disse Holmes com certa impaciência.

— Eu lhe contarei o que sei da história de Effie:

"Era uma viúva quando a conheci, embora fosse muito jovem, com apenas 25 anos e se chamasse então Sra. Hebron. Partira para a América do Norte ainda adolescente, e morava na cidade de Atlanta, onde se casou com um advogado chamado Hebron, que possuía uma grande clientela. Tiveram uma filha, mas a epidemia de febre amarela que se alastrou desenfreada pela região acabou com a vida do marido e da filha. Vi a certidão de óbito dele. Desgostosa do país, ela retornou à Inglaterra para viver com uma tia solteira em Pinner, no condado de Middlesex. Devo dizer que o marido a deixara em uma situação financeira muito confortável, com um capital de umas quatro mil e quinhentas libras, que ele investira tão bem que lhe rendia uma média de 7%. Ela morava em Pinner havia apenas seis meses, quando a conheci; apaixonamo-nos e casamo-nos algumas semanas depois.

Sou negociante de lúpulo, e, como tenho uma renda de setecentas a oitocentas libras, nós nos encontrávamos muito bem de vida; então, alugamos uma agradável casa de campo em Norbury, pela qual pagávamos oitenta libras por ano. Embora fosse uma pequena moradia rústica, proporcionava-nos a vantagem de ser bem próxima da cidade. Tínhamos uma hospedaria e duas casas um pouco acima de nós, e um pequeno chalé do outro lado do campo, e, com exceção dessas, só se viam outras moradias a meio caminho da estação. Meu negócio levava-me à cidade em certos períodos do ano, mas no verão eu tinha menos trabalho a fazer, então, em nossa casa de campo, minha mulher e eu éramos mais felizes do que se poderia desejar. Afirmo-lhe que nunca uma sombra se interpôs entre nós até começar essa maldita história.

Antes de prosseguir, contudo, preciso contar-lhe algo: quando nos casamos, minha mulher passou todos os seus bens para o meu nome, muito contra a minha vontade, pois eu via a inconveniência da situação se meus negócios saíssem errados. Mas ela quis que fosse assim, e assim se fez. Bem, há mais ou menos um mês e meio, interpelou-me e disse:

— Jack, quando você pegou meu dinheiro, declarou que, se um dia eu precisasse de algum, era só pedir.
— Claro! – concordei. – É todo seu.
— Bem, quero cem libras.

Fiquei meio chocado, pois imaginava que ela quisesse apenas um vestido novo ou qualquer coisa do gênero.

— Mas o que quer fazer com esse dinheiro? – perguntei.
— Ah – respondeu ela à sua maneira brincalhona –, você me disse que era apenas meu banqueiro, e banqueiros nunca fazem perguntas, sabe disso.
— Se você quer mesmo o dinheiro, claro que o terá.
— Ah, sim, quero mesmo.
— E não me diz para que o quer?
— Um dia, talvez, mas apenas não no momento, Jack.

Portanto, tive de contentar-me com isso, embora fosse a primeira vez que houvera um segredo entre nós. Dei-lhe um cheque e nunca mais pensei na questão. Talvez nada tenha a ver com o que aconteceu depois, mas julguei apenas correto contá-lo.

Bem, acabei de lhe dizer que há um chalé perto de nossa casa. Apenas um campo nos separa, mas, para se chegar lá, é preciso seguir pela estrada e depois virar em uma alameda. Logo adiante, há um belo e pequeno bosque de pinhos-de-riga, e eu gostava muito de passear ali, pois as árvores são sempre amistosas. O chalé permanecera desocupado nos oito meses desde que nos estabelecemos em Norbury, uma pena, pois se trata de uma bonita construção de dois andares, com uma varanda antiga, toda envolta em madressilvas. Muitas vezes parei diante dele e pensei em que encantadora fazenda poderia se transformar.

Bem, na última segunda-feira à tarde, eu passeava por ali quando deparei com uma caminhonete que subia a alameda, e vi uma pilha de tapetes e utensílios estendidos no gramado ao lado da varanda. Ficou claro que afinal se alugara o chalé. Passei por ele e perguntei-me que tipo de gente era aquela que viera morar tão perto de nós. E, enquanto o olhava, dei-me conta de que um rosto me vigiava de uma das janelas superiores.

Não soube o que havia naquele rosto, Sr. Holmes, mas pareceu disparar-me um calafrio direto na espinha. Como eu estava meio afastado, não pude distinguir-lhe as feições, mas o rosto desprendia algo anormal e cruel. Foi essa a impressão que tive, e avancei rápido para obter uma visão mais próxima da pessoa que me vigiava. Quando o fiz, porém, o rosto de repente desapareceu, tão de repente que parecia ter sido arrancado para a escuridão do interior do quarto. Parei ali uns cinco minutos para refletir e tentar analisar minhas impressões. Não saberia dizer se o rosto era de um homem ou de uma mulher. Mas a cor foi o que mais me impressionara. Imagine um lívido branco de giz, com algo imóvel e rígido, chocantemente abominável. Senti-me tão transtornado que decidi ver um pouco mais dos novos ocupantes. Aproximei-me e bati na porta, aberta no mesmo instante por uma mulher alta, esquelética, com um semblante hostil e ameaçador.

— Que o senhor quer? – perguntou com um sotaque nortista.

— Sou seu vizinho dali defronte – respondi e indiquei com a cabeça minha casa. – Vejo que acaba de se mudar, e pensei que se de algum modo lhe puder ser útil...

— Sim, só o chamaremos quando precisarmos – disse ela, fechando a porta na minha cara.

Irritado com aquela grosseira rejeição, dei as costas e voltei para casa. A tarde toda, embora eu tentasse pensar em outras coisas, minha mente continuou a retornar à aparição da janela e à grosseria da mulher. Decidi nada dizer sobre a última à minha esposa, pois ela é uma pessoa nervosa e muito sensível, além de eu não sentir a menor vontade de partilhar a desagradável impressão que causara em mim. Comentei com Effie, no entanto, que o chalé agora estava ocupado, ao que ela nada respondeu.

Em geral, durmo um sono muito profundo. Uma brincadeira duradoura na família diz que nada jamais consegue acordar-me durante a noite. E, no entanto, de algum modo, naquela noite específica, se talvez houvesse sido ou não pela ligeira excitação causada por minha pequena aventura, não sei, mas tive um sono bem mais leve do que de hábito.

Semelhante a um sonho, tive a leve consciência de que acontecia algo no quarto e, aos poucos, dei-me conta de que minha mulher se vestira e punha a capa e o chapéu. Abri os lábios para murmurar algumas palavras sonolentas de surpresa ou objeção diante desses preparativos tão fora de hora, quando de repente meus olhos semiabertos incidiram-lhe no rosto, iluminado pela luz da vela, e a estupefação me deixou emudecido. Exibia uma expressão como eu nunca vira antes, e que a julgara incapaz de assumir. Com uma lividez mortal, respirava rápido e lançava olhares furtivos em direção à cama, enquanto fechava a capa, para ver se me despertara. Então, após acreditar que eu continuava ferrado no sono, esgueirou-se sem fazer barulho do quarto, e um instante depois ouvi um rangido agudo que só podia vir das dobradiças da porta da frente. Sentei-me na cama, e com os nós dos dedos bati de leve na cabeceira para certificar-me de que estava acordado mesmo. Em seguida, peguei meu relógio debaixo do travesseiro. Eram três da manhã. Que diabos estaria fazendo minha mulher em uma estrada no campo às três da manhã?

Eu ficara sentado uns vinte minutos remoendo a pergunta na mente e tentando encontrar alguma explicação possível. Quanto mais pensava, mais extraordinário e inexplicável me parecia o fato. Ainda quebrava a cabeça para entendê-lo, quando ouvi mais uma vez a porta se fechar levemente, e os passos dela ao subir a escada.

— Onde diabos esteve, Effie? – perguntei assim que ela entrou.

Teve um violento sobressalto e deixou escapar um grito ofegante quando falei, e o grito e o sobressalto perturbaram-me ainda mais que todo o resto, pois continham uma indescritível culpa. Minha mulher sempre fora de uma natureza franca, aberta, e causou-me um calafrio vê-la esgueirar-se dentro do próprio quarto, gritar e assustar-se quando o marido lhe dirigiu a palavra.

— Você acordado, Jack! – exclamou, com uma risada nervosa. – Ora, achei que nada pudesse acordá-lo.

— Onde esteve? – perguntei, mais severo.

— Não me admira que esteja surpreso – disse ela, e vi-lhe os dedos tremerem ao soltar os colchetes da capa. – Ora, não me lembro de ter feito semelhante coisa na vida antes. O fato é que me senti prestes a sufocar, e deu-me uma ânsia irresistível de respirar um pouco de ar fresco. Na verdade, acho que teria desmaiado se não tivesse saído. Fiquei diante da porta durante alguns minutos, e agora voltei a sentir-me muito bem.

O tempo todo em que ela me contou essa história, não olhou sequer uma vez para mim, e falou com um tom de voz muito diferente do habitual. Para mim, ficou evidente que sua explicação era falsa. Nada disse em resposta, mas me virei para a parede, o coração desolado, a mente cheia de milhares de dúvidas e suspeitas perversas. O que minha mulher escondia de mim? Onde estivera durante essa estranha expedição? Senti que não teria paz enquanto não o soubesse; no entanto, evitei perguntar-lhe outra vez, pois o que me dissera antes era falso. Durante o resto da noite, debati-me e rolei na cama, a formular uma teoria após a outra, todas mais inverossímeis que as últimas.

Eu precisava ir ao centro da cidade naquele dia, mas tinha a mente perturbada demais para prestar atenção a questões de negócio. Minha mulher parecia tão transtornada quanto eu, e vi, pelos pequenos olhares inquisitivos lançados sobre mim sem parar, que percebeu que eu não acreditara no seu relato e que se desesperava por não saber o que fazer. Mal trocamos uma palavra durante o desjejum, e logo depois saí para um passeio, a fim de refletir sobre o ocorrido, arejado pelo ar puro da manhã.

Cheguei durante o passeio até o Crystal Palace, perambulei uma hora no terreno em volta, e retornei a Norbury por volta das 13h. A caminhada levou-me por acaso a passar diante do chalé, e parei um instante para olhar as janelas, e ver se conseguia captar um vislumbre do estranho rosto que me observara no dia anterior. Enquanto permaneci ali, imagine minha surpresa, Sr. Holmes, quando a porta de repente se abriu e minha mulher saiu.

Diante da visão dela, o assombro deixou-me sem fala, mas minhas emoções em nada se comparavam às que se revelaram em seu rosto quando nossos olhos se encontraram. Ela pareceu, por um instante, desejar recuar casa adentro; e então, ao se dar conta da inutilidade de tentar se esconder, continuou em frente com o rosto muito branco e os olhos assustados, que desmentiam o sorriso esboçado nos lábios.

— Ah, Jack! – disse. – Acabei de entrar para ver se podia prestar alguma ajuda a nossos novos vizinhos. Por que me olha desse jeito, Jack? Não está zangado comigo, está?

— Então, – respondi – foi aqui que você veio ontem à noite.

— Que quer dizer? – gritou ela.

— Você veio aqui. Tenho certeza. Quem são essas pessoas, para que tivesse de visitá-las àquela hora?

— Nunca estive aqui antes.

— Como pode dizer-me o que você sabe ser mentira? – gritei. – Até sua voz muda quando se expressa. Quando, algum dia, guardei segredo de você? Vou entrar no chalé e tirar a limpo o que existe no fundo desse mistério.

— Não, não, Jack, em nome de Deus! – arquejou ela com descontrolada emoção.

Então, quando me aproximei da porta, ela me agarrou pela manga e puxou-me para trás com uma força convulsiva.

— Imploro-lhe que não faça isso, Jack – gritou. – Juro que um dia lhe contarei tudo, mas nada além de desgraça resultará se você entrar nesta casa. – Em seguida, quando tentei desprender-me dela, agarrou-se a mim em um frenesi de súplica.

— Confie em mim, Jack! – gritou. – Confie em mim apenas desta vez. Você jamais terá motivos para se arrepender. Sabe que eu não guardaria um segredo de você se não fosse para seu próprio bem. Nossas vidas correm perigo para sempre nesse caso. Se voltar para casa comigo, tudo ficará bem. Mas, se forçar a entrada neste chalé, tudo estará terminado entre nós.

Desprendiam-se tanta sinceridade e desespero de sua atitude que as palavras dela me impediram de avançar, e parei indeciso diante da porta.

— Confiarei em você com uma condição, e apenas uma única condição – respondi afinal. – Que esse mistério termine de agora em diante. Tenha a liberdade de preservar seu segredo, mas precisa prometer-me que não haverá mais visitas noturnas, nem mais atividades sem o meu conhecimento. Eu me disponho a me esquecer de tudo o que aconteceu se me prometer que não se repetirá no futuro.

— Eu sabia que você confiaria em mim – exclamou ela, com um grande suspiro de alívio.

— Será assim como você deseja. Venha embora, ah, venha para casa!

Ainda agarrada à minha manga, afastou-me do chalé. Ao nos encaminharmos, olhei para trás, e lá estava aquele rosto amarelo, lívido, vigiando-nos pela janela do andar de cima. Que ligação poderia existir entre aquela criatura e Effie? Ou como ela poderia se relacionar com aquela mulher grosseira, agressiva, que eu vira no dia anterior? Era um estranho enigma, e eu soube que jamais voltaria a sentir paz de espírito enquanto não o desvendasse.

Depois disso, fiquei dois dias em casa, e minha mulher pareceu cumprir lealmente nosso compromisso, pois, pelo que sei, não arredou o pé de nosso lar. No terceiro dia, porém, tive prova suficiente de que sua solene promessa não bastaria para refreá-la dessa secreta influência que a afastava do marido e dos deveres.

Eu fora à cidade naquele dia, mas retornei no trem das 14h40, em vez de no das 15h36, que eu em geral tomava. Quando entrei em casa, a criada surgiu no corredor com um rosto assustado.

— Onde está sua ama? – perguntei.

— Creio que saiu para uma caminhada – respondeu ela.

Minha mente logo se encheu de suspeitas. Corri escada acima para certificar-me de que Effie não estava em casa. Ao fazê-lo, olhei por acaso por uma das janelas superiores, e vi a criada com quem acabara de falar atravessar como um raio o campo em direção ao chalé. Então, claro, entendi o exato significado de tudo aquilo. Minha mulher fora até lá e pedira à criada que a chamasse se eu retornasse. Tinindo de raiva, precipitei-me escada abaixo e corri ao outro lado, decidido a acabar com o mistério de uma vez para sempre. Vi minha mulher e a criada voltarem às pressas pela alameda, mas não parei para falar com elas. No chalé, encontrava-se o segredo que me entristecia a vida. Jurei que, acontecesse o que acontecesse, não existiria mais segredo. Nem bati na porta quando cheguei, mas girei a maçaneta e precipitei-me corredor adentro.

Tudo estava silencioso e imóvel no térreo. Na cozinha, uma chaleira cantava no fogo, e um grande gato preto deitava-se enroscado no cesto, porém sem nenhum sinal da mulher que eu vira antes. Apressei-me até o outro quarto, mas também o encontrei deserto. Então, corri escada acima, e mais uma vez encontrei dois aposentos desertos. Não havia ninguém, nem mesmo uma única pessoa na casa inteira. A mobília e os quadros eram da mais comum e vulgar qualidade, a não ser os do quarto de cuja janela eu vira o estranho rosto. Esse era confortável e elegante, e todas as minhas suspeitas se inflamaram em uma feroz chama de ressentimento quando vi acima da cornija da lareira uma cópia de uma fotografia de corpo inteiro de minha mulher, tirada a meu pedido apenas três meses antes.

Continuei lá dentro bastante tempo para certificar-me de que a casa se achava vazia. Depois fui embora com um peso terrível no coração como eu nunca sentira antes. Minha mulher apareceu no corredor quando entrei em casa, mas eu estava magoado e furioso demais para dirigir-lhe a palavra; então, passei bruscamente por ela e me encaminhei para meu gabinete. Effie, contudo, seguiu-me, antes que eu pudesse fechar a porta.

— Lamento ter quebrado minha promessa, Jack – disse ela –, mas, se você tivesse conhecimento de todas as circunstâncias, sei que me perdoaria.

— Conte-me tudo, então.

— Não posso, Jack, não posso! – gritou ela.

— Até que você me diga quem mora naquele chalé e quem é a pessoa à qual você deu aquela fotografia, jamais poderá existir a menor confiança entre nós – declarei, afastei-me dela e saí de casa."

— Isso aconteceu ontem, Sr. Holmes, e não a vi mais desde então, nem soube nada mais dessa estranha ocorrência. É a primeira sombra que surgiu entre nós, e tanto me abalou que, de fato, não sei o que fazer. De repente, nesta manhã, lembrei-me de que o senhor era a pessoa certa para orientar-me; por isso, corri à sua procura, e entrego-me sem reservas às suas mãos. Se não expressei com clareza algum ponto, rogo-lhe que me pergunte a respeito. Mas, acima de tudo, diga-me logo o que devo fazer, pois tamanha desgraça é mais do que posso suportar.

Holmes e eu havíamos ouvido com intenso interesse esse extraordinário relato, proferido à maneira convulsiva, entrecortada, de alguém sob a influência de extrema emoção. Meu companheiro ficou sentado em silêncio por algum tempo, com o queixo apoiado na mão e absorto em pensamento.

— Diga-me – disse ele afinal –, poderia jurar que era o rosto de um homem que viu na janela?

— Nas duas vezes em que o vi, eu me encontrava a alguma distância, de modo que é impossível ter certeza.

— Parece, porém, que o rosto lhe causou uma impressão desagradável.

— Pareceu-me de uma cor anormal, e com uma estranha rigidez nas feições. Quando me aproximei, desapareceu com um movimento brusco.

— Há quanto tempo sua mulher lhe pediu cem libras?

— Há quase dois meses.

— Viu alguma vez uma fotografia do primeiro marido dela?

— Não; houve um grande incêndio em Atlanta logo depois de sua morte, e todos os documentos foram destruídos.

— No entanto, ela possuía uma certidão de óbito. O senhor diz que a viu.

— Sim; ela obteve uma segunda via depois do incêndio.

— Encontrou-se alguma vez com alguém que a conheceu na América?

— Não.

— Ela alguma vez falou em tornar a visitar o país?

— Não.
— Ou recebe cartas de lá?
— Não.
— Obrigado. Gostaria de pensar um pouco no caso. Se o chalé agora ficar desocupado o tempo todo, talvez tenhamos alguma dificuldade. Se, por outro lado, como imagino mais provável, os inquilinos foram avisados de sua chegada, e saíram antes que o senhor entrasse ontem, talvez já tenham voltado a essa altura, e devemos esclarecer tudo com facilidade. Permita-me aconselhá-lo, então, que retorne a Norbury e examine de novo as janelas do chalé. Se tiver motivo para supor que se encontra habitado, não force a entrada, mas envie um telegrama a nós. Vamos ao encontro do senhor uma hora depois de recebê-lo e logo solucionaremos o mistério.
— E se continuar vazio?
— Nesse caso, irei amanhã lá e conversaremos a respeito. Até logo; e, acima de tudo, não se atormente até ter, de fato, um motivo justificável.
— Receio ser uma questão complicada, Watson – disse meu amigo quando retornou, após acompanhar o Sr. Grant Munro até a porta. – Qual a sua impressão?
— Soa mal – respondi.
— Sim. Envolve chantagem, ou muito me engano.
— E quem é o chantagista?
— Bem, deve ser a pessoa que mora no único aposento confortável na casa e tem a fotografia dela acima da lareira. Palavra de honra, Watson, que há algo muito atraente no rosto lívido à janela, e eu não perderia esse caso por nada do mundo.
— Você tem uma teoria?
— Sim, uma provisória. Mas me surpreenderei se essa não se revelar correta. O primeiro marido da mulher está naquele chalé.
— Por que acha isso?
— De que outro modo explicar a frenética ansiedade de que o segundo marido entrasse? Os fatos, como os interpreto, talvez consistam no seguinte: essa mulher casou-se na América do Norte. O marido passou a manifestar certos atributos

detestáveis; ou digamos que contraiu uma doença repugnante, tornou-se leproso ou imbecil. Ela foge dele, afinal, retorna à Inglaterra, muda de nome e, segundo pensa, começa uma nova vida. Após três anos de casada, acredita que desfruta de uma posição muito segura, pois até mostrara ao marido a certidão de óbito de algum homem cujo nome ela falsificou, quando, de repente, seu paradeiro é descoberto pelo primeiro marido; ou, podemos supor, por uma mulher inescrupulosa que se unira ao inválido. Escrevem à mulher de Munro e ameaçam-na de vir para a Inglaterra e denunciá-la. Ela pede cem libras, e esforça-se por comprar-lhes o silêncio. Eles vêm apesar disso, e, quando o marido lhe diz, por acaso, que no chalé se encontram recém-chegados, ela de algum modo sabe que se trata de seus perseguidores. Espera o marido adormecer, e então corre até lá e se empenha em convencê-los a deixarem-na em paz. Após não ser bem-sucedida, retorna na manhã seguinte, e o marido a encontra, como ele nos contou, quando sai do chalé. Ela lhe promete então não ir de novo lá, mas, passados dois dias, a esperança de se livrar daqueles terríveis vizinhos revela-se forte demais e a leva a fazer outra tentativa, quando leva a fotografia que, na certa, fora-lhe exigida. No meio dessa entrevista, a criada entra às pressas para anunciar que o amo chegara, e diante disso a mulher, sabedora de que ele iria direto ao chalé, impeliu os moradores porta dos fundos afora, para o bosque de pinhos-de-riga, sem dúvida. Desse modo, Munro encontrou a casa deserta. Ficarei muito surpreso, contudo, se continuar assim, quando ele tornar a visitá-la esta tarde. Que pensa de minha teoria?

— Somente suposições.

— Pelo menos, abrange todos os fatos. Se chegarem a meu conhecimento novos fatos que não se encaixem em minha tese, terei tempo para reconsiderar. No momento, não podemos fazer nada enquanto não recebermos nova mensagem de nosso amigo de Norbury.

Contudo, não esperamos muito tempo. O recado veio logo quando acabávamos o chá.

"A casa está habitada", dizia. "O rosto apareceu outra vez à janela. Espero-os no trem das sete e não darei nenhum passo até que cheguem."

Grant esperava-nos na plataforma, e, apesar da luz fraca da estação, notei-lhe o rosto muito pálido e trêmulo de agitação.

— Ainda estão lá, Sr. Holmes – disse, pondo a mão no braço de meu amigo. – Vi luzes na casa quando descia. Vamos esclarecer toda a história de uma vez por todas.

— Qual o seu plano? – perguntou Holmes, quando descíamos a estrada escura, ladeada de árvores.

— Vou entrar à força e ver, com meus próprios olhos, quem está naquela casa. Quero que ambos estejam lá para testemunhar.

— Está de fato decidido a fazê-lo, apesar da advertência de sua esposa de que seria melhor não se envolver no mistério?

— Sim. Muito decidido.

— Bem, creio que o senhor está em seu direito. Qualquer verdade é melhor do que a dúvida. É melhor subirmos já. Com certeza, em termos legais, não temos esse direito, mas penso que vale a pena arriscar.

A noite estava muito escura, e uma chuva fria começava a cair quando, ao deixarmos a estrada, entramos em uma alameda estreita, cheia de buracos e com uma cerca de ambos os lados. O Sr. Grant Munro avançava com impaciência, e, aos tropeções, nós o acompanhávamos o melhor que podíamos.

— Ali se veem as luzes de minha casa – murmurou ele, apontando para o clarão entre as árvores. – Aqui fica o chalé onde entraremos.

Contornamos uma esquina, como ele dissera, e logo a seguir surgiu o prédio ao nosso lado. Um feixe de luz amarela, no primeiro plano, mostrava que a porta não estava toda fechada. Uma janela do andar superior exibia uma brilhante iluminação; quando olhamos, vimos um vulto escuro mover-se atrás da vidraça.

— Lá está a criatura – gritou o Sr. Grant Munro. – Os senhores mesmos podem vê-la. Sigam-me, e saberemos tudo. – Aproximamo-nos da porta, mas, de repente, uma mulher saiu da sombra e permaneceu no círculo dourado da luz do lampião. Não consegui ver-lhe o rosto na escuridão, mas mantinha os braços estendidos, em uma atitude de súplica.

— Pelo amor de Deus, Jack, não entre! – gritou. – Eu tinha o pressentimento de que você viria esta noite. Pense melhor, querido! Confie em mim, e não se arrependerá.

— Já confiei demais, Effie! – gritou ele severo. – Deixe-me! Preciso passar! Meus amigos e eu vamos resolver o assunto definitivamente.

Após dizer isso, empurrou a mulher para o lado e seguimo-lo de perto. Quando abriu a porta, uma idosa interpôs-se no caminho e tentou barrar-lhe a passagem, mas o Sr. Munro afastou-a com decisão, e, um instante depois, todos chegávamos à escada. Com Munro à nossa frente, corremos para o quarto do andar de cima que exibia a forte iluminação. Era uma sala confortável e bem mobiliada. Dois lampiões ardiam em cima da mesa, e outros dois sobre a lareira. A um canto, inclinado sobre uma escrivaninha, via-se um vulto sentado que parecia uma menina. Virou-nos o rosto quando entramos, mas apenas conseguimos ver que usava um vestido vermelho e luvas brancas e compridas. Ao adiantar-se rápida para nós, não pude conter um grito de surpresa e horror; seu rosto tinha uma tez lívida, estranha, e as feições, vazias de expressão. Um momento depois, explicava-se o mistério. Holmes, com uma risada, levou a mão atrás da orelha da criança e retirou-lhe a máscara. Apareceu então uma menina negrinha como o carvão, os dentinhos brancos e cintilantes, muito divertida com nosso espanto. Explodi em um riso de afinidade com sua alegria, mas Grant Munro ficou estático, com as mãos no rosto.

— Meu Deus! – gritou. – Que significa tudo isso?

— Eu lhe direi o que significa! – berrou uma senhora que entrou na sala como uma rajada, de aspecto orgulhoso e inflexível. – Você me obrigou a falar contra minha vontade. Agora precisamos ter coragem. Meu marido morreu em Atlanta, mas minha filha sobreviveu.

— Sua filha?

A senhora retirou do seio um grande medalhão de prata.

— Nunca o viu aberto?

— Nem sabia que se abria. – Ela apertou uma mola e a tampa saltou. Dentro estava o retrato de um homem, de chocante beleza e inteligente, revelando os traços inconfundíveis de sua origem africana.

— É John Hebron, de Atlanta – começou ela. – Homem mais nobre nunca pisou a terra. Abandonei os de minha raça para me casar com ele. Mas não me arrependi por um só instante. Nossa infelicidade foi que minha filha única ficou com mais sangue do pai que do meu. Acontece, muitas vezes, nesses casamentos. Lucy saiu ainda mais negra do que o pai. Mas negra ou loura é minha querida filhinha, o mimo de sua mãe.

Àquelas palavras, a criança correu e aninhou-se no vestido da senhora.

— Deixei-a na América do Norte porque sua saúde era frágil, e uma mudança podia fazer-lhe mal. Ficou sob os cuidado de uma fiel escocesa que já fora, em outros tempos, nossa empregada. Nunca, nem por um instante, sonhei em repudiá-la como filha. Mas quando o acaso me pôs no seu caminho, Jack, e compreendi que o amava, tive receio de falar sobre a menina. Deus me perdoe, mas tinha medo de perdê-lo, e faltou-me coragem para lhe contar. Tive de escolher entre você e ela e, na minha fraqueza, abandonei minha filha. Durante três anos, conservei sua existência em segredo, mas era informada pela governanta e sabia que tudo corria bem. Por fim, senti um desejo irresistível de tornar a vê-la. Lutei contra esse desejo, mas em vão. Embora reconhecesse o perigo, resolvi trazê-la apenas por algumas semanas. Mandei cem libras à governanta e dei-lhe instruções a respeito deste chalé, de maneira a poderem vir como vizinhos sem que minhas visitas levantassem suspeitas. Exagerei tanto em minhas precauções que ordenei que se conservasse a menina em casa durante o dia e lhe cobrissem o rosto e as mãos, para que, se alguém a visse à janela, não começasse a dizer que havia uma menina negra nas vizinhanças. Talvez fosse mais sensato não ter tomado tantas precauções, mas eu estava louca de medo de que você viesse a saber toda a verdade. Por acaso, foi você quem me disse primeiro que tinha ocupantes na casa. Eu devia ter esperado pelo amanhecer, mas não consegui dormir de excitação. Saí então de mansinho, confiante em seu sono pesado. Entretanto, você me viu sair, e foi aí que começaram as dificuldades. No dia seguinte, meu segredo estava à sua mercê, mas você, com dignidade, absteve-se de abusar dessa vantagem. Três dias depois, a governanta mal teve tempo de fugir com a menina pela porta dos fundos, quando você se precipitou, como um furacão, pela casa adentro. E agora, esta noite, você sabe de tudo, e pergunto o que será de nós, de mim e de minha filha.

A Sra. Munro apertava as mãos, à espera da resposta. Dez longos minutos se passaram até o marido quebrar o silêncio. No entanto, sua resposta se revelou aquela em que tanto gosto de pensar. Levantou a menina nos braços, beijou-a, mantendo-a ao colo, estendeu a outra mão à mulher e dirigiu-se à porta.

— Podemos discutir isso com mais conforto em casa – disse, afinal. – Não sou um homem muito bom, Effie, mas creio que sou melhor do que você supõe.

Holmes e eu o acompanhamos pela alameda, mas, ao chegarmos à estrada, meu amigo puxou-me pelo braço.

— Parece-me – disse – que somos mais úteis em Londres do que em Norbury.

Nem mais uma palavra disse sobre o assunto; só quando, com uma vela acesa, encaminhava-se para o quarto, murmurou:

— Watson, se alguma vez notar que estou muito confiante em minhas possibilidades, e dou a um caso menos atenção do que ele merece, tenha a bondade de sussurrar-me no ouvido "Norbury", e eu lhe ficarei eternamente grato.

Aventura III
O corretor da Bolsa de Valores

Logo após meu casamento, eu adquirira uma clínica médica no distrito de Paddington. O velho Farquhar, de quem eu a comprara, tivera no passado uma excelente clientela, mas a idade e a dança de são vito, doença da qual ele sofria, haviam-na diminuído muito com o afastamento dos clientes. Não surpreende que o público se baseie no princípio de que aquele que cura os outros deve gozar de boa saúde, e encare com desconfiança os poderes curativos do homem cujos remédios são ineficazes em seu próprio caso. Em consequência, à medida que meu predecessor enfraquecia, escasseava a clientela, até que, quando comprei sua clínica, baixara de mil e duzentos para pouco mais de trezentos clientes por ano. Eu tinha confiança, porém, em minha juventude e energia, e convencera-me de que, em poucos anos, a empresa se tornaria tão próspera quanto antes.

Durante três meses, depois de assumir a clínica, mantive-me estreitamente ligado ao trabalho, e pouco tinha contato com meu amigo Sherlock Holmes, pois me achava ocupado demais para visitar Baker Street, e raramente ele mesmo saía, a não ser para atividades profissionais. Surpreendeu-me, portanto, quando, em uma manhã de junho, enquanto eu lia o *British Medical Journal* depois do desjejum, ouvi o toque da campainha, seguido pelo tom alto e meio estridente da voz de meu companheiro.

— Ah, meu caro Watson – disse ele, entrando na sala a passos largos. – Estou muito contente de vê-lo! Espero que a Sra. Watson tenha-se recuperado de todas as pequenas excitações relacionadas à nossa aventura de *O Signo dos Quatro*.

— Muito obrigado, ambos passamos muito bem – respondi, apertando-lhe calorosamente a mão.

— E também espero – continuou ele, sentando-se na cadeira de balanço – que as preocupações com o consultório não lhe tenham apagado de todo o interesse que passou a ter pelos nossos problemas dedutivos.

— Ao contrário – respondi –, ainda a noite passada examinava todas as minhas velhas anotações e classificava alguns de nossos resultados anteriores.

— Espero que não considere sua coletânea encerrada.

— De modo nenhum. Não desejaria nada melhor do que ter mais algumas experiências como aquelas.

— Hoje, por exemplo?

— Sim, hoje mesmo, se quiser.

— E tão longe quanto Birmingham?

— Certamente, se o desejar.

— E a clínica?

— Eu cuido da clínica de meu vizinho quando ele está fora. E ele sempre se mostra disposto a saldar a dívida.

— Ah! Nada poderia ser melhor – disse Holmes, recostando-se na cadeira e olhando-me atento por baixo das pálpebras semicerradas. – Noto que não tem passado bem nos últimos tempos. As gripes de verão são sempre meio fatigantes.

— Fiquei confinado em casa três dias na semana passada por causa de um forte resfriado. Achei, contudo, que me livrara de todo vestígio.

— De fato, livrou-se. Pois está com uma aparência admiravelmente saudável.

— Como, então, soube disso?

— Meu caro colega, você conhece meus métodos.

— Deduziu-o então?

— Sem dúvida.

— De quê?

— De seus chinelos.

Olhei para os novos chinelos de couro que eu usava.

— Como diabos... – comecei, mas Holmes respondeu à minha pergunta antes que eu a fizesse.

— Seus chinelos são novos – disse ele. – Não os tem nos pés há mais de poucas semanas. As solas que vejo diante de mim no momento exibem um leve chamuscado. Por um momento pensei que se haviam molhado e queimado durante a secagem. Mas perto do peito do pé tem um pedacinho de papel circular, com o logotipo do sapateiro. A umidade decerto o teria descolado. Logo, você ficara sentado com os pés estendidos para o fogo, o que alguém dificilmente faria mesmo em um verão de junho tão úmido como este se gozasse de plena saúde.

Como todo raciocínio de Holmes, a dedução parecia revelar-se a própria simplicidade, assim que explicada. Ele leu o meu pensamento em minhas feições, e seu sorriso desprendeu um traço de desagrado.

— Receio que traia um pouco a mim mesmo quando explico – disse. – Os resultados sem causa impressionam muito mais. Está pronto para me acompanhar a Birmingham, então?

— Certamente. Qual é o caso?

—Saberá de tudo no trem. Meu cliente está lá fora em um coche de quatro rodas. Pode vir agora mesmo?

— Em um instante. – Escrevi às pressas um bilhete para meu vizinho, precipitei-me escada acima para explicar a questão à minha mulher, e juntei-me a Holmes no degrau da entrada.

— Seu vizinho é médico – disse ele, e indicou com a cabeça a placa de metal.

— É; também comprou uma clínica.

— Uma clínica inaugurada há muito tempo?

— Como a minha. Ambas as clínicas funcionam aqui desde a construção das casas.

— Ah! Então você adquiriu a melhor das duas.

— Penso que sim. Mas como sabe?

— Pelos degraus, meu rapaz. Os seus se desgastaram mais sete centímetros que os dele. Mas aquele cavalheiro no coche de aluguel é meu cliente, o Sr. Hall Pycroft. Permita-me apresentá-lo. Chicoteie o cavalo, cocheiro, pois temos o tempo certo para pegar nosso trem.

O homem diante do qual me vi era um rapaz de boa compleição, aparência juvenil, com um rosto franco, honesto, e um bigode louro fino e crespo. Usava uma cartola muito lustrosa e um elegante terno preto sóbrio, enfim, que lhe revelavam o que era: um jovem competente da City, da classe que se rotulara *cockney*, residente dos bairros pobres de Londres, a qual nos fornece, porém, a elite dos regimentos voluntários e reúne mais competentes atletas e esportistas do que qualquer outro corpo de homens nestas ilhas. Tinha o rosto redondo, corado, que se mostrava repleto de clara animação, mas os cantos da boca me pareceram repuxados para baixo em uma aflição semicômica. Contudo, só depois que nos havíamos instalado todos em um vagão de primeira classe, e avançado bem em nossa viagem a Birmingham, foi que tomei conhecimento do problema que o impelira a procurar Sherlock Holmes.

— Teremos uma clara corrida de setenta minutos – comentou Holmes. – Quero, Sr. Pycroft, que conte ao meu amigo sua experiência, muito interessante, exatamente como me contou, ou com mais detalhes se possível. Para mim, será útil ouvir mais uma vez a sucessão de acontecimentos. Trata-se de um caso, Watson, que talvez demonstre conter algo, ou nada conter, mas o qual, no mínimo apresenta aquelas raras e estranhas características tão preciosas a você quanto a mim. Agora, Sr. Pycroft, não o interromperei mais.

Nosso jovem companheiro olhou para mim com um brilho nos olhos.

— O pior da história – começou – é que sobressaio no enredo como um perplexo idiota. Claro que talvez tudo possa dar certo, e não vejo como eu poderia ter agido de outra maneira, mas, se perdi meu lugar e não obtive nada em troca, terei de reconhecer o ingênuo cretino que fui. Não sou muito bom em contar histórias, Dr. Watson, mas eis o que ocorreu comigo:

"Eu tinha um emprego na Coxon & Woodhouse, de Draper's Gardens, mas, no início da primavera, eles sofreram um duro golpe, do qual, sem dúvida, o senhor se lembra, causado pelo empréstimo venezuelano, e seguiu-se um horrível fracasso. Eu trabalhava na casa havia cinco anos, e o velho Coxon deu-me uma excelente carta de recomendação quando ocorreu a falência, mas é óbvio que, como eu, os 26 escriturários ficaram sem trabalho. Tentei achar emprego aqui e ali, porém muitos outros colegas se encontravam naquela mesma circunstância, e minha situação foi um completo fiasco por um longo tempo. Ganhava três libras por semana na Coxon e economizei umas setenta, mas logo gastei quase todas as minhas economias. Eu quase esgotara meus recursos, por fim, e mal podia comprar selos para responder aos anúncios, e envelopes onde colá-los. Gastara meus sapatos subindo e descendo escadas de escritórios, e parecia tão distante de arranjar um emprego quanto antes.

Afinal, vi uma vaga na Mawson & Williams, a grande corretora de valores em Lombard Street. Ouso crer que corretagem não tem muito a ver com o ramo de suas atividades, mas posso dizer-lhes que é uma das mais ricas corretoras de Londres. Devia-se responder ao anúncio apenas por carta. Enviei a de recomendações e o pedido de emprego, mas sem a menor esperança de obtê-lo. Contudo, recebi uma resposta dizendo que, se eu aparecesse na segunda-feira seguinte, poderia assumir minhas novas obrigações de imediato, contanto que me julgassem a aparência satisfatória. Ninguém sabe como funcionam essas questões. Alguns dizem que o gerente apenas mergulha a mão no monte e tira a primeira carta que vier. De qualquer modo, saiu a minha, e eu nunca me senti tão feliz. O salário correspondia a mais uma libra por semana do que eu recebia na Coxon, e as obrigações eram praticamente as mesmas.

E agora chego à parte estranha da história. Encontrava-me em meu quarto de pensão, no número 17 de Potter's Terrace, em Hampstead. Bem, estava sentado, fumando naquela mesma tarde em que me haviam prometido a vaga, quando a senhoria subiu com um cartão onde se lia impresso: "Arthur Pinner, Agente Financeiro". Eu jamais ouvira aquele nome antes e não imaginava o que ele queria comigo, mas, claro, pedi-lhe que o conduzisse até em cima. Era um homem de altura mediana, cabelos e olhos escuros, barba preta, com um toque de judeu no nariz. Exibia uma atitude meio brusca e falava de maneira sucinta, como alguém que sabia o valor do tempo.

— Hall Pycroft, não? – perguntou.

— Sim, senhor – respondi, deslizando uma cadeira em sua direção.

— Recém-saído da Coxon & Woodhouse?

— Sim, senhor.

— E agora faz parte do quadro funcional da Mawson?

— Isso mesmo.

— Bem – disse ele –, o fato é que tomei conhecimento de algumas histórias extraordinárias sobre sua competência financeira. Lembra-se de Parker, o gerente da Coxon? Ele não para de se referir aos seus méritos.

Claro que me alegrou saber daquilo. Sempre fui muito preciso no escritório, mas jamais sonhara que falassem assim de mim.

— O senhor tem boa memória? – perguntou.

— Muito satisfatória – respondi com modéstia.

— Manteve-se em contato com o mercado enquanto esteve desempregado?

— Sim. Lia a lista das cotações da Bolsa de Valores todas as manhãs.

— Ora, isso revela uma verdadeira aplicação! – exclamou ele. — Assim é que se prospera! Não se importará se eu lhe fizer alguns testes, não? Deixe-me ver! A quanto se negociam as Aryshires?

— De 106 e 1/4 a 105 e 7/8.

— E as letras de câmbio da Nova Zelândia?

— Cento e quatro.

— E as da British Broken Hills?

— De sete a sete e seis.

— Esplêndido! – exclamou, com as mãos erguidas. – Condiz com tudo o que falaram a seu respeito. Meu rapaz, meu rapaz, você é bom demais para ser escriturário na Mawson!

Aquela explosão muito me surpreendeu, como podem imaginar.

— Bem – disse eu –, outras pessoas não me têm em tão alto conceito quanto o senhor parece achar, Sr. Pinner. Lutei bastante para arranjar essa colocação e estou muito satisfeito por tê-la.

— Que nada, homem; você deve ambicionar além dela. O senhor não se encontra em sua verdadeira esfera. Agora, quero que saiba qual é a minha proposta. O que tenho a oferecer é bem pouco em comparação à sua competência, mas, em relação à sua colocação na Mawson, é o dia em relação à noite. Quando começa na Mawson?

— Na segunda-feira.

— Ah! Eu arriscaria uma pequena aposta de que sequer porá os pés lá.

— Não ir para a Mawson?

— Não, senhor. Nesse dia, será o gerente de negócios da Franco-Midland Hardware Company, Limited, com 134 filiais nas cidades e aldeias da França, sem contar uma em Bruxelas e uma em San Remo.

Aquilo quase me fez perder o fôlego.

— Mas nunca ouvi falar dela!

— É bem provável que não. Têm-na mantido em segredo porque todo o capital nominal foi subscrito reservadamente, e trata-se de algo bom demais para se informar ao público. Meu irmão, Harry Pinner, é o promotor e ingressa no conselho da sociedade depois da distribuição das ações como diretor executivo. Ele sabia que eu estava a par dos negócios aqui, e pediu-me que selecionasse um rapaz bom e que não cobre alto preço. Um jovem ambicioso e com muito desembaraço. Parker falou de você, e isso me trouxe aqui esta noite. Podemos oferecer-lhe umas míseras quinhentas libras para começar.

— Quinhentas libras por ano! – exclamei.

— Apenas no início; entretanto receberá mais uma comissão de 1% de todas as vendas feitas por seus corretores, e aceite minha palavra de que essa corresponderá a mais do que seu salário.

— Mas eu nada sei a respeito de artigos domésticos.

— Ora essa, meu rapaz, você entende de números.

Minha cabeça zumbia, e eu mal conseguia permanecer quieto na cadeira. Mas, de repente, um pequeno calafrio de dúvida percorreu-me de cima a baixo.

— Preciso ser franco com o senhor – disse eu. – A Mawson me paga apenas duzentas, mas é segura. Ora, de fato, sei tão pouco de sua companhia que...

— Ah, esperto, esperto! – exclamou ele, em um tipo de prazer extasiado. – Você é o homem certo para nós. Não se deixa convencer com mera conversa, e também tem toda a razão. Ora, tome uma nota de cem libras e, se achar que podemos fazer o trato, apenas a guarde no bolso como um adiantamento de seu salário.

— Muita generosidade de sua parte – agradeci. – Quando devo assumir minhas obrigações?

— Esteja em Birmingham amanhã às 13h. Tenho aqui no bolso um bilhete que você levará ao meu irmão. Vai encontrá-lo em Corporation Street, número 126-B, onde se situam os escritórios temporários da sociedade. É claro que ele precisa confirmar o contrato, mas, aqui entre nós, dará tudo certo.

— Na verdade, mal sei como expressar minha gratidão, Pinner.

— Ora, o que é isso, meu rapaz. Apenas obteve o que merece. Há uma ou duas coisinhas, meras formalidades, que preciso combinar com você. Tem aí um pedaço de papel ao seu lado. Por favor, escreva: "Comprometo-me, de livre e espontânea vontade, a trabalhar como gerente de negócios da firma Franco-Midland Hardware Company, Limited, com o salário mínimo de quinhentas libras".

Fiz como me pediu, e ele pôs o papel no bolso.

— Tem mais um detalhe – disse ele. – Que pretende fazer em relação à Mawson?

Esquecera-me de tudo relacionado à Mawson, em minha alegria.

— Vou escrever-lhes para pedir demissão.

— Isso é exatamente o que não quero que faça. Tive uma briga com o gerente da Mawson a seu respeito. Fora até lá pedir informações sobre você, e ele se mostrou muito ofensivo... acusou-me de persuadi-lo com insistência a abandonar o serviço da firma, e esse tipo de coisas. Acabei perdendo o controle.

— Se querem homens bons, deviam pagar-lhes um bom preço – disse eu.

— Ele prefere aceitar nosso pequeno preço em vez do seu grande – respondeu.

—Aposto cinco libras – continuei – que, quando o Sr. Hall Pycroft souber de nossa oferta, o senhor sequer voltará a ouvir falar dele.

— Fechado – respondeu. – Nós o tiramos da sarjeta, e ele não nos deixará assim tão fácil – foram essas suas palavras.

— Que patife descarado! – gritei. – Nunca cheguei sequer a vê-lo. Por que lhe devo alguma consideração? Com certeza, não lhe escreverei, se assim o preferir.

— Ótimo! Aceito como promessa! – disse ele e levantou-se da cadeira. – Bem, muito me alegra conseguir um rapaz tão bom para meu irmão. Tome o adiantamento de cem libras e a carta. Anote o endereço: Corporation Street, número 126-B, e lembre-se de que o encontro é amanhã a uma hora. Boa noite; e que ganhe toda a fortuna que merece!

Foi só isso que se passou entre nós, o mais próximo do que me é possível lembrar. Pode imaginar, Dr. Watson, quanto me sentia satisfeito com aquela extraordinária boa sorte. Passei metade da noite acordado sem parar de me beliscar, e no dia seguinte fui para Birmingham em um trem que me levaria com muito tempo de folga ao meu compromisso. Levei minhas coisas para um hotel em New Street, e em seguida encaminhei-me para o endereço que me fora dado.

Embora faltassem 15 minutos para a hora marcada, pensei que não faria diferença. O número 126-B é uma travessa entre duas grandes lojas que conduz a uma escada de pedra sinuosa da qual se tinha acesso a muitos escritórios alugados para empresas ou profissionais liberais. Viam-se na entrada os nomes dos ocupantes pintados na parede, mas não tinha o nome da Franco-Midland Hardware Company, Limited. Fiquei alguns minutos com o coração nas mãos, perguntando-me se toda aquela história seria um intrincado trote, quando chegou um homem e me abordou. Parecia-se muito com o camarada que eu vira na noite anterior, as mesmas compleição e voz, mas com a barba benfeita e os cabelos mais claros.

— É o Sr. Hall Pycroft? – perguntou.
— Sim – respondi.
— Ah, eu o esperava, mas você chegou um pouco antes da hora. Recebi um bilhete de meu irmão esta manhã no qual lhe faz sonoros elogios.

— Eu procurava os escritórios, quando o senhor chegou.

— Não mandamos pôr nosso nome ainda, pois só conseguimos essas salas temporárias na semana passada. Suba comigo, e conversaremos sobre o trabalho.

Acompanhei-o até o alto de uma escada muito elevada, e lá, diretamente debaixo da ardósia, havia duas salas pequenas, vazias e empoeiradas, sem tapetes nem cortina, para dentro das quais ele me conduziu. Eu imaginara um grande escritório com mesas lustrosas e fileiras de escriturários, como me habituara a ter, e ouso dizer que me vi diante de duas cadeiras de pinho e uma pequena mesa que, com um livro contábil e uma cesta de lixo, formavam todo o mobiliário.

— Não desanime, Sr. Pycroft – disse meu novo conhecido, ao ver-me o rosto desalentado. – Roma não foi construída em um dia, e temos muito dinheiro atrás de nós, embora ainda não causemos uma bela impressão quanto aos escritórios. Sente-se, por favor, e deixe-me ver a carta.

Entreguei-a, e ele a leu toda com muita atenção.

— Parece que o senhor causou ótima impressão ao meu irmão Arthur; e sei que ele é um juiz muito perspicaz. Cuida da sucursal de Londres, e eu, da de Birmingham, mas dessa vez vou seguir-lhe o conselho. Por favor, considere-se definitivamente empregado.

— Quais são meus deveres? – perguntei.

— Em última análise, vai administrar o grande depósito de Paris, que abastecerá as lojas de 134 agentes na França de louça e cerâmica inglesas. A compra será concluída em uma semana, e, enquanto isso, o senhor permanecerá em Birmingham, onde será útil.

— De que maneira?

Como resposta, ele retirou um grande livro vermelho de uma gaveta.

— Este é o catálogo de Paris, com os ofícios em seguida aos nomes das pessoas. Quero que o leve para casa e assinale todos os vendedores de artigos domésticos com seus endereços. Tê-los será de grande utilidade para mim.

— Mas será que não existem listas prontas especificadas? – sugeri.

— Não confiáveis. O sistema deles é diferente do nosso. Atenha-se a esse catálogo e me entregue a lista na segunda-feira ao meio-dia. Bom dia, Sr. Pycroft. Se continuar a mostrar zelo e diligência, vai encontrar na empresa um bom patrão.

Voltei ao hotel com o grande livro debaixo do braço, e com sentimentos muito conflitantes no íntimo. Por um lado, fui definitivamente empregado e tinha cem libras no bolso; por outro, a aparência do escritório, a ausência do nome na parede e outros pontos que revelavam um homem de negócios haviam-me deixado com má impressão quanto à situação de meus patrões. No entanto, fosse o que Deus quisesse, eu tinha meu dinheiro, e coloquei mãos à obra. Durante o domingo inteiro, trabalhei com afinco, entretanto, na segunda-feira avançara apenas até a letra H. Retornei ao meu empregador, encontrei-o na mesma sala um tanto desprovida, e ele me mandou continuar até quarta-feira, e então voltasse. Na quarta-feira ainda não o concluíra; por isso trabalhei com muito esforço até sexta-feira, isto é, ontem. Então levei a relação ao Sr. Harry Pinner.

— Muito obrigado – disse ele. – Receio ter avaliado mal a dificuldade da tarefa. Essa lista me será de grande ajuda material.

— Exigiu algum tempo – expliquei.

— E agora – disse ele – quero que me faça uma lista das lojas de móveis, pois todas também vendem louça e objetos de cerâmica.

— Muito bem.

— E pode vir amanhã às 19h, informar-me sobre quanto avançou. Não trabalhe demais. Duas horas à noite no Day's Music Hall não lhe farão mal depois do trabalho.

Ria, enquanto falava, e vi com um sobressalto que um orifício em seu segundo dente do lado esquerdo fora muito mal tapado com ouro."

Sherlock Holmes esfregou as mãos com deleite, e olhei com espanto para nosso cliente.

— O senhor talvez tenha razão de parecer surpreso, Dr. Watson, no entanto foi o que aconteceu – disse ele. – Quando eu conversava com o outro sujeito em Londres, no momento em que ele riu para mim a respeito de eu não ir trabalhar na Mawson, por acaso notei que tinha um dente tratado de maneira idêntica. Entenda, o brilho de ouro nos dois casos chamou-me a atenção. Quando me dei conta de que a voz e a compleição eram iguais, e de que as únicas diferenças podiam ser modificadas por uma lâmina de barbear ou uma peruca, não duvidei de que se tratava do mesmo homem. Claro que se espera que dois irmãos se pareçam, mas não que tenham o mesmo dente tratado do mesmo modo. Ele se curvou quando me retirei e me vi na rua em total perplexidade. Retornei ao hotel, enfiei a cabeça em uma bacia de água fria e tentei refletir. Por que ele me mandara de Londres para Birmingham? E por que chegara lá antes de mim? E por que escrevera uma carta para si mesmo? Tudo me pareceu demais para mim, e não consegui compreender. Então, de repente, ocorreu-me que o que era escuridão para mim talvez se revelasse muito claro para Sherlock Holmes. Tive tempo apenas de chegar à cidade pelo trem noturno, para vê-lo esta manhã e trazer ambos de volta comigo a Birmingham.

Houve uma pausa depois que o escriturário da corretora concluiu sua surpreendente experiência. Então Sherlock Holmes olhou-me de esguelha e se encostou nas almofadas com uma expressão satisfeita, mas crítica, como um *connoisseur* que acabou de tomar o primeiro gole de vinho de uma safra especial.

— Muito bom, Watson, não é mesmo? – disse ele. – Há pontos na história que me satisfazem. Creio que concordará comigo que uma entrevista com o Sr. Arthur Harry Pinner nos escritórios temporários da Franco-Midland Hardware Company, Limited, seria uma experiência muito interessante para ambos.

— Como poderemos fazê-lo? – perguntei.

— Ah, muito fácil – disse Hall Pycroft animado. – Vocês são dois amigos meus que precisam de emprego, e o que seria mais natural do que eu levá-los ao diretor executivo?

— Isso mesmo, claro! – disse Holmes. – Gostaria de dar uma olhada no cavalheiro e ver se desvendo algo do seu joguinho. Que qualidades tem você, meu amigo, que tornam seus serviços tão valiosos? Ou talvez seja possível que...

Ele começou a morder as unhas e a olhar sem expressão pela janela, e mal lhe arrancamos outra palavra até chegarmos a New Street.

Às 19h daquela noite, seguíamos os três pela Corporation Street para os escritórios da companhia.

— De nada adianta chegarmos antes da hora – disse nosso cliente. – Parece que o Sr. Pinner só vai lá para me ver, pois o lugar fica deserto até a hora marcada.

— Isso é sugestivo – observou Holmes.

— Em nome de Deus, como acabei de lhes dizer! – exclamou o escriturário. – Olhe ele ali mais adiante.

Apontou um homem baixinho, moreno e bem-vestido, que se deslocava às pressas no outro lado da rua. Enquanto o observávamos, ele olhou para um menino que apregoava a última edição do jornal da tarde, atravessou a rua por entre os carros e ônibus, e comprou um exemplar. Com o jornal na mão, desapareceu por uma porta.

— Lá vai ele! – gritou Hall Pycroft. – Entrou no prédio onde ficam os escritórios da companhia. Venham comigo, e marcarei a entrevista o mais rápido possível.

Subimos atrás dele cinco andares, até nos vermos diante de uma porta semiaberta, na qual nosso cliente bateu. Uma voz lá dentro convidou-nos a entrar, e encontramos uma sala nua e desmobiliada, como Hall Pycroft descrevera. À única mesa sentava-se o homem que víramos na rua, o jornal vespertino aberto diante dele, e, quando nos olhou, tive a impressão de nunca ter visto um rosto com semelhante expressão de dor, e de algo ainda mais intenso que dor, uma expressão de tamanho horror que poucas pessoas manifestam em toda a existência. As sobrancelhas brilhavam de suor, as faces exibiam o branco extremo e opaco da parte inferior do corpo de um peixe, e os olhos, um olhar fixo e ensandecido. Olhou para o escriturário como se não o reconhecesse, e notei, pelo espanto no rosto de nosso guia, que aquela não era de modo algum a aparência normal de seu patrão.

— Parece doente, Pinner! – exclamou ele.

— Sim, não me sinto muito bem — respondeu o outro, fazendo óbvios esforços para se recompor, e lambendo os lábios ressecados antes de falar. — Quem são esses cavalheiros que trouxe com você?

— Um é o Sr. Harris, de Bermondsey, e o outro, o Sr. Price, desta cidade — respondeu o escriturário com loquacidade. — São amigos meus e senhores experientes, mas estão sem emprego há algum tempo; esperavam que talvez o senhor conseguisse um trabalho para eles na empresa.

— Bem possível! Bem possível — repetiu, com um sorriso espectral. — Sim, não tenho dúvida de que poderemos fazer algo para ambos. Qual o seu ramo de atividade, Sr. Harris?

— Sou contador — disse Holmes.

— Ah, sim, precisamos de alguém nessa área. E o senhor, Sr. Price?

— Escriturário — respondi.

— Tenho muita esperança de que a empresa possa empregá-los. Eu os informarei tão logo cheguemos a alguma conclusão. E agora lhes rogo que se retirem. Pelo amor de Deus, deixem-me sozinho.

Essas últimas palavras foram expelidas, como se o esforço que ele evidentemente fizera de repente tivesse inteiramente ido por água abaixo. Holmes e eu nos entreolhamos, e Hall Pycroft adiantou-se em direção à mesa.

— Esquece-se, Sr. Pinner, de que estou com hora marcada para receber incumbências do senhor — disse.

— Decerto, Pycroft, decerto — reiterou o outro em um tom de voz mais calmo. — Espere aqui um momento; e não há motivo para que seus amigos não aguardem com você. Estarei ao seu inteiro dispor daqui a três minutos, se eu puder abusar da sua paciência um pouco mais — levantou-se com um ar muito cortês e, após uma mesura a nós, transpôs a porta no outro lado da sala, que fechou atrás de si.

— E agora? — murmurou Holmes. — Vai fugir?

— Impossível — respondeu Pycroft.

— Por quê?

— Aquela porta dá para uma sala interna.

— Não tem saída?

— Nenhuma.
— Mobiliada?
— Achava-se vazia ontem.
— Então que diabos pode estar fazendo ali? Não entendo algo na atitude dele. Se algum dia um homem enlouqueceu quase por completo de terror, o nome dele é Pinner. Que pode ter-lhe causado esses calafrios?
— Suspeita que somos detetives – sugeri.
— Isso mesmo – exclamou Pycroft.
Holmes fez que não com a cabeça.
— Ele não empalideceu. Estava pálido quando entramos na sala – disse. – Talvez isso...
Um agudo toc-toc da direção da porta interna interrompeu-lhes as palavras.
— Por que diabos ele bate na própria porta? – gritou o escriturário.
Mais uma vez e muito mais alto chegou o toc-toc. Olhamos esperançosos para a porta fechada. Após sondar Holmes, eu o vi enrijecer o rosto e curvar-se um pouco à frente, em intensa excitação. Então, de repente, ouviu-se um som baixo, gorgolejante, seguido de baixas pancadinhas na madeira. Holmes precipitou-se frenético para a sala e empurrou a porta. Fora trancada no lado de dentro. Seguimos o exemplo dele e nos lançamos nela com todo o nosso peso. Uma dobradiça rompeu-se, em seguida a outra, e a porta desabou com um estrondo. Passamos por cima dela e entramos na sala interna. Estava vazia.

Contudo, nosso obstáculo durou apenas um instante. Em um canto, o mais próximo da sala da qual saíramos, havia uma segunda porta. Holmes correu para lá e abriu-a. Um casaco e um colete estendiam-se no chão, e de um gancho atrás da porta, com os próprios suspensórios no pescoço, pendia o diretor da Franco-Midland Hardware Company. Com os joelhos puxados para cima, a cabeça formava um ângulo anormal com o resto do corpo, e a batida dos calcanhares na porta causou o ruído que interrompera nossa conversa. Em um instante, eu o peguei pela cintura e o segurei em pé, enquanto Holmes e Pycroft desamarravam as tiras elásticas que haviam desaparecido entre as dobras lívidas da pele. Em seguida, nós o levamos para a outra sala e o deitamos no chão, onde ele ficou com o rosto cor de argila e inflou os lábios arroxeados para dentro e para fora a cada respirada, uma horrível ruína da pessoa que fora cinco minutos antes.

— Que acha dele, Watson? – perguntou Holmes.

Curvei-me sobre o sujeito e examinei-o. Embora com o pulso fraco e intermitente, a respiração tornava-se mais longa, e um pequeno tremor das pálpebras mostrava uma fina fenda do branco do olho.

— Ele escapou por pouco – disse eu –, mas sobreviverá. Apenas abra aquela janela e me dê a garrafa de água. – Desabotoei-lhe o colarinho, despejei água fria em seu rosto, levantei e abaixei os braços do homem até ele respirar de modo profundo e normal. – É só uma questão de tempo agora – disse eu, ao afastar-me.

Parado perto da mesa, Holmes enfiou as mãos no fundo dos bolsos da calça e baixou o queixo no peito.

— Suponho que deveríamos chamar a polícia agora – disse ele. – No entanto, confesso que preferia dar-lhe um caso completo quando chegasse.

— É um total mistério para mim – exclamou Pycroft, e coçou a cabeça. – Qualquer que tenha sido o motivo por que me quiseram trazer para cá, e depois...

— Bobagem! Tudo está muito claro – disse Holmes com impaciência. – Refiro-me a esse último ato repentino.

— Compreende o resto, então?

— Creio que é bastante óbvio. Que lhe parece, Watson?

Encolhi os ombros.

— Tenho de confessar que nada me parece óbvio – respondi.

— Ah, sem dúvida vai lhe parecer, se você levar em conta que os fatos em princípio apontam apenas para uma conclusão.

— Que conclui deles?

— Bem, a história toda se baseia em dois pontos. O primeiro deles é a exigência a Pycroft de fazer uma declaração por escrito pela qual ele começou a trabalhar para essa absurda sociedade anônima. Não vê quanto isso é sugestivo?

— Receio que não.

— Ora, por que precisavam que ele a fizesse? Não se trata de uma exigência contratual, pois, em geral, esses acertos são verbais, e não há motivo empresarial por que esse seja uma exceção. Não vê, meu jovem amigo, que eles se mostraram muito ansiosos por obter um exemplo de sua caligrafia, e não lhes restava outro meio de fazê-lo?

— E por quê?

— Certo. Por quê? Quando respondermos a essa pergunta, teremos feito algum avanço em nosso pequeno problema. Por quê? Só pode haver um motivo adequado: alguém queria aprender a imitar-lhe a caligrafia e teve de obter um exemplo primeiro. E agora, se passarmos ao segundo ponto, constatamos que um esclarece o outro. Esse ponto é o pedido feito por Pinner para que você não se demitisse do emprego, mas deixasse o gerente dessa importante transação em total expectativa de que um Sr. Hall Pycroft, que ele nunca vira, entrasse no escritório na manhã de segunda-feira.

— Meu Deus! – gritou nosso cliente. – Como fui cego!

— Agora você entende o detalhe relacionado à caligrafia. Suponha que, se alguém aparecesse no seu emprego com uma caligrafia totalmente diferente da que você mostrara ao se candidatar à vaga, claro que o jogo seria revelado. Mas no intervalo o vilão aprendera a imitar a sua caligrafia, e garantir o cargo dele, pois imagino que ninguém no escritório o conhecia.

— Sequer uma alma – gemeu Hall Pycroft.

— Muito bem. Claro que era de extrema importância impedi-lo de pensar melhor a respeito, e também não deixá-lo entrar em contato com alguém que pudesse dizer-lhe que seu duplo trabalhava no escritório da Mawson. Por isso, deram-lhe um belo adiantamento de salário e impeliram-no às Midlands, onde lhe deram trabalho suficiente para impedi-lo de ir a Londres, onde você poderia acabar com o joguinho deles. Tudo isso é muito claro.

— Mas por que esse homem fingia ser o próprio irmão?

— Ora, isso também é óbvio. É evidente que apenas dois criaram essa sociedade. Esse atuou como seu empregador e, depois, descobriu que não lhe podia arranjar um patrão sem admitir uma terceira pessoa na trama. Era justamente o que não desejava fazer. Mudou a aparência o máximo que conseguiu e confiou que a semelhança, que você não poderia deixar de observar, seria atribuída à de família. Mas se não fosse pelo feliz acaso do bloco de ouro, na certa jamais lhe teria suscitado suspeitas.

Hall Pycroft fechou as mãos no ar.

— Santo Deus! – gritou. – Enquanto eu era enganado assim, que esse outro Hall Pycroft aprontava no escritório da Mawson? Que devemos fazer, Sr. Holmes? Diga-me!

— Precisamos enviar um telegrama à Mawson.

— Eles fecham ao meio-dia aos sábados.

— Não se preocupe. Talvez tenha algum porteiro ou faxineiro...

— Ah, sim, mantêm um guarda permanente por causa dos elevados valores mobiliários que guardam. Lembro-me de ter ouvido falar disso.

— Muito bem; nós lhe enviaremos um telegrama e veremos se tudo está bem e se um escriturário com seu nome trabalha lá. Isso parece muito claro, mas o que não parece tão evidente é por que diante de nosso aparecimento um dos embusteiros saiu logo da sala e se enforcou.

— O jornal! – coaxou uma voz atrás de nós.

O homem se sentava, pálido e espectral, com o juízo que lhe retornara nos olhos, e mãos que esfregavam nervosas a larga tira vermelha ainda amarrada na garganta.

— O jornal! Claro! – berrou Holmes, em um paroxismo de excitação. – Que idiota fui! Pensei tanto em nossa visita que o jornal jamais me ocorreu sequer por um instante. Sem dúvida, o segredo deve se encontrar aí – alisou-o aberto na mesa, um grito de triunfo irrompeu-lhe dos lábios. – Veja isto, Watson! – exclamou. – É um jornal de Londres, uma primeira edição do *Evening Standard*. Aqui está o que precisamos. Veja as manchetes: "Crime na cidade. Assassinato na Mawson & Williams. Gigantesca Tentativa de Roubo. Captura do Criminoso". Continue, Watson, a ansiedade de todos por ouvir a notícia é igual; por isso, ficaríamos muito gratos a você se a lesse em voz alta para nós.

A julgar-lhe pela posição no jornal, parecia tratar-se do fato mais importante na cidade, e o texto da reportagem discorria assim:

> *Uma desesperada tentativa de roubo, que culminou na morte de um homem e na captura do criminoso, ocorreu esta tarde no centro de Londres. Há algum tempo a Mawson &Williams, uma famosa financeira, tem sido a guardiã de valores mobiliários que correspondem, no todo, à soma de muito mais de 1 milhão de libras esterlinas. O diretor estava tão consciente da responsabilidade que lhe cabia, em consequência dos grandes interesses em risco, que foram usados cofres-fortes de última geração e se mantinha um guarda armado dia e noite no prédio. Parece que na última semana a firma contratou um novo escriturário, chamado Hall Pycroft. Tem-se a informação de que essa pessoa se tratava de ninguém menos que Beddington, o famoso falsificador e perito ladrão de cofres, que, em companhia do irmão, tinha sido solto havia pouco tempo, após cumprir um período penal de cinco anos de trabalhos forçados. Por alguns meios que ainda se desconhecem, conseguiu, sob um nome falso, esse cargo oficial no escritório, o qual utilizou a fim de obter moldes de várias fechaduras e um conhecimento completo da posição da caixa-forte e dos cofres.*
>
> *É costume na Mawson os funcionários terminarem o expediente ao meio-dia no sábado. O sargento Tuson, da polícia de Londres, ficou, portanto, um tanto surpreso ao ver um cavalheiro com uma valise feita de tapete descer a escada às 13h20. Despertadas suas suspeitas, o sargento seguiu o homem e, com a ajuda do policial Pollock, conseguiu, após uma desesperada resistência, prendê-lo. Logo ficou claro que se cometera um ousado e gigantesco roubo. Descobriu-se o valor equivalente a quase cem mil libras em ações de ferrovias americanas, com uma grande quantidade de certificados monetários de minas e outras sociedades anônimas na valise. Ao examinarem as dependências da financeira, encontrou-se o cadáver do infeliz guarda dobrado e jogado no interior do maior dos cofres, onde só o descobririam na manhã de*

segunda-feira se o sargento Tuson não tivesse prontamente agido. O crânio da vítima fora esmigalhado por um golpe de um atiçador desferido pelas costas. Sem a menor dúvida, Beddington conseguiu entrar ao simular que esquecera algo no escritório e, após assassinar o vigia, retirou rapidamente a papelada do cofre, fugindo com o produto de seu roubo. O irmão, que, em geral, trabalha com ele, não participou desse assalto pelo que se pôde confirmar até o momento, embora a polícia ande pedindo vigorosas informações quanto ao seu paradeiro.

— Bem, podemos poupar a polícia de algumas dificuldades nesse sentido – disse Holmes, ao examinar a figura emaciada, enroscada perto da janela. – A natureza humana constitui uma estranha mistura, Watson. Constata-se que até um vilão e assassino pode inspirar tal afeição que o irmão recorre ao suicídio quando sabe que seu crime lhe fará perder a vida. O doutor e eu ficaremos de vigia, Sr. Pycroft, se tiver a bondade de sair em busca da polícia.

Aventura IV
O *Gloria Scott*

— Tenho aqui alguns papéis – disse meu amigo Sherlock Holmes quando nos sentamos certa noite de inverno ao lado da lareira – os quais, Watson, na verdade, acho que merecem uma olhada: os documentos referentes ao extraordinário caso do *Gloria Scott*, e esta é a mensagem que causou a morte por terror do juiz de paz Trevor quando a leu.

Ele tirara da gaveta um pequeno rolo de papel manchado e, após desenlaçar a fita, entregou-me um breve bilhete redigido às pressas em uma meia folha de papel cinza-ardósia:

— O sortimento de caça para Londres aumenta sem cessar – dizia. – Acreditamos que o chefe da guarda-florestal, Hudson, recebeu, a esta altura, todos os pedidos de mata-moscas e de preservação da vida de seu faisão.

Quando ergui os olhos dessa mensagem enigmática, vi que Holmes ria da expressão em meu rosto.

— Você parece meio perplexo – disse ele.

— Não compreendo como semelhante mensagem pode inspirar horror. Parece-me bastante grotesca, ao contrário.

— Muito provável, tem razão. No entanto, permanece o fato de que ela fez o leitor, um senhor robusto e bem conservado, tombar morto no ato, como se golpeado por uma coronhada de pistola.

— Você despertou minha curiosidade – comentei. – Entretanto, por que acabou de me dizer que havia motivos específicos por que eu devesse estudar o caso?

— Porque foi a primeira vez na vida que me empregaram.

Eu muitas vezes me esforçara para que meu companheiro me revelasse o que pela primeira vez lhe orientara a mente na direção da pesquisa criminal, mas nunca antes o encontrara com um humor comunicativo. Agora eu o via sentar-se na beira da poltrona e abrir os documentos nos joelhos. Depois, acendeu o cachimbo e ficou algum tempo fumando e folheando-os.

— Nunca me ouviu falar de Victor Trevor? – perguntou.
– Foi o único amigo que fiz durante os dois anos em que frequentei a universidade. Não fui um sujeito muito sociável, Watson; sempre gostei mais de vaguear pelos meus aposentos e criar meus pequenos métodos de raciocínio, tanto que nunca convivi muito com os rapazes da minha turma. A não ser por esgrima e boxe, eu tinha poucos interesses atléticos e, além disso, minha linha de estudo era bastante diferente da dos demais colegas, de modo que não tínhamos sequer pontos de contato. Trevor foi o único homem que conheci, e isso apenas por causa do acidente com seu *bull terrier* ao destruir meu tornozelo certa manhã quando me dirigia à capela.

"Embora uma forma prosaica de estabelecer amizade, revelou-se eficaz. Tive de permanecer deitado por dez dias, mas Trevor aparecia para saber de mim. A princípio resumia-se a uma breve conversa, porém suas visitas logo começaram a se prolongar, e, antes do encerramento do período letivo, havíamo-nos tornado amigos íntimos. Ele era um rapaz cordial, que esbanjava bom humor e energia, o verdadeiro oposto de mim na maioria dos aspectos, mas tínhamos alguns interesses em comum, e estabeleceu-se uma união mútua quando descobri que ele carecia tanto de amigos como eu. Por fim, convidou-me a passar algum tempo na casa de seu pai em Donnithorpe, Norfolk, e aceitei a hospitalidade durante um mês das férias longas.

O velho Trevor era, sem a menor dúvida, um homem que desfrutava de certa riqueza e respeito, um juiz de paz e proprietário de terras. Donnithorpe não passa de uma pequena aldeia bem ao norte de Langmere, localizada em Broads, área rural dos rios mais navegáveis e lagos do interior inglês, em cujos pântanos se realizavam uma excelente caça a patos selvagens e uma pesca admiravelmente boa. Na casa, um antigo e amplo prédio de tijolos com vigas de carvalho, havia uma biblioteca pequena mas seleta, adquirida, segundo eu soube, de um ocupante anterior, uma cozinheira razoável, e era acessada por uma bela alameda debruada de tílias, de modo que apenas alguém muito exigente não passaria um mês agradável ali.

Trevor era viúvo, e meu amigo, o filho único. Soube que tivera uma filha, mas morrera de difteria quando visitava Birmingham. O pai despertou-me extremo interesse. De pouca cultura, exibia um grande vigor bruto, tanto no aspecto físico como no mental. Mal conhecia os livros, mas viajara extensamente, vira grande parte do mundo. E lembrava-se de tudo o que aprendera. Como pessoa, tratava-se de um tipo atarracado, corpulento, com um rosto moreno surrado pelas intempéries, encimado por um tufo de cabelos grisalhos, e olhos azuis, cuja perspicácia beirava a ferocidade. No entanto, gozava de boa reputação no campo por sua bondade e generosidade, e destacava-se pela indulgência de suas sentenças no tribunal.

Certa noite, logo após a minha chegada, saboreávamos um cálice de vinho do Porto depois do jantar, quando o jovem Trevor começou a falar daqueles hábitos de observação e dedução que eu já transformara em um sistema, embora ainda não reconhecesse a importância do papel que desempenhariam em minha vida. O velho decerto achou que o filho exagerava a descrição de um ou dois feitos que eu realizara.

— Vamos, Sr. Holmes – disse ele, com um sorriso bem humorado –, sou um excelente voluntário, se puder deduzir algo de mim.

— Receio que não haja muita coisa – respondi. – Eu poderia sugerir que o senhor tem andado com medo de um ataque pessoal nesses últimos 12 meses.

O sorriso desfez-se dos lábios, e ele me olhou com grande surpresa.

— Bem, é a pura verdade – confirmou. – Sabe, Victor – dirigiu-se ao filho –, quando expulsamos aquele bando de caçadores ilegais, eles juraram que iriam nos apunhalar, e Sir Edward Holly, de fato, foi atacado. Desde então, tenho estado de olho aberto, embora não tenha a menor ideia de como você poderia saber dessa história.

— O senhor tem uma bonita bengala – respondi. – Pela inscrição, observei que não a possui há mais de um ano. Contudo, deu-se ao trabalho de perfurar-lhe o punho e despejar chumbo derretido na parte oca, para transformá-la em uma formidável arma. Deduzi que não tomaria tais precauções, a não ser que tivesse algum perigo a temer.

— Mais alguma coisa? – perguntou sorridente.

— O senhor praticou muito boxe na juventude.

— Acertou mais uma vez. Como soube? Meu nariz ficou um pouco torto?

— Não – respondi. – São as orelhas. Exibem o achatamento e a espessura característicos que se destacam em um boxeador.

— Mais alguma coisa?

— A julgar por suas calosidades, trabalhou muito em escavações.

— Ganhei todo o meu dinheiro nas minas de ouro.

— O senhor esteve na Nova Zelândia.

— Acertou de novo.

— O senhor visitou o Japão.

— Pura verdade.

— E manteve um estreito relacionamento com alguém cujas iniciais eram J. A., que depois tentou apagar da memória.

O Sr. Trevor levantou-se devagar, fixou em mim os grandes olhos azuis com uma estranha expressão ensandecida, e, em seguida, tombou de bruços, com o rosto entre as cascas de nozes espalhadas na toalha da mesa, em um profundo desmaio."

— Você pode imaginar, Watson, como ficamos ambos chocados, o filho e eu. O ataque, porém, não durou muito, pois, quando lhe desabotoamos o colarinho e borrifamos a água de uma das taças no rosto, ele deu um ou dois arquejos, sentou-se e disse:

"— Ah, meninos – o sorrido forçado –, espero não tê-los assustado. Por mais forte que pareça, um ponto fraco em meu coração não exige muito para me derrubar. Não sei como consegue isso, Sr. Holmes, mas tenho a impressão de que todos os detetives verdadeiros e fictícios seriam crianças em suas mãos. Essa é a carreira que deve seguir, e aceite a palavra de quem já viu algo do mundo."

— E aquela recomendação, com a exagerada avaliação de meu talento que a precedeu, foi, por favor, acredite em mim, Watson, o primeiro indício que me fez sentir que eu poderia transformar em uma profissão o que até então considerara um simples passatempo. Naquele momento, contudo, eu estava preocupado demais com o repentino mal-estar de meu anfitrião para pensar em outra coisa.

"— Espero não ter dito nada que o fizesse passar mal – murmurei.

— Bem, o senhor com certeza tocou em um ponto muito sensível. Posso perguntar-lhe como sabe, e quanto sabe?

Ele falava agora de um jeito meio zombeteiro, mas uma expressão de terror ainda espreitava no fundo de seus olhos.

— Não pode ser mais simples – respondi. – Quando ergueu o braço desnudo para puxar aquele peixe dentro do barco, vi que tinha tatuado na curva do cotovelo as iniciais J. A. As letras continuavam legíveis, mas ficou muito claro, pela aparência indistinta e pela mancha em volta delas, que tinha havido esforços para apagá-las. Era óbvio, portanto, que essas iniciais haviam sido de alguém muito íntimo em outro tempo, e que o senhor depois desejou esquecer.

— Que olho o senhor tem! – exclamou ele, com um suspiro de alívio. – É assim mesmo como diz. Mas não falemos mais nisso. De todos os fantasmas, os de nossos antigos amores são os piores. Venha para a sala de bilhar e fume um charuto em paz.

A partir daquele dia, em meio a toda a cordialidade, sempre se desprendia um toque de desconfiança na atitude do Sr. Trevor em relação a mim. Até o filho comentou-o:

— Você deu um susto tão grande em meu pai – disse – que ele nunca mais terá de novo certeza sobre o que você sabe ou não.

Sei que o velho não pretendia manifestá-la, mas aquela desconfiança ficou tão arraigada em sua mente que se revelava em cada ação. Por fim, convenci-me tanto de que eu vinha lhe causando inquietação que decidi encerrar minha visita. No mesmo dia, contudo, antes de ir-me embora, ocorreu um incidente que se verificou em seguida de grande importância.

Sentávamo-nos os três em espreguiçadeiras no gramado, refestelados ao sol, e admirávamos a paisagem de Broads defronte, quando uma criada saiu para informar que um homem na porta queria ver Trevor.

— Como ele se chama? – perguntou o anfitrião.

— Ele não quis dar o nome.

— Que deseja então?

— Diz que o senhor o conhece, e quer apenas conversar um momento.

— Traga-o até aqui.

Um instante depois, apareceu um homenzinho encarquilhado, com atitude servil e um estilo de andar vacilante. Usava um paletó aberto, com uma mancha de alcatrão na manga, uma camisa xadrez vermelha e preta, calça de brim azul e pesadas botas bem surradas. Tinha o rosto magro, bronzeado e astucioso, com um sorriso inalterável que expunha uma linha irregular de dentes amarelos, e as mãos enrugadas e semifechadas de um jeito típico dos marinheiros. Quando ele surgiu desengonçado do outro lado do gramado, ouvi o Sr. Trevor emitir o ruído de um soluço entalado na garganta, levantar-se de um salto da cadeira e correr casa adentro. Voltou um instante depois, e senti o cheiro forte de conhaque quando passou por mim.

— Bem, meu caro – disse –, o que posso fazer por você?

O marinheiro encarou-o com olhos franzidos e o mesmo sorriso frouxo dos lábios.

— Não me reconhece? – perguntou.

— Ora, santo Deus, com certeza é Hudson! – exclamou o Sr. Trevor em um tom de surpresa.

— Hudson, sim, senhor – respondeu o marinheiro. – Bem, faz trinta anos ou mais que o vi pela última vez. Aqui está o senhor em sua casa, e eu continuo a catar minha carne salgada em tonel de sobras.

— Que é isso? Vai ver que não esqueci os velhos tempos! – exclamou o Sr. Trevor e, após se encaminhar até o marinheiro, disse-lhe algo em voz baixa. – Vá para a cozinha – continuou em voz alta – e receberá comida e bebida. Não tenho a menor dúvida de que encontrarei uma situação para você.

— Muito obrigado, senhor – disse o marinheiro, tocando-lhe o topete. – Acabo de passar dois anos em um navio mercante de oito nós, aliás, com tripulação insuficiente, e preciso de descanso. Pensei que o conseguiria com o Beddoes ou o senhor.

— Ah! – exclamou Trevor. – Sabe onde se encontra o Sr. Beddoes?

— Por favor, senhor, sei onde se encontram todos os meus velhos amigos – disse o sujeito, com um sorriso sinistro, e, desengonçado, seguiu a criada até a cozinha.

O Sr. Trevor resmungou qualquer coisa sobre ter sido companheiro de navio do homem quando voltava para as minas, deixou-nos no gramado e entrou. Uma hora depois, ao entrarmos, nós o encontramos bêbado como um gambá, estendido no sofá da sala de jantar. Todo o incidente deixou-me uma péssima impressão na mente, e não lamentei no dia seguinte deixar Donnithorpe, pois senti que minha presença deveria ser uma fonte de constrangimento para meu amigo.

Tudo isso ocorreu durante o primeiro mês das férias longas. Subi aos meus aposentos de Londres, onde passei sete semanas realizando algumas experiências de química orgânica. Um dia, porém, quando o outono já se achava bem avançado e as férias se aproximavam do fim, recebi um telegrama de Victor, que implorava meu retorno a Donnithorpe e dizia que precisava muito de meu conselho e ajuda. Claro que abandonei tudo e parti mais uma vez para o norte.

Ele me esperava com o cabriolé na estação, e um olhar revelou-me que os últimos dois meses haviam sido conturbados. Victor emagrecera, tinha a expressão atormentada e perdera a atitude alegre, ruidosa, que o destacava.

— Meu pai agoniza – foram as suas primeiras palavras.

— Impossível! – exclamei. – Que aconteceu?

— Apoplexia. Choque nervoso. Passou o dia inteiro à beira da morte. Duvido que o encontremos vivo."

— Fiquei, como pode imaginar, Watson, horrorizado com essa notícia inesperada.

"— Qual foi a causa? – perguntei.

— Ah, essa é a questão. Suba e poderemos conversar no caminho. Lembra-se daquele sujeito que chegou à véspera de sua partida?
— Perfeitamente.
— Sabe quem recebemos em nossa casa naquele dia?
— Não tenho a menor ideia.
— O diabo, Holmes! – gritou ele.
Eu o encarei atônito.
— Sim. O diabo em pessoa. Não tivemos sequer uma hora de paz desde então. Meu pai nunca mais ergueu a cabeça a partir daquela tarde, e agora a vida lhe foi arrebatada, e seu coração está partido por causa daquele maldito Hudson.
— Que poder para isso tem ele?
— Ah, isso é o que eu daria tudo para saber. Meu bondoso, caridoso e velho pai... como teria caído nas garras de tal rufião? Mas tanto me alegra você ter vindo, Holmes. Confio muito em seu parecer e em sua discrição; sei que me aconselhará para o melhor.

Corríamos pela nivelada e branca estrada campestre, com o longo estirão de Broads diante de nós, cintilando à luz vermelha do sol poente. De um bosque à esquerda, eu já avistava as altas chaminés e o mastro de bandeira que assinalavam a mansão do fidalgo."

" Meu pai tornou o sujeito jardineiro e, depois, como isso não o satisfizesse, promoveu-o a mordomo. A casa parecia sua propriedade, e ele vagabundeava e fazia o que queria nela. As criadas queixavam-se de sua constante embriaguez e linguagem obscena. Papai aumentou o salário de todas para recompensá-las da importunação. O sujeito pegava o barco e a melhor espingarda de meu pai para desfrutar de pequenas viagens de tiro ao alvo. E tudo isso com uma expressão desdenhosa, maliciosa, insolente, que me teria feito derrubá-lo a pancadas vinte vezes se fosse um homem da minha idade. Palavra, Holmes, tive de me submeter a um ferrenho controle pessoal, e agora me pergunto se talvez não teria agido com mais sensatez se tivesse perdido as estribeiras.

Bem, os problemas foram de mal a pior conosco, e Hudson, esse animal, tornou-se cada vez mais agressivo até que, afinal, um dia, ao dar uma resposta insolente a meu pai em minha presença, eu o agarrei pelos ombros e o expulsei da sala. Retirou-se sorrateiro, com o rosto lívido e olhos venenosos que proferiam mais ameaças do que faria com a boca. Não sei o que se passou entre meu pobre pai e ele depois disso, mas papai se aproximou de mim no dia seguinte e perguntou-me se eu me importava em pedir desculpas a Hudson. Recusei-me, como você pode imaginar, e perguntei-lhe como podia permitir que semelhante traste tomasse tais liberdades com ele e sua família.

— Ah, meu filho, é muito fácil falar, mas você desconhece a situação em que me encontro. Mas ficará sabendo, Victor. Cuidarei para que saiba, aconteça o que acontecer. Você não iria acreditar que seu pobre pai cometeu algum mal, iria?

Ele se sentiu muito comovido e trancou-se no gabinete o dia todo, onde vi pela janela que escrevia algo muito rápido. Naquela noite aconteceu o que me pareceu um grande alívio, pois Hudson nos disse que iria nos deixar. Entrou na sala onde nos sentávamos depois do jantar e anunciou sua intenção com a voz pastosa de um semiembriagado.

— Já me fartei de Norfolk – declarou. – Partirei logo para a casa do Sr. Beddoes, em Hampshire. Ouso dizer que ele ficará tão contente quanto o senhor por me ver.

— Espero que não parta com ressentimento na alma, Hudson – disse meu pai, com uma submissão que me fez ferver o sangue.

— Ainda não me pediram desculpas – respondeu mal-humorado e lançou um olhar em minha direção.

— Victor, você há de reconhecer que tratou esse homem com muita grosseria – interveio meu pai, ao dirigir-me a palavra.

— Ao contrário, acho que ambos lhe demonstramos excepcional paciência – respondi.

— Ah, demonstraram, é? - rosnou ele. – Muito bem, camarada. Cuidaremos disso!

Ele saiu desengonçado da sala, e meia hora depois partiu de casa e deixou meu pai em um lamentável estado de nervos. Noite após noite, ouvi-o andar de um lado a outro no seu quarto, e no momento em que recuperava um pouco da confiança abateu-se o golpe fatal."

"E como? – perguntei ansioso.

— De modo muitíssimo extraordinário. Chegou uma carta para meu pai ontem à noite com o carimbo do correio de Fordingbridge. Ele a leu, levou as mãos à cabeça e começou a correr pelo quarto, em pequenos círculos, como alguém que enlouquecera. Quando eu afinal o arrastei para o sofá, tinha a boca e as pálpebras totalmente repuxadas para um lado, e vi que ele sofrera um derrame. O Dr. Fordham chegou logo depois de chamado. Nós o pusemos na cama, mas a paralisia se alastrou, ele não mostrou nenhum sinal de recobrar a consciência, e acho que dificilmente o encontraremos vivo.

— Você me horroriza, Trevor! – exclamei. – Que poderia ter nessa carta para causar um resultado tão apavorante?

— Nada. Aí está a parte inexplicável. A mensagem era absurda e trivial. Ai, meu Deus, aconteceu como temi!

Enquanto ele falava, fazíamos a curva da alameda, e vimos, pela luz enfraquecida, que se haviam fechado todas as venezianas da casa. Assim que nos precipitamos para a porta, meu amigo com o rosto convulsionado de dor, saiu por ela um senhor vestido de preto.

— Quando aconteceu, doutor? – perguntou Victor.

— Quase assim que você saiu.

— Ele recuperou a consciência?

— Por um instante antes do fim.

— Alguma mensagem para mim?

— Apenas que os papéis estão na gaveta no fundo da escrivaninha japonesa.

Victor subiu com o médico ao quarto do morto, enquanto eu permanecia no gabinete, refletindo repetidas vezes sobre toda a história e me sentindo deprimido como nunca. Qual era o passado desse Trevor, que fora pugilista, viajante e tornara-se mineiro de ouro, qual o motivo que o fizera submeter-se ao poder daquele marujo de expressão sarcástica? Por que, também, desmaiara ao ouvir uma alusão às iniciais meio apagadas em seu braço, e morreu de terror quando recebeu uma carta de Fordingham? Então me lembrei de que Fordingham ficava em Hampshire e de que também se dissera que o tal Beddoes, a quem o marinheiro fora visitar e, desconfia-se, chantagear, morava em Hampshire. A carta, portanto, podia ter vindo tanto de Hudson, para dizer que traíra o culpável segredo que parecia existir, como de Beddoes, para avisar um antigo cúmplice da iminência de tal traição. Até aí, parecia muito claro. No entanto, como essa carta poderia ser trivial e grotesca, como descrevera o filho? Ele deve tê-la interpretado mal. Se assim o fosse, talvez se tratasse de um daqueles engenhosos códigos secretos, destinados a significar uma coisa, quando parecem significar outra. Eu precisava ver a carta. E se contivesse um significado oculto, eu acreditava poder desenredá-lo. Durante uma hora fiquei sentado no escuro, meditando, até uma criada chorosa trazer um lampião. Meu amigo Trevor, pálido, mas composto, vinha logo atrás com esses mesmos papéis na mão que se estendem agora em meus joelhos. Sentou-se na minha frente, puxou o lampião para a borda da mesa e entregou-me um breve bilhete quase ilegível, como vê, em uma folha de papel cinza: "O sortimento de caça para Londres aumenta sem cessar", dizia. "Acreditamos que o chefe da guarda-florestal, Hudson, recebeu, a essa altura, todos os pedidos de mata-moscas e de preservação da vida de seu faisão."

Garanto que meu semblante ficou tão perplexo quanto o seu quando li pela primeira vez essa mensagem. Depois a reli com toda a atenção. Sem sombra de dúvida, era o que eu pensara, e aquela estranha combinação de palavras devia conter algum sentido secreto. Ou talvez houvesse um significado predeterminado para termos como "papel pega-moscas" e "faisão". Tal significado seria aleatório, e de modo nenhum se poderia deduzi-lo. No entanto, não me sentia inclinado a acreditar que fosse isso, e a presença da palavra "Hudson" parecia mostrar que o tema da mensagem, como eu supusera, parecia vir mais de Beddoes que do marinheiro. Tentei lê-la de trás para frente, mas a combinação "vida do faisão" não me incentivava. Tentei então palavras alternadas, mas nem "o de para" nem "caça sortimento" prometiam esclarecê-la.

No entanto, um instante depois, eu tinha a posse da chave da charada, e vi que cada terceira palavra, a começar da primeira, transmitia uma mensagem que bem poderia levar o velho Trevor ao desespero.

Era breve e sucinto o aviso, como agora o leio para meu companheiro: "A caça terminou. Hudson delatou tudo. Fuja para salvar sua vida".

Victor Trevor afundou o rosto em mãos trêmulas. – Imagino que deva ser isso mesmo – disse. – Mas é pior do que a morte, pois também quer dizer desgraça. Qual, porém, é o significado de "chefe da guarda-florestal" e "faisão?".

Nada significam para a mensagem, mas talvez representem muito para nós se não tivéssemos outro meio de descobrir o remetente. Você vê que ele começou a escrever o seguinte: "A caça terminou...", e assim por diante. Depois ele teve, para concluir a escrita cifrada predeterminada, de preencher com quaisquer duas palavras cada espaço. Usaria, decerto, as primeiras que lhe viessem à mente, e como havia entre elas tantas palavras que se referiam ao esporte da caça, pode-se ter razoável certeza de que ou é um caçador entusiástico ou tem interesse por criação de aves. Sabe alguma coisa desse Beddoes?

— Ora, agora que o menciona – respondeu –, lembro-me de que meu pai sempre recebia um convite para caçar em sua reserva florestal todo outono.

— Então, sem a menor dúvida, vem dele o bilhete – concluí. – Resta-nos apenas descobrir que segredo era esse que o marinheiro Hudson parece que mantinha suspenso sobre a cabeça desses dois homens ricos e respeitáveis.

— Ah, Holmes, temo que seja de pecado e vergonha! – exclamou meu amigo. – Mas para você não terei segredos. Veja a declaração redigida por meu pai quando soube que o perigo de Hudson se tornara iminente. Encontrei-a na escrivaninha japonesa, como ele disse ao médico. Tome-a e leia para mim, pois não tenho forças nem ânimo para fazê-lo."

— Esses são os papéis, Watson, que ele me entregou, e vou lê-los como os li para Victor no velho gabinete naquela noite. Estão endossados aqui fora, como vê: "Alguns detalhes da viagem da embarcação *Gloria Scott*, desde a partida de Falmouth, em 8 de outubro de 1855, até sua destruição na latitude 'N 15° 20', longitude 'O 25° 14', em 6 de novembro". Escrita em forma de carta, diz o seguinte:

Meu querido filho, agora que a iminente desgraça começa a turvar os anos finais de minha vida, posso escrever com toda a verdade e honestidade que não é o terror da lei nem a perda de minha posição no condado, tampouco minha degradação aos olhos de todos os que me conhecem que me lancinam o coração, mas a ideia de que você possa envergonhar-se de mim, você que me ama e que raras vezes, espero, teve motivo para não me respeitar. Mas, se vier a ser desferido o golpe que há muito tempo paira sobre mim, eu gostaria que lesse esta para que saiba diretamente por mim até que ponto poderão me culpar. Por outro lado, se tudo correr bem (permita Deus Todo-Poderoso!), e depois, por algum acaso, não se houver destruído este documento e venha a cair em suas mãos, rogo-lhe, por tudo o que considera sagrado, pela memória de sua querida mãe e pelo amor que sempre houve entre nós, que o atire no fogo e nunca mais lhe conceda um único pensamento.

Se, por outro lado, seus olhos continuarem a ler estas linhas, é certo que já terei sido denunciado e arrastado de meu lar ou, mais provavelmente, pois sabe que meu coração é fraco, que eu jaza com a língua selada para sempre na morte. Nos dois casos, terá passado o tempo da omissão, e cada palavra que lhe digo é a verdade nua e crua, isso eu juro, assim como espero misericórdia.

O meu nome, querido filho, não é Trevor. Chamava-me James Armitage nos tempos de minha juventude, e agora você pode entender o choque que me causou, algumas semanas atrás, quando seu amigo de faculdade dirigiu-me palavras, as quais pareciam indicar que ele adivinhara meu segredo. Foi como Armitage que comecei a trabalhar em uma casa bancária de Londres e como Armitage fui preso por violar as leis de meu país, sendo sentenciado ao degredo. Não me julgue com muita dureza, meu menino. Era uma dívida de honra, assim chamada, que eu tinha de pagar, e usei dinheiro que não me pertencia para fazê-lo, na certeza de que poderia repô-lo antes que houvesse alguma possibilidade de perceberem sua falta. A mais apavorante má sorte, porém, perseguiu-me. O dinheiro com o qual eu contava nunca me chegou às mãos, e uma auditoria prematura revelou meu déficit. O caso poderia ter sido tratado com indulgência, mas as leis eram aplicadas com mais severidade trinta anos atrás do que agora, e, aos 23 anos, vi-me acorrentado como criminoso com outros 37 prisioneiros nas entrecobertas do barco Gloria Scott, *rumo à Austrália.*

Era o ano de 1855, quando a Guerra da Crimeia atingira o auge e grande parte dos velhos navios de prisioneiros vinha sendo empregada como transportes de tropas no Mar Negro. O governo foi obrigado, portanto, a empregar navios menores e menos adequados para despachar seus prisioneiros ao exterior. O Gloria Scott *fazia parte da rota chinesa do chá. Era uma embarcação antiquada, de proa muito arqueada e cascos muito largos, e os novos navios de marcha rápida haviam-na substituído. Pesava quinhentas toneladas e, além dos seus 38 pássaros enjaulados, levava uma tripulação de 26 marinheiros, 18 soldados, 1 capitão, 3 oficiais da Marinha, 1 médico, 1 capelão e 4 carcereiros. Transportava quase cem almas quando partimos de Falmouth.*

As divisórias entre as celas dos prisioneiros, em vez de feitas com carvalho maciço, como é de praxe em navios de prisioneiros, eram muito mais finas e frágeis. O homem ao meu lado, na popa, foi o que me chamou especial atenção quando nos conduziram pelo cais no embarque. Jovem, tinha o rosto claro e imberbe, um nariz longo e fino, e mandíbulas meio semelhantes a um quebra-nozes. Mantinha a cabeça de forma muito garbosa no ar, um estilo de andar com ares de superior, e acima de tudo se destacava por sua extraordinária altura. Creio que a cabeça de nenhum de nós lhe alcançasse o ombro, e tenho certeza de que não podia medir menos de dois metros. Era estranho entre tantos semblantes tristes e cansados ver alguém cheio de energia e resolução. A visão disso me parecia um incêndio em plena nevasca.

Alegrou-me, em seguida, constatar que era meu vizinho, e mais ainda quando, na calada da noite, ouvi um sussurro próximo ao ouvido, descobrindo que ele conseguira fazer uma abertura na madeira que nos separava.

— Olá, parceiro! – disse. – Como se chama, e o que você fez para estar aqui?

Respondi-lhe, e perguntei em troca quem era ele.

— Sou Jack Prendergast – disse ele – e, por Deus, aprenderá a abençoar meu nome antes de acabar de conversar comigo!

Lembrei-me de ouvir falar no caso dele porque foi um dos que causaram imensa sensação em todo o país, um pouco antes de minha prisão. Embora um homem de boa família e grande capacidade, tinha hábitos incuravelmente deploráveis, por meio dos quais obtivera, em virtude de um engenhoso sistema de fraude, enormes somas dos principais comerciantes de Londres.

— Ah! Você se lembra de meu caso! – disse orgulhoso.

— Muito bem, na verdade.

— Então, talvez se lembre de algo extraordinário a respeito...

— Que houve, então?

— Eu amealhara quase 1/4 de milhão, não?

— Assim se dizia.

— Mas não se recuperou nada, hein?

— Não.

— Bem, onde você imaginaria que se encontra o saldo? – perguntou.

— Não tenho a menor ideia – respondi.

— Bem aqui, entre meu indicador e polegar! – exclamou. – Por Deus, tenho mais libras em meu nome do que você cabelos na cabeça. E, quando se tem dinheiro, meu filho, e sabe-se como cuidar dele e distribuí-lo, pode-se fazer qualquer coisa. Ora, não acha provável que um homem com condições de fazer qualquer coisa vá gastar a calça no porão fedorento, infestado de ratos, baratas, do velho caixão bolorento de um costeiro chinês. Não, senhor, semelhante homem cuidará de si mesmo e de seus camaradas. Fique certo disso! Confie nele, e pode beijar a Bíblia, que ele o conduzirá até o fim.

Falava nesse estilo e em princípio pensei que nada significasse, mas após algum tempo, depois que me testara e me fizera jurar com toda solenidade possível, deu-me a entender que, de fato, havia um motim em andamento para assumir o comando do navio. Uma dúzia dos prisioneiros elaborara o plano antes de embarcar; Prendergast era o líder, e seu dinheiro, a força motivadora.

— Eu tinha um sócio – continuou ele –, um sujeito raro e bom, tão fiel quanto a culatra no cano de um mosquete. Recebeu parte da grana, recebeu, sim, e onde você acha que ele está no momento? Ora, é o capelão deste navio; o capelão, ninguém menos! Subiu a bordo com um manto preto, os documentos em ordem e dinheiro suficiente na valise para comprar o barco inteiro, desde a quilha até o mastro principal. A tripulação é dele, corpo e alma. Pôde comprar todos os membros com um desconto para pagamento à vista, e o fez antes que assinassem o acordo. Comprou dois dos carcereiros e Mereer, o segundo oficial da Marinha; conseguiria o próprio capitão, se o julgasse merecedor.

— Que devemos fazer, então? – perguntei.

— Que você acha? Deixaremos os paletós de alguns desses soldados mais vermelhos do que fez o alfaiate.

— Mas eles estão armados! – salientei.

— E também estaremos, meu garoto. Há um par de pistolas para cada filho da mãe entre nós e, se não conseguirmos capturar este navio com a tripulação do nosso lado, é hora de nos mandarem para um internato de mocinhas. Fale com seu companheiro à esquerda à noite e veja se ele é digno de confiança.

Assim o fiz, e descobri que meu outro vizinho era um jovem camarada em situação muito semelhante à minha, condenado pelo crime de falsificação. Chamava-se Evans, mas depois mudou o nome, como eu, e agora é um homem rico e próspero no sul da Inglaterra. Logo se prontificou a juntar-se à conspiração como o único meio de nos salvarmos, e, antes que houvéssemos atravessado a baía, apenas dois prisioneiros desconheciam o segredo. Um parecia débil mental, e não ousamos confiar nele; o outro sofria de icterícia e de nada serviria para nós.

Desde o início, nada de fato nos impedia de nos apossarmos do navio. A tripulação consistia em um grupo de rufiões, escolhidos a dedo para a tarefa. O falso capelão entrava em nossas celas para nos exortar, com uma valise preta, que se supunha cheia de panfletos religiosos, e veio com tanta frequência que, no terceiro dia, cada um de nós escondera debaixo da cama 1 lima, 1 par de pistolas, quase 1/2 quilo de pólvora e 20 balas. Dois dos carcereiros eram agentes de Prendergast, e o segundo oficial náutico, seu braço direito. Apenas o capitão, os outros 2 oficiais náuticos, 2 carcereiros, o tenente Martin, seus 18 soldados e o médico formavam todo o grupo que tínhamos contra nós. No entanto, por mais segura que fosse nossa situação, decidimos não negligenciar nenhuma precaução e fazer nosso ataque de repente, à noite. Este ocorreu, porém, mais rápido do que esperávamos, e da seguinte maneira.

Uma noite, na terceira semana após a partida, o médico descera para ver um dos prisioneiros que se achava doente, e, ao pôr a mão embaixo de seu catre, apalpou o contorno das pistolas. Se houvesse permanecido calado, talvez tivesse posto tudo por água abaixo, mas, como era um homenzinho nervoso, soltou um grito de surpresa e empalideceu tanto que o doente descobriu em um instante o que acontecera e logo o agarrou. Amordaçaram-no antes que o camarada pudesse disparar o alarme e amarraram-no na cama. Ao entrar, o médico destrancara a porta que levava ao convés, e a transpusemos em grande precipitação. As duas sentinelas tombaram com um tiro, assim como um cabo que chegou às pressas para ver o que acontecera. Mais dois soldados postavam-se diante da porta do camarote dos oficiais, e parecia que não haviam carregado seus mosquetes, pois não atiraram em nós, e foram baleados enquanto tentavam fixar as baionetas. Em seguida, precipitamo-nos para a cabine do capitão, mas, ao empurrarmos a porta para abri-la, irrompeu uma explosão de dentro, e lá jazia ele, com a cabeça empapada de sangue sobre o mapa do Atlântico pregado na mesa, enquanto o capelão continuava em pé com uma pistola fumegante na mão, próxima ao cotovelo do capitão. Os dois oficiais náuticos tinham sido agarrados pela tripulação, e toda a situação parecia dominada.

O camarote dos oficiais ficava ao lado da cabine e nos aglomeramos ali; desabamos nos sofás, todos falando ao mesmo tempo, pois simplesmente nos sentíamos enlouquecidos com a sensação de que éramos livres de novo. Viam-se armários trancados em toda a volta, e Wilson, o falso capelão, arrombou um deles e retirou uma dúzia de garrafas de xerez. Quebramos os gargalos das garrafas, despejamos o conteúdo em copos altos, e acabávamos de erguê-los para um brinde, quando, de repente, sem aviso, o estrondo de mosquetes chegou-nos aos ouvidos, e o salão encheu-se tanto de fumaça que não víamos o outro lado da mesa. Quando tornou a desanuviar-se, a sala revelou-se um pandemônio: Wilson e outros oito retorciam-se no chão uns em cima dos outros, e a visão do sangue e do xerez naquela mesa ainda me nauseia até hoje quando penso nisso. Ficamos tão acovardados com a visão que acho que teríamos desistido da empreitada se não fosse Prendergast. Ele berrou como um touro e precipitou-se para a porta com todos os que haviam restado vivos em seus calcanhares. Saímos desembestados, e lá fora, na popa, encontravam-se o tenente e dez de seus homens. Haviam aberto uma fresta nas claraboias acima da mesa do salão, e atirado em nós pela abertura. Atiramos neles antes que pudessem recarregar as armas e todos resistiram bravamente, mas tínhamos a vantagem do número de homens, e em cinco minutos tudo terminara. Meu Deus! Será que algum dia se viu um matadouro como aquele navio? Prendergast parecia um demônio enfurecido e, após erguer os soldados como se fossem crianças, lançava-os ao mar, vivos ou mortos. Um sargento, apesar de gravemente ferido, continuou a nadar durante um tempo surpreendente, até alguém, por compaixão, estourar-lhe os miolos. Quando o combate cessou, não restara nenhum dos inimigos, exceto os carcereiros, os oficiais náuticos e o médico.

Foi por causa deles que se iniciou a grande rixa. Muitos de nós nos sentíamos satisfeitos o suficiente pela reconquista da liberdade, embora não tivéssemos o menor desejo de carregar na alma a culpa de assassinato. Uma coisa era liquidar soldados de mosquetes nas mãos; outra era presenciar um massacre de homens a sangue-frio. Oito entre nós, cinco condenados e três marinheiros, declararam que não concordavam com o extermínio. Mas nada demovia Prendergast e os que o apoiavam. O líder afirmou que nossa única chance de segurança dependia de fazermos uma limpeza completa, e ele não deixaria ninguém com o poder de dar com a língua nos dentes em um banco de testemunhas. Por pouco não partilhamos o destino dos prisioneiros, mas afinal o líder disse que, se quiséssemos, poderíamos pegar um bote e partir. Agarramo-nos de um salto à oferta, pois não aguentávamos mais aqueles atos sanguinários, e vimos que tudo só tenderia a piorar. Deram a cada um de nós: 1 uniforme de marinheiro, 1 barril de água, 2 barricas, 1 de carne-seca e outra de biscoitos, e 1 bússola. Prendergast atirou-nos um mapa, declarou que éramos marinheiros náufragos, cujo navio afundara a 15 graus de latitude norte e 25 graus de longitude oeste, e em seguida cortou o cabo de atracação, deixando-nos partir.

E agora chego à parte mais surpreendente de meu relato, querido filho. Os marinheiros haviam inclinado para trás a vela da mezena durante o motim, mas, agora, enquanto os deixávamos, colocaram-na no lugar e, como soprava um leve vento do norte e leste, a embarcação começou a afastar-se lentamente de nós. Nosso bote subia e descia pelas longas e suaves ondulações, e Evans e eu, os mais instruídos do grupo, sentávamo-nos juntos à bolina para calcular nossa posição e decidir a costa rumo à qual nos dirigir. Revelou-se um problema interessante, pois a de Cabo Verde[2] ficava a quinhentas milhas náuticas ao norte de nós, e a costa africana, a umas setecentas a leste. No cômputo geral, como o vento mudava de direção para o norte, pensamos que Serra Leõa[3] talvez fosse melhor, e giramos a proa do bote naquela

---

[2] No original, Cape de Verdes.
[3] No original, Sierra Leone.

direção, o navio então com o casco quase oculto sob nossa alheta de boroeste. De repente, enquanto o olhávamos, vimos uma densa nuvem preta irromper-se céu acima e pairar como uma árvore monstruosa no horizonte. Poucos segundos depois, um estrondo semelhante a um trovão explodiu em nossos ouvidos, e, quando a fumaça se dissipou, não restara mais sinal do Gloria Scott. *Em um instante, tornamos a girar a proa do barco e nos impelimos com toda a força ao local onde a cerração que ainda ondulava acima da água assinalava a cena daquela catástrofe.*

Levamos uma longa hora até alcançá-la, e a princípio tememos que houvéssemos chegado tarde demais para salvar alguém. Um bote estilhaçado, muitos caixotes e fragmentos de mastros que subiam e desciam nas ondulações, mostraram-nos onde a embarcação soçobrara, mas não vimos nenhum sinal de vida, e havíamos retornado desesperados, quando ouvimos um grito de socorro, e avistamos a certa distância um pedaço de madeira dos destroços com um homem estendido enviesado. Quando o puxamos a bordo do bote, ele se revelou um jovem marujo chamado Hudson, que se achava tão queimado e exausto que só nos pôde nos dar um relato do que acontecera na manhã seguinte.

Ao que parece, depois de partirmos, Prendergast e seu bando começaram a eliminação dos cinco prisioneiros restantes. Os dois carcereiros foram liquidados a tiros e jogados pela amurada, e o mesmo ocorrera com o terceiro oficial náutico. Prendergast então desceu ao porão sob o convés principal e com a própria mão degolou o infeliz médico. Restara apenas o primeiro oficial náutico, homem ousado e vigoroso. Quando ele viu o condenado líder aproximar-se com a faca coberta de sangue na mão, conseguiu livrar-se a chutes das amarras que de algum modo afrouxara, e, após se precipitar convés abaixo, mergulhou no porão de popa. Doze condenados a trabalhos forçados, que desceram com suas pistolas à procura do oficial, encontraram-no com uma caixa de fósforos na mão, sentado ao lado de um barril de pólvora aberto, um das centenas transportados a bordo, e jurou que mandaria tudo pelos ares se fosse de qualquer forma molestado. Um instante depois ocorreu a explosão, embora Hudson achasse que fora causada pela bala mal assestada de um condenado, e não pelo fósforo do oficial. Independentemente da causa, isso resultou no fim do Gloria Scott *e da turba que mantinha o comando do navio.*

Esta, em poucas palavras, meu querido filho, é a história do terrível caso em que me envolvi. No dia seguinte, fomos resgatados pelo brigue Hotspur, *rumo à Austrália, cujo capitão não encontrou nenhuma dificuldade em acreditar que fôssemos sobreviventes de um cruzeiro que soçobrara. O Almirantado declarou a embarcação dos desterrados* Gloria Scott *como perdida no mar, e não veio a público nem uma única palavra quanto ao seu verdadeiro destino. Após uma excelente viagem, o* Hotspur *desembarcou-nos em Sydney, onde Evans e eu mudamos de nome e nos dirigimos às escavações de minas, nas quais, em meio às multidões que se haviam reunido de todas as nações, não tivemos dificuldade em perder nossas antigas identidades. O resto não preciso relatar. Prosperamos, viajamos, regressamos à Inglaterra como colonos ricos e compramos propriedades no campo. Por mais de vinte anos, levamos uma vida útil e pacífica, com a esperança de que se enterrara para sempre nosso passado. Imagine, então, meus sentimentos quando, no marinheiro que nos procurou, reconheci o homem que resgatáramos do naufrágio. De algum modo, ele fora em nosso encalço, e decidira viver à custa de nossos medos. Você entenderá agora os motivos que me levaram a esforçar-me por manter a paz com ele, e em certa medida se solidarizará comigo nos temores que me dominam, agora que ele se afastou de mim em busca de sua outra vítima, com ameaças na língua.*

— Abaixo se leem palavras escritas por uma mão tão trêmula a ponto de torná-las quase ilegíveis: "Beddoes escreve em código para dizer que H. contou tudo. Amado Senhor, tende misericórdia de nossas almas!". Este foi o relato que li naquela noite para o jovem Trevor, e creio, Watson, que, nas circunstâncias, revelou-se dramático e deixou meu bom companheiro desolado, e levou-o a partir para o cultivo de chá em Terai, de onde tenho notícias de que prospera. Quanto ao marinheiro e a Beddoes, nunca mais se ouviu falar deles depois daquele dia em que se escreveu a carta de aviso. Ambos desapareceram. Não se registrou nenhuma queixa na polícia, de modo que Beddoes confundira uma ameaça com um fato consumado. Vira-se Hudson à espreita, e a polícia local acreditou que ele liquidara Beddoes e fugira. Quanto a mim, creio que a verdade tenha sido exatamente o oposto. Acho mais provável que Beddoes, impelido pelo desespero e, ao julgar-se já traído, vingara-se de Hudson e fugira do país com todo o dinheiro que conseguiu pegar. Esses são os fatos do caso, doutor, e se puderem contribuir para sua coletânea, garanto que os coloco à sua inteira disposição.

Aventura V
O ritual Musgrave

Uma anomalia que muitas vezes me chamava a atenção na personalidade de meu amigo Sherlock Holmes era que, embora em seus métodos ele fosse o mais ordenado e metódico dos homens, e também exibisse discreto esmero em sua maneira de se vestir, não deixava de revelar-se nos hábitos pessoais um dos mais desmazelados homens que já levaram um coinquilino quase à loucura. Não que eu seja nem um pouco convencional nesse aspecto. A guerra no Afeganistão, com a faina brutal e desordenada, além de minha inata tendência à vida boêmia, tornaram-me um tanto mais permissivo do que convém a um médico. No entanto, comigo há um limite, e quando encontro um homem que guarda os charutos no balde de carvão, o tabaco na ponta de um chinelo persa, e a correspondência não respondida cravada com um canivete no centro exato da cornija de madeira acima da lareira, começo a dar-me ares de virtuoso. Sempre defendi também que o exercício de tiro com pistola deveria ser um passatempo restrito ao ar livre; e quando Holmes, em um de seus estranhos humores, sentava-se em uma poltrona com sua arma pronta para disparar e uma centena de cartuchos Boxer, e adornava a parede defronte com as patrióticas iniciais V.R.[4] feitas a orifícios de balas, eu tinha a forte impressão de que isso em nada contribuía para melhorar a atmosfera nem a aparência de nossa sala.

    Nossos aposentos já se achavam sempre repletos de substâncias químicas e relíquias criminais que tinham a singularidade de se deslocar para lugares improváveis, e de aparecer na manteigueira ou até em lugares ainda menos desejáveis.

---

[4] Da Rainha Vitória em latim, *Victoria Regina*.

Mas os documentos de meu companheiro constituíam minha grande cruz. Ele tinha muito medo de destruí-los, sobretudo os relacionados a casos antigos; apesar disso, apenas uma vez a cada um ou dois anos reunia energia para etiquetá-los e arrumá-los; pois, como eu já disse em algum lugar nestas memórias incoerentes, aos acessos de arrebatada energia, quando desempenhava ações admiráveis com as quais se associam seu nome, seguiam-se períodos de letargia, durante os quais ele permanecia enfurnado dentro de casa com o violino e os livros, quase sem se mexer, a não ser do sofá para a mesa. Assim, mês após mês, acumulavam-se aqueles papéis, até cada canto da sala ficar empilhado de pacotes de manuscritos que, em hipótese alguma, podiam-se queimar nem jogar fora, exceto pelo dono. Uma noite de inverno, enquanto nos sentávamos juntos ao pé do fogo, arrisquei sugerir-lhe que, quando ele houvesse terminado de colar os recortes de jornais no álbum de fatos diversos, poderia empregar as duas horas seguintes para tornar nossa sala um pouco mais habitável. Holmes não teve como negar a coerência de meu pedido; em consequência, com um semblante meio pesaroso, encaminhou-se para seu quarto, do qual retornou dali a pouco a puxar um grande baú de zinco a reboque. Largou-o no meio do piso, sentou-se em um tamborete diante dele e levantou a tampa. Vi que já tinha 1/3 cheio de pastas de documentos amarradas com fita vermelha em pacotes separados.

— Há muitos casos aqui, Watson – disse e encarou-me com olhos marotos. – Acho que, se você soubesse de tudo o que juntei nesta caixa, iria pedir-me que eu retirasse alguns, em vez de acrescentar outros.

— São os arquivos de seu trabalho inicial, então? – perguntei. – Muitas vezes desejei que tivesse anotações desses casos.

— Sim, meu rapaz, todos prematuros, antes da chegada de meu biógrafo para glorificar-me. – Ele levantou um pacote atrás do outro, de maneira meio terna, acariciadora. – Nem todos foram bem-sucedidos, Watson – disse. – Mas se incluem entre eles belos probleminhas. Veja o arquivo dos assassinatos de Tarleton, o caso de Vamberry, o vinicultor, a aventura da velha russa e o singular caso da muleta de alumínio, além de um relato completo de Ricoletti do pé disforme e sua abominável esposa. E aqui... ah, ora, este de fato se destaca como algo muito raro.

Mergulhou o braço no fundo do baú e ergueu uma pequena caixa de madeira, com uma tampa deslizante, como aquelas em que se guardam brinquedos de crianças. De dentro, retirou um pedaço de papel amassado, uma velha chave de bronze, um pino de madeira com um rolo de barbante amarrado e três discos de metal velhos e enferrujados.

— Bem, meu rapaz, o que conclui desse conjunto de objetos? – perguntou, e sorriu de minha expressão.

— Trata-se de um conjunto curioso!

— Muito curioso, e a história que gira em torno disso lhe parecerá ainda mais curiosa.

— Então essas relíquias têm uma história?

— Tanto que são história.

— O que quer dizer com isso?

Sherlock Holmes pegou-as, uma por uma, e colocou-as ao longo da borda da mesa. Depois tornou a se sentar na poltrona e examinou-as com um brilho de satisfação nos olhos.

— Esses – respondeu – são todos os objetos que restaram para me lembrar da aventura "O ritual Musgrave".

Eu o ouvira citar o caso mais de uma vez, embora nunca tivesse tido a chance de reunir os detalhes.

— Muito me alegraria – disse eu – se me fizesse um relato desse caso.

— E deixar a bagunça como está? – indagou com um olhar maroto. – Seu senso de ordem não sofrerá muita tensão afinal, Watson. Contudo, eu teria grande prazer se você acrescentasse esse caso aos seus anais, pois creio que inclui detalhes que o tornam bastante raro nos registros criminais deste ou de qualquer outro país. Uma coletânea de minhas insignificantes realizações com certeza seria incompleta se não contivesse o relato desse caso muito singular.

Talvez se lembre de que o caso do navio *Gloria Scott* e minha conversa com o infeliz homem cujo destino eu lhe contei voltaram-me a atenção pela primeira vez na direção da profissão que passou a ser o trabalho de minha vida. Você entende agora, quando meu nome se tornou famoso em todo lugar, ao mesmo tempo pelo público e pela força oficial, por que atuo como um supremo tribunal da justiça em casos duvidosos. Mesmo quando me conheceu, na ocasião do caso que celebrizou em *Um estudo em vermelho*, eu já estabelecera uma considerável, embora não muito lucrativa, clientela. Dificilmente pode se dar conta, portanto, da dificuldade que enfrentei no princípio, e quanto tempo tive de esperar até conseguir algum progresso.

Quando vim pela primeira vez a Londres, aluguei aposentos em Montague Street, bem na esquina do Museu Britânico, ali aguardei, e enchi meu tempo demasiado livre com o estudo de todos os ramos da ciência que pudessem tornar-me mais eficaz. De vez em quando, surgiam pessoas que me apresentavam casos, sobretudo por intermédio de velhos colegas estudantes, pois, durante meus últimos anos na universidade, falavam muito a respeito de mim e de meus métodos. O terceiro desses casos foi "O ritual Musgrave", e, ao interesse despertado por essa singular cadeia de acontecimentos e às grandes questões que se revelaram em risco, remonto meu primeiro passo em direção à posição que hoje mantenho.

Reginald Musgrave frequentara a mesma faculdade que eu, e estabelecêramos um conhecimento superficial. Ele não gozava de muita popularidade entre os alunos não graduados, embora sempre me parecesse que aquilo que atribuíam a orgulho fosse, de fato, uma tentativa de encobrir uma extrema e inata falta de confiança em si mesmo. Na aparência, era um homem de tipo excessivamente aristocrático, magro, nariz empinado e olhos grandes, uma atitude lânguida, mas refinada. Na verdade, era descendente de uma das mais antigas famílias do reino, embora nascido de um irmão mais moço que se separara dos Musgrave do norte, em algum momento no século XVI, e se estabelecera no oeste de Sussex, onde a mansão senhorial de Hurlstone talvez seja o mais antigo prédio habitado no condado. Alguma coisa de seu lugar de origem parecia arraigado no homem, e nunca olhei o rosto perspicaz e pálido, nem a posição da cabeça dele, sem associá-lo aos arcos cinzentos, às janelas maineladas e a todas as ruínas de um castelo feudal fortificado. Conversamos em uma ou duas ocasiões, e lembro-me de que mais de uma vez Musgrave expressou um vivo interesse por meus métodos de observação e dedução.

Fazia quatro anos que eu não o via até uma manhã ele entrar em minha sala em Montague Street. Mudara pouco, vestia-se como um jovem na moda; sempre fora meio janota, e conservava a mesma atitude calma e delicada que antes o distinguira.

— Como vai a vida, Musgrave? – perguntei, depois de um cordial aperto de mãos.

— É provável que você tenha sabido da morte de meu pobre pai – respondeu. – Há dois anos, levaram-no embora. Desde então, coube a mim, claro, a direção das propriedades de Hurlstone, e, também como representante de meu distrito, levo uma vida ocupada. Mas eu soube, Holmes, que tem aplicado a fins práticos aqueles poderes com os quais nos impressionava...

— Sim – confirmei –, passei a viver de acordo com meus expedientes.

— Que bom saber disso, pois sua orientação seria de extremo valor para mim no momento! Têm ocorrido estranhos acontecimentos em Hurlstone, e a polícia não conseguiu esclarecer o problema. Trata-se, na verdade, de um caso muitíssimo extraordinário e inexplicável."

— Você pode imaginar com que avidez eu o ouvia, Watson, pois a grande chance que vinha almejando durante todos aqueles meses de inércia parecia ter chegado ao meu alcance. Em meu íntimo, acreditava que poderia ter sido bem-sucedido quando outros fracassaram, e agora se oferecia a oportunidade de testar a mim mesmo.

"— Por favor, dê-me os detalhes! – exclamei."

Reginald Musgrave sentou-se diante de mim e acendeu o cigarro que eu deslizara em sua direção.

"'— Você deve saber – disse ele – que, embora eu seja solteiro, tenho de manter um considerável quadro de empregados em Hurlstone, pois se trata de uma propriedade antiga, com prédios espalhados que requerem muitos cuidados de manutenção. Também tenho uma reserva florestal e, nos meses de caça ao faisão, em geral, ofereço uma hospedagem caseira aos convidados; portanto, não poderia realizá-la sem empregados suficientes. Ao todo, são oito criadas, a cozinheira, o mordomo, dois lacaios e um menino. Claro que o jardim e a cavalariça têm um grupo de empregados à parte.

Desses criados, o que esteve por mais tempo a nosso serviço foi Brunton, o mordomo, um jovem professor desempregado quando meu pai o contratou pela primeira vez, mas que se revelou um homem de caráter e grande energia, e logo se tornou inestimável na vida doméstica. Era um sujeito bem desenvolvido, bonito, com uma esplêndida testa e, embora trabalhasse conosco por quase vinte anos, não pode ter hoje mais de quarenta. Com suas vantagens pessoais e seus extraordinários dons, pois fala várias línguas e toca quase todos os instrumentos musicais, surpreendia que se contentasse por tanto tempo com aquela posição, mas suponho que fosse acomodado e lhe faltasse motivação para empreender qualquer mudança. O mordomo de Hurlstone é sempre a maior lembrança que levam todos os que a visitam.

No entanto, esse modelo de perfeição tem um defeito. É meio Don Juan, e você pode imaginar que, para um homem como ele, não representa um papel muito difícil de interpretar em um tranquilo distrito rural. Quando era casado, tudo ia bem, mas, desde que ficou viúvo, não para de nos criar problemas. Há alguns meses, tínhamos a esperança de que ia estabilizar-se de novo, pois ficou noivo de Rachel Howells, nossa segunda criada, só que rompeu com ela e, desde então, começou a namorar Janet Tregeilis, filha do nosso principal guarda de caça. Rachel, que é uma jovem muito boa, mas de irritável temperamento galês, sofreu um agudo ataque de febre cerebral, e anda pela casa, ou o fez até ontem, como uma sombra de olheiras de seu antigo eu. Esse foi o primeiro drama em Hurlstone, mas aconteceu um segundo para fazê-lo desaparecer de nossas mentes, precedido pela desgraça e a demissão do mordomo Brunton.

Aconteceu assim. Já disse que o homem era inteligente, e essa própria inteligência causou-lhe a ruína, pois parece que o levou a uma curiosidade insaciável sobre coisas que em nada lhe diziam respeito. Eu não tinha a menor ideia de até que ponto ele não medira esforços para satisfazê-la, quando o mais simples incidente me abriu os olhos.

Eu disse que a casa tem uma planta irregular, dispersa. Um dia na semana passada, quinta-feira à noite, para ser mais preciso, descobri que não conseguia dormir, após tomar insensatamente uma xícara de café forte depois do jantar. Depois de lutar contra a insônia até as 2h, senti que de nada adiantava, de modo que me levantei e acendi a vela, com a intenção de continuar com o romance que estava lendo. Deixara, contudo, o livro na sala de bilhar; por isso, vesti meu roupão e saí para buscá-lo.

Para chegar ao salão de bilhar, tem-se de descer um lance de escadas e atravessar a parte da frente do corredor e em seguida percorrer um trecho que leva à biblioteca e à sala de armas. Pode imaginar minha surpresa quando, ao olhar para o fundo desse corredor, vi um brilho de luz que saía da porta aberta da biblioteca. Apaguei minha vela e fechei a porta antes de voltar para a cama. Obviamente minha primeira ideia foi que eram ladrões. Os corredores de Hurlstone têm grande parte das paredes decorada com troféus de velhas armas. De um desses, retirei um machado de guerra e então, após largar minha vela, atravessei na ponta dos pés o corredor e espreitei pela porta aberta.

Brunton, o mordomo, encontrava-se na biblioteca. Achava-se sentado em uma espreguiçadeira, todo vestido, com uma tira de papel que parecia um mapa, nos joelhos, e a testa apoiada na mão, em profunda meditação. Fiquei mudo de espanto, ao observá-lo ali da escuridão. Uma pequena vela na borda da mesa emitia uma luz fraca, mas suficiente para mostrar que continuava vestido com o uniforme completo. De repente, enquanto eu olhava, ele se levantou da cadeira e, dirigindo-se a uma escrivaninha ao lado, abriu-a e puxou uma das gavetas. De dentro, retirou um papel e, de volta ao assento, curvou-se para perto da vela na borda da mesa, começando a examiná-lo com muita atenção. Minha indignação pela calma com que examinava documentos de nossa família venceu-me, a ponto de eu dar um passo à frente, e Brunton, ao erguer os olhos, viu-me em pé no limiar da porta. Levantou-se de um salto, o rosto lívido de medo, e enfiou no peito o papel semelhante a um mapa que estivera a princípio examinando.

— Então! – exclamei. – É assim que retribui a confiança que depositamos em você? Deixará de trabalhar para mim a partir de amanhã.

Ele se curvou com a aparência de um homem inteiramente arrasado e passou por mim ao sair sem uma palavra. A vela continuava na mesa, e sob aquela luz consegui ver o papel que Brunton tirara da escrivaninha. Para minha surpresa, não tinha nenhuma importância. Era apenas uma cópia das perguntas e respostas de uma antiga observância chamada Ritual Musgrave. Uma espécie de cerimônia peculiar de nossa família, que há séculos passa para cada Musgrave quando esse chega à maioridade, algo de interesse privado, e talvez de pouca importância até para um arqueólogo, como nossos brasões e nossas armas, mas sem qualquer outra utilidade prática."

— Seria melhor retornarmos ao documento depois – sugeri.

— Se acha mesmo necessário... – respondeu ele, com certa hesitação. – Para continuar meu relato, porém: "'Tranquei de novo a escrivaninha com a chave que Brunton deixara, e dera meia-volta para retornar ao quarto, quando descobri que o mordomo regressara e estava parado diante de mim.

— Musgrave, senhor! – exclamou com voz rouca de emoção. – Não posso tolerar a desgraça, senhor. Fui sempre orgulhoso acima de minha posição na vida, e a desgraça me mataria. Meu sangue cairá sobre sua cabeça, senhor... cairá, na verdade... se me levar ao desespero. Se não me pode conservar depois do que aconteceu, então, pelo amor de Deus, deixe-me pedir-lhe um aviso-prévio e sair dentro de um mês, como se fosse de minha livre vontade. Eu poderia enfrentar isso, Sr. Musgrave, mas não ser despedido diante de todos os que conheço tão bem.

— Não merece muita consideração, Brunton – respondi. – Sua conduta foi muito infame. No entanto, como está há muito tempo na família, não tenho o menor desejo de tornar pública sua desgraça. Um mês, contudo, é tempo demais. Demita-se em uma semana e dê o motivo que quiser para ir embora.

— Apenas uma semana, senhor? – gritou com uma voz desesperada. – Uma quinzena, diga pelo menos uma quinzena.

— Uma semana, – repeti – e pode julgar-se tratado com muita indulgência.

Ele se arrastou para fora, cabisbaixo, como um homem angustiado, enquanto eu apagava a luz e retornava ao quarto.

Durante dois dias, Brunton mostrou-se muito meticuloso no desempenho de seus deveres. Não fiz nenhuma alusão ao que se passara, e esperei, com certa curiosidade, para ver como ocultaria sua desgraça. Na terceira manhã, ele não apareceu, como era hábito depois do desjejum, a fim de receber minhas instruções para o dia. Quando deixei a sala de jantar, encontrei-me por acaso com Rachel, a criada. Já lhe disse que ela se restabelecera havia pouco tempo de uma doença e parecia tão pálida e lívida que a censurei por continuar a trabalhar.

— Você deveria estar na cama – disse-lhe. – Retome suas obrigações quando ficar mais forte.

Ela me olhou com uma expressão tão estranha que comecei a desconfiar que a doença lhe afetara o cérebro.

— Estou bastante forte, Sr. Musgrave – disse.

— Veremos o que diz o médico – respondi. – Você agora deixará de trabalhar, e, quando descer, diga que quero ver Brunton.

— O mordomo desapareceu – informou.

— Desapareceu! Desapareceu onde?

— Foi embora. Ninguém o viu. Não está no quarto. Ah, sim, ele se foi, se foi!

Tombou contra a parede com acessos de gargalhadas estrepitosas, enquanto eu, horrorizado com aquele repentino ataque histérico, toquei a campainha para pedir ajuda. Reconduziu-se a moça ao seu quarto aos gritos e soluços, enquanto eu fazia perguntas a respeito de Brunton. Não restava dúvida de que ele desaparecera. Sua cama não fora usada, nem ele fora visto desde a noite anterior, quando se retirou para os aposentos; no entanto, era difícil saber como poderia ter deixado a casa com todas as portas e janelas encontradas fechadas de manhã. Suas roupas, seu relógio e dinheiro continuavam no quarto, mas o uniforme preto, que ele usava, desaparecera. Os chinelos também faltavam, mas não as botas. Aonde poderia ter ido o mordomo durante a noite, e que lhe poderia ter acontecido?

Claro que revistamos a casa, do porão à água-furtada, mas não restara nenhum vestígio dele. E, como eu disse, Hurlstone ainda é o labirinto de uma residência antiga, sobretudo a ala original, que se encontra agora quase toda desocupada. Mas revistamos cada aposento e o sótão sem descobrir o mínimo sinal do desaparecido. A meu ver, era incrível que ele tivesse ido embora e deixado todas as suas posses; mesmo assim, onde poderia estar? Chamei a polícia local, porém em vão. Chovera durante a noite anterior, e examinamos o jardim e os caminhos ao redor da casa, mas sem sucesso. A situação estava nesse estado, quando um novo incidente nos desviou a atenção do mistério original.

Durante dois dias, Rachel adoecera tanto, às vezes delirante, às vezes histérica, que se contratou uma enfermeira para ficar acordada com ela a noite toda. Na terceira noite após o desaparecimento de Brunton, a enfermeira, ao ver que a paciente dormia tão tranquila, cochilara na poltrona; acordou ao amanhecer e encontrou a cama vazia, a janela aberta e sem sinais da enferma. Acordaram-me no mesmo instante e, com os dois lacaios, logo partimos à procura da jovem desaparecida. Não foi difícil saber a direção que tomara, pois, a começar abaixo da janela, seguimos-lhe as pegadas com facilidade pelo gramado até a margem do lago, onde sumiam próximo ao caminho de cascalho por onde se sai da propriedade. O lago tem uns 2,5 metros de profundidade, e você imagina nossos sentimentos quando vimos que as pegadas da infeliz jovem demente cessavam à margem dele.

Claro que, na mesma hora, lançamos as dragas e pusemos mãos à obra para recuperar os restos, mas não encontramos nenhum vestígio do cadáver. Por outro lado, trouxemos à superfície um objeto do tipo mais inesperado: era um saco de linho, que continha uma grande quantidade de metal antigo enferrujado e descolorido, além de vários pedaços de seixo e vidro foscos. Esse estranho achado foi tudo o que conseguimos retirar do lago, e, embora fizéssemos todas as buscas e pedidos de informações possíveis ontem, ignoramos por completo o destino de Rachel Howells e de Richard Brunton. A polícia do condado está desesperada, e vim à sua procura como último recurso."

— Pode imaginar, Watson, com que ansiedade ouvi essa extraordinária sequência de fatos e esforcei-me para juntá-los e conceber algum fio comum que os enredasse?

"O mordomo desaparecera. A criada desaparecera. Embora ela o amasse, tivera depois motivos para odiá-lo. Rachel tinha sangue galês, violento e passional. Ficara terrivelmente nervosa logo após o desaparecimento dele. Atirou ao lago um saco que continha algum conteúdo curioso. Foram esses todos os fatores que tive de levar em consideração, e ainda assim nenhum deles chegava completamente ao âmago da questão. Qual era o ponto de partida dessa cadeia de acontecimentos? Ali estava o fim desse fio emaranhado.

— Preciso ver, Musgrave –, falei – aquele papel que seu mordomo julgou valer a pena consultar, mesmo sob o risco da perda do emprego.

— Trata-se de uma cerimônia absurda esse nosso ritual – respondeu ele. – Mas tem no mínimo o mérito da antiguidade para desculpá-lo. Tenho comigo uma cópia das perguntas e respostas se quiser dar uma olhada."

— Ele me entregou o próprio papel que tenho aqui, Watson, e esse é o estranho culto a que cada Musgrave tinha de se submeter quando chegava à maioridade. Vou citar as perguntas e as respostas, tais como aparecem:

"— De quem era?
— Daquele que se foi.
— Quem a terá?

— Aquele que virá.
— Onde estava o sol?
— Acima do carvalho.
— Onde estava a sombra?
— Sob o olmo.
— Com quantos passos se chegava ali?
— Norte dez e dez, leste cinco e cinco, sul dois e dois, oeste um e um, e assim em sequência inferior.
— Que daremos por ela?
— Tudo que é nosso.
— Por que devemos dá-la?
— Em nome da confiança."

— O original não tem data, mas essa é a ortografia de meados do século XVII – observou Musgrave. – Temo, porém, que pouco possa fazer para ajudá-lo a desvendar esse mistério.

— Ao menos – respondi – oferece-nos outro mistério, e um que seja mais interessante do que o primeiro. Talvez a solução de um possa revelar-se a do outro. Queira desculpar-me, Musgrave, se eu disser que seu mordomo me parece ter sido um homem muito inteligente, e deve ter tido uma percepção mais clara do que dez gerações de seus patrões.

— Mal consigo acompanhá-lo – disse Musgrave. – O documento não me parece ter importância prática.

— Mas para mim parece muito prático, e suponho que Brunton tivesse a mesma opinião. Decerto, vira-o antes daquela noite em que você o flagrou.

— É muito possível. Não nos empenhamos em escondê-lo.

— Ele apenas desejava, devo imaginar, refrescar a lembrança daquela última ocasião. Tinha, como entendo, algum tipo de mapa ou gráfico, que comparava com o manuscrito, o qual enfiou no bolso quando você apareceu.

— Verdade. Mas que poderia ter a ver com esse antigo ritual de família, e o que significa esse procedimento confuso?

— Não creio que tenhamos muita dificuldade para explicá-lo – disse eu –; com sua permissão, tomaremos o primeiro trem rumo a Sussex e vamos aprofundar-nos mais no problema, no local.

Na mesma tarde, estivemos ambos em Hurlstone. Talvez você tenha visto imagens e lido descrições do famoso prédio antigo; por isso, limitarei minha explicação dele dizendo que foi construído em forma de L, o braço mais comprido correspondendo à parte mais moderna, e o mais curto, ao núcleo antigo, do qual se ampliara o outro. Acima da pesada verga superior da porta, no centro dessa parte antiga, está esculpida a cinzel a data, 1607, mas especialistas concordam que as vigas e as obras de pedra são, na verdade, muito mais antigas. As paredes de enorme espessura e as janelas estreitas dessa parte haviam, no último século, motivado a família a construir a ala nova, e a velha, agora, servia de depósito e adega, nas raras vezes em que a usavam. Um esplêndido parque com belas árvores antigas circunda a casa, e o lago, ao qual se referira meu cliente, fica perto da alameda, a duzentos metros do prédio.

— Já era firme minha convicção, Watson, da não existência de três mistérios separados na história, mas apenas um, e que, se eu pudesse ler corretamente o ritual Musgrave deveria encontrar a pista que me levaria à verdade relacionada tanto ao mordomo Brunton quanto à criada Rachel Howells.

"A esse, então, dirigi todas as minhas energias. Por que o empregado ansiava tanto dominar essa antiga fórmula? Evidentemente, porque viu algo nela que escapara a todas as gerações dos nobres rurais, e do qual esperava alguma vantagem pessoal. Qual era, então, e como lhe influenciou o destino?

Tornou-se muito óbvio para mim, ao ler o ritual, que as medidas deviam referir-se a algum local que o restante do documento mencionava e que, se pudéssemos encontrar esse local, muito avançaríamos em direção à descoberta do segredo que os antigos Musgrave haviam julgado necessário conservar de forma tão curiosa. O texto dava-nos dois pontos de referência para começar: um carvalho e um olmo. Quanto ao carvalho, não havia a menor dúvida. Bem diante da casa, no lado esquerdo do acesso de veículos, erguia-se um patriarca entre os carvalhos, uma das mais magníficas árvores que tinha visto.

— Estava ali quando se redigiu o ritual? – perguntei quando passamos no coche por ela.

— Com toda probabilidade, estava aqui na ocasião da conquista normanda – respondeu ele. – Há uma circunferência de sete metros.

— Você tem olmos antigos? – perguntei.

— Havia um muito antigo naquela direção, mas foi atingido por um raio há dez anos, e cortamos o pedaço do tronco que restou.

— Sabe identificar o lugar onde se erguia?

— Ah, sim!

— Não há outros olmos?

— Antigos, não, mas muitas faias.

— Gostaria de ver onde o plantaram.

Viéramos em um cabriolé de duas rodas, e meu cliente levou-me direto, sem entrarmos em casa, à escoriação no gramado onde se erguera o olmo. Ficava quase na metade do caminho entre o carvalho e a casa. Minha investigação parecia progredir.

— É impossível saber qual a altura do olmo? – perguntei.

— Posso dá-la agora mesmo. Tinha quase vinte metros.

— Como sabe? – perguntei surpreso.

— Quando meu velho professor particular me passava um exercício de trigonometria, sempre usava como padrão a medição de alturas. Quando jovem, calculei a altura de todas as árvores e de todos os prédios da propriedade.

Isso se revelou um inesperado golpe de sorte. Meus dados chegavam mais rápido do que eu teria razoavelmente esperado.

— Diga-me – perguntei –, seu mordomo fez-lhe alguma vez semelhante pergunta?

Reginald Musgrave olhou-me atônito.

— Agora que você me traz à mente – respondeu –, Brunton de fato me perguntou a altura da árvore há alguns meses, a propósito de uma pequena discussão com o cavalariço.

— Uma excelente notícia, Watson, porque me mostrou que eu seguia no caminho certo. Ergui os olhos para o sol. Como se achava baixo no céu, calculei que em menos de uma hora incidiria bem em cima dos galhos mais altos do velho carvalho. Uma condição citada no ritual então se realizaria. E a sombra do olmo deveria significar o lado mais distante da sombra; do contrário, teria sido escolhido o tronco como o ponto de referência. Eu tinha, portanto, de encontrar o lado mais distante da sombra quando o sol incidisse em cheio no carvalho.

— Isso deve ter sido difícil, Holmes, visto que o olmo não se erguia mais naquele lugar.

— Bem, em todo caso eu sabia que, se Brunton pôde fazê-lo, eu também o faria. Além disso, não encontrei nenhuma verdadeira dificuldade. Fui com Musgrave ao seu gabinete e talhei essa pequena estaca, na qual amarrei este barbante comprido com um nó separado um metro do outro. Em seguida, peguei dois comprimentos de uma vara de pesca equivalentes a dois metros e voltei com meu cliente ao local onde se erguera o olmo. O sol começava a roçar o ponto mais alto do carvalho. Amarrei a vara em uma extremidade, demarquei a direção da sombra e medi-a. Tinha três metros de comprimento. Claro que o cálculo agora era simples. Se uma vara de dois metros projeta uma sombra de três metros, uma árvore de vinte metros projetaria uma sombra de trinta metros, e a linha de uma seria decerto a da outra. Medi a distância, a qual me levou quase à parede da casa, e finquei a estaca no lugar. Pode imaginar minha exultação, Watson, quando, a uns cinco centímetros de minha estaca, vi uma depressão cônica no terreno. Logo vi que era a marca feita por Brunton segundo suas medições, e que eu continuava em sua pista.

"Desse ponto de partida, continuei a andar, após primeiro posicionar-me em relação aos pontos cardeais com minha bússola de bolso. Dez passos de trinta centímetros cada me levaram ao paralelo da parede da casa, e marquei de novo o lugar com uma estaca. Então, dei cuidadosamente cinco passos para o leste e dois para o sul. Isso me levou à própria soleira da antiga porta. Dois passos para oeste significaram agora que eu deveria avançar dois passos no corredor com o piso revestido de lajotas, e esse era o lugar indicado pelo ritual.

Nunca senti tão grande frêmito de decepção, Watson. Por um momento, pareceu-me que eu devia ter cometido algum erro radical em meus cálculos. O sol poente brilhava em cheio no piso do corredor, e vi que as lajotas cinzas velhas, desgastadas por tantas pisadas, achavam-se firmemente cimentadas umas nas outras, e sem dúvida não haviam sido mexidas por muitos anos. Brunton não trabalhara ali. Bati no chão, mas soava igual em toda a extensão, e não se via sinal de alguma rachadura ou fenda. Para felicidade, porém, Musgrave, que começara a entender o significado de meus métodos, agora, tão excitado quanto eu, pegou o manuscrito para conferir meus cálculos.

— E sob! – gritou. – Você omitiu o "e sob".

Eu pensara que isso significasse que tínhamos de escavar, mas, naquele momento, claro, vi que me enganara. – Há uma adega embaixo desse corredor, então? – exclamei.

— Sim, e tão antiga quanto a casa. Aqui embaixo, por esta porta.

Descemos uma escada de pedra em espiral, e meu companheiro, após riscar um fósforo, acendeu um grande lampião que se encontrava em cima de um barril, no canto. Em um instante, tornou-se óbvio que afinal chegáramos ao lugar certo e que não fôramos as únicas pessoas a visitá-lo recentemente. Haviam-no usado para depósito de madeira, mas as achas de lenha que decerto se espalhavam pelo chão tinham sido, agora, empilhadas nos lados para abrir um espaço desobstruído no meio. Nesse espaço estendia-se uma grande e pesada laje com uma argola de ferro enferrujado no centro, à qual se amarrara um grosso cachecol xadrez de pastor.

— Santo Deus! – gritou meu cliente. – É o cachecol do Brunton. Posso jurar que o vi nele. Que fazia o vilão aqui?

Por minha sugestão, convocou-se a presença de dois policiais, e em seguida me esforcei por erguer a pedra, puxando-a pelo cachecol. Mal cheguei a movê-la, e foi com a ajuda de um dos policiais que consegui afinal transportá-la para um lado. Um buraco escuro escancarou-se embaixo, dentro do qual espreitamos todos, enquanto Musgrave, após se ajoelhar ao lado, enfiava por ali a lanterna.

Uma pequena câmara de mais ou menos dois metros de profundidade e um metro e meio quadrado expôs-se a nós. Em um dos lados, havia uma caixa de madeira lisa, revestida de metal, cuja tampa inclinava-se para trás em dobradiças, com esta chave curiosa, antiquada, veja, projetada da fechadura. Cobria-lhe o exterior uma espessa camada de pó, e umidade e vermes haviam corroído a madeira, a ponto de criar uma série de fungos lívidos no interior. Vários discos de metal, aparentemente moedas antigas, como as que guardo aqui, espalhavam-se pelo fundo da caixa, que, entretanto, não continha mais nada.

No momento, contudo, nem pensamos no velho baú porque tínhamos os olhos cravados no que se agachava ao lado. Era a silhueta de um homem, vestido em um terno preto, que se acocorara apoiado nas coxas, com a testa debruçada sobre a borda do baú e os braços estendidos em ambos os lados. A posição do corpo fizera todo o sangue estagnado subir até o rosto, e ninguém reconheceria aquele semblante distorcido cor de fígado; mas a altura, o uniforme e os cabelos bastaram para mostrar a meu cliente, assim que içamos o cadáver, que era de fato o mordomo desaparecido. Morrera havia alguns dias, mas não se via nenhum ferimento nem contusão em seu corpo para mostrar como ele encontrara aquele terrível fim. Depois que retiraram o cadáver do porão, vimo-nos ainda diante de um problema quase tão surpreendente quanto com o que enfrentáramos a princípio.

Confesso-lhe que até então, Watson, minha investigação me decepcionara. Calculara resolver o problema logo que encontrasse o lugar referido no ritual; mas agora ali estava, e visivelmente tão distante de algum dia saber o que a família escondera com tais complexas precauções. É verdade que eu esclarecera o destino de Brunton, mas agora tinha de descobrir como aquele destino se abatera sobre ele, e qual o papel desempenhado no caso pela mulher que desaparecera. Sentei-me em um pequeno barril no canto e refleti de novo sobre toda a história com grande atenção.

Você conhece meus métodos nesses casos, Watson. Instalei-me no lugar do homem e, após primeiro avaliar-lhe a inteligência, tentei imaginar como eu agiria nas mesmas circunstâncias. Nesse caso, a tarefa foi simplificada pela excelente inteligência de Brunton, tanto que foi desnecessário levar em conta a equação pessoal, como a apelidaram os astrônomos. Ele sabia que se escondera alguma coisa valiosa. Localizara o lugar. Descobrira que a pedra que o tapava era pesada demais para um homem levantá-la sem ajuda. Que faria em seguida? Não podia recorrer a ajuda de fora, mesmo se tivesse alguém em quem pudesse confiar, sem destrancar as portas e o considerável risco de ser descoberto. Era melhor, se possível, que alguém dentro de casa o ajudasse. Mas a quem poderia pedir? A moça fora-lhe devotada. Um homem sempre encontra dificuldade para aceitar que talvez tenha afinal perdido o amor de uma mulher, por pior que a tenha tratado. Tentaria por meio de algumas atenções fazer as pazes com a jovem Rachel Howells, e depois a aliciaria como cúmplice. Juntos, iriam à noite até a adega, e a força dos dois bastaria para erguer a pedra. Até aí pude acompanhar-lhe as ações como se de fato as houvesse visto.

Mas para duas pessoas, em que uma era mulher, deve ter sido um trabalho pesado o levantamento daquela pedra. Um forte policial de Sussex e eu não a havíamos considerado uma tarefa leve. Que fariam para ajudá-los? Na certa, o que eu mesmo deveria ter feito. Levantei-me e examinei com toda atenção as diferentes achas de lenha espalhadas no chão. Quase de imediato, encontrei o que esperava: um pedaço, de mais ou menos um metro de comprimento, tinha uma reentrância muito acentuada em uma das pontas e vários outros lados achatados, como se houvessem sido comprimidos por um peso considerável. Tornou-se evidente que, ao arrastarem a pedra, haviam calcado os pedaços de lenha na fenda; até que afinal, quando a abertura se tornou larga o bastante para permitir a entrada de uma pessoa, eles a mantiveram aberta com a introdução de uma acha enfiada ao comprido, que bem poderia ter ficado com uma profunda reentrância na ponta inferior, visto que todo o peso da pedra a comprimiria para baixo na borda da outra acha. Até ali, eu continuava em terreno seguro.

E o que eu deveria fazer em seguida para reconstituir aquele drama da meia-noite? Claro que apenas um poderia introduzir-se no buraco, e esse foi Brunton. A moça deve ter esperado em cima. Brunton então destrancou a caixa, possivelmente lhe passou o conteúdo, visto que não o encontraram, e em seguida... o que aconteceu em seguida?

Que reprimido ardor de vingança teria de repente se ateado em chamas na alma daquela arrebatada celta quando viu em seu poder o homem que tanto a ofendera, talvez mais do que suspeitamos? Foi por acaso que a madeira escorregara e que a pedra fechara Brunton no que se tornaria seu sepulcro? Terá ela sido apenas culpada do silêncio quanto ao destino dele? Ou terá algum repentino golpe de sua mão afastado o suporte e impelido o desabamento da pedra de volta ao lugar?

O que quer que tenha acontecido parece que vejo a figura daquela mulher ainda agarrada ao tesouro achado, e precipitar-se como louca pela escada espiral acima com os gritos abafados atrás de si e com o martelar de mãos frenéticas na laje de pedra, que tirava por sufocação a vida de seu amante infiel.

Ali estava o segredo do rosto pálido, dos nervos abalados, das estrepitosas gargalhadas histéricas dela, na manhã seguinte. Mas o que havia na caixa? E o que ela fizera com aquilo? Por certo, deve ter sido o metal velho e os seixos que meu cliente arrastara do lago. A criada jogara-os lá na primeira oportunidade para eliminar o último vestígio de seu crime.

Durante vinte minutos fiquei sentado, imóvel, pensando a fundo no caso. Musgrave continuava com o rosto muito pálido, balançava a lanterna e perscrutava o interior do buraco.

— São moedas de Carlos I – disse, estendendo-me as poucas que havia na caixa. – Você vê que acertamos ao fixar a data do ritual.

— Talvez possamos encontrar mais alguma coisa de Carlos I – exclamei, quando o provável significado das duas primeiras perguntas do ritual ocorreu-me de repente. – Deixe-me ver o conteúdo do saco que você fisgou do lago.

Subimos ao seu gabinete, e ele espalhou os detritos diante de mim. Percebi que ele os encarava como de pouca importância quando os examinei, pois o metal ficara quase preto e as pedras, sem lustre e opacas. Esfreguei uma delas em minha manga, porém, e ela brilhou em seguida como uma centelha no escuro côncavo de minha mão. O trabalho de metal consistia no molde de um anel duplo, mas fora entortado e deformado em relação à forma original.

— Você não deve se esquecer – disse eu – de que o partido monarquista continuou a resistir na Inglaterra mesmo depois da morte do rei e, quando afinal os membros fugiram, decerto deixaram muitas de suas mais preciosas posses enterradas, com a intenção de retornar para recuperá-las em tempos mais tranquilos.

— Meu ancestral, Sir Ralph Musgrave, era um ilustre Cavalier[5] e o braço direito de Carlos II – disse meu amigo.

— Ah, com certeza! – respondi. – Muito bem, creio que isso de fato deve dar-nos o último elo de que precisávamos. Devo felicitá-lo por entrar na posse, embora de uma maneira muito trágica, de uma relíquia de grande valor intrínseco, mas de importância ainda maior como curiosidade histórica.

— De que se trata, então? – arquejou ele, atônito.

— De nada menos que a antiga coroa dos reis da Inglaterra.

— A coroa!

— Precisamente. Pense no que diz o ritual: como discorre? "De quem era?" "De quem morreu." Isso foi depois da execução de Carlos. "Então de quem será?" "Daquele que chegar." Referia-se a Carlos II, cujo advento já se previra. Acho que não pode haver a menor dúvida de que esse diadema surrado e disforme outrora circundou a testa dos régios Stuart.

— E como veio parar no lago?

— Ah, trata-se de uma pergunta que exigirá algum tempo para responder.

E com isso lhe esbocei toda a longa cadeia de suposições e provas que eu formulara. O crepúsculo chegara ao fim, e a Lua brilhava luminosa no céu antes de concluída minha narrativa.

---

[5] Partidário de Carlos I da Inglaterra.

— E por que Carlos II não recebeu sua coroa quando retornou? – perguntou Musgrave e guardou de novo a relíquia no saco.

— Ah, aí você toca no único ponto que decerto nunca conseguiremos esclarecer. É provável que o Musgrave que tinha a posse do segredo tenha morrido no intervalo, e por alguma negligência deixou o ritual para seu descendente sem lhe explicar o significado. Daquele dia em diante, tem sido transmitido de pai para filho, até que chegou ao alcance de um homem que desvendou o segredo e morreu no arriscado empreendimento.

— E essa é a história do ritual Musgrave, Watson. Eles guardam a coroa em Hurlstone, embora tenham passado por um relativo incômodo legal e uma considerável soma a ser paga antes que lhes permitissem conservá-la. Sei que, se você citasse meu nome, eles teriam prazer em mostrá-la a você. Da mulher nada mais se soube, e a probabilidade é que partiu da Inglaterra e levou a si mesma e a lembrança de seu crime para alguma terra além dos mares.

—

Aventura VI
O enigma de Reigate

Esse caso aconteceu um pouco antes de a saúde de meu amigo, o Sr. Sherlock Holmes, recuperar-se da tensão causada por seus imensos esforços na primavera de 1887. Toda a questão da Netherland-Sumatra Company e dos colossais esquemas do barão de Maupertuis ainda se encontra muito presente na mente do público, além de manter uma ligação demasiado estreita com política e finanças para a inserirmos como tema nesta série de esboços. Esses fatos desencadearam, porém, de uma maneira indireta, um problema singular e complexo que proporcionou ao meu amigo uma oportunidade de demonstrar o valor de uma arma nova entre as muitas com as quais travou sua batalha de toda a vida contra o crime.

Ao consultar minhas anotações, constato que foi no dia 14 de abril que recebi um telegrama de Lyon[6] me informando de que Holmes se achava acamado, enfermo, no Hotel Dulong. Em 24 horas, eu chegava ao quarto do doente, e aliviou-me constatar que os sintomas manifestados nada tinham de grave. Mesmo sua férrea compleição sucumbira sob o estresse de uma investigação que se estendera por mais de dois meses, período durante o qual nunca trabalhara menos de 15 horas por dia, e mais de uma vez, como me garantiu, aferrara-se àquela sua tarefa por cinco dias seguidos. Nem o triunfante desfecho de seu empenho pôde poupá-lo da reação após tão terrível esforço, e em uma época em que toda a Europa apregoava-lhe o nome e que telegramas laudatórios literalmente enchiam-lhe o quarto, encontrei-o vítima da mais sombria depressão. Apesar do conhecimento de que triunfara naquilo que a polícia de três países malograra, e de que conseguira

---

[6] Lyons, no original.

superar todas as manobras do mais hábil trapaceiro da Europa, isso não bastou para despertá-lo dessa prostração nervosa.

Três dias depois, retornávamos a Baker Street, mas era evidente que uma mudança de clima seria muito melhor para meu amigo, e a ideia de uma semana de primavera no campo também parecia a mim repleta de atrações. Meu velho amigo, o Coronel Hayter, que se submetera aos meus cuidados profissionais no Afeganistão, alugara uma casa perto de Reigate, em Surrey, e convidava-me muitas vezes a visitá--lo. Na última ocasião, observara que, se meu amigo quisesse acompanhar-me, ele teria prazer em estender-lhe também a hospitalidade. Exigiu-me um pouco de diplomacia, mas quando Holmes entendeu que se tratava da casa de um solteiro, e que desfrutaria da mais inteira liberdade, aquiesceu aos meus planos, e, uma semana depois de nossa volta de Lyon, encontrávamo-nos sob o teto do coronel. Hayter era um excelente velho soldado que conhecera grande parte do mundo, e logo constatou, como eu esperava, que Holmes e ele tinham muito em comum.

Na noite da nossa chegada, sentamo-nos na sala de armas do coronel. Depois do jantar, Holmes esticara-se no sofá, enquanto eu e Hayter examinávamos seu pequeno arsenal de armas orientais.

— Aliás – disse ele de repente –, vou levar uma dessas pistolas comigo ao andar de cima, para o caso de recebermos um alerta.

— Um alerta! – espantei-me.

— Sim, levamos um susto nessa área recentemente. O velho Acton, um dos magnatas de nosso condado, teve a casa arrombada na última segunda-feira. Não sofreu grande prejuízo, mas os sujeitos continuam foragidos.

— Nenhuma pista? – perguntou Holmes, ao olhar para o coronel.

— Nenhuma até agora. Mas o caso é insignificante, um dos nossos pequenos crimes rurais, que com certeza deve parecer demasiado pequeno para atrair-lhe a atenção, Sr. Holmes, depois desse grande caso internacional.

Holmes descartou o elogio com um aceno de mão, embora seu sorriso mostrasse que lhe agradara.

— Houve algum detalhe de interesse?

— Imagino que não. Os ladrões saquearam a biblioteca, e muito pouco lhes recompensaram os esforços. Viraram a sala de cabeça para baixo, arrombaram gavetas e revolveram as estantes, mas tudo o que desapareceu limita-se a um valioso exemplar da tradução de Homero por Pope, dois candelabros de prata, um peso de papéis de marfim, um pequeno barômetro de carvalho e um rolo de barbante.

— Que extraordinário sortimento! – exclamei.

— Oh, com toda certeza os sujeitos meteram a mão em tudo que puderam pegar.

Holmes grunhiu do sofá.

— A polícia do condado deveria esclarecer isso – disse. – Ora, sem dúvida é óbvio que...

Contudo, levantei um dedo de advertência.

— Você está aqui para descansar, meu caro colega. Pelo amor de Deus, não se meta em um novo problema com os nervos ainda em frangalhos.

Holmes encolheu os ombros com um olhar de cômica resignação para o coronel, e a conversa derivou por canais menos perigosos.

Quis o destino, contudo, desperdiçar toda a minha cautela profissional, pois na manhã seguinte o problema intrometeu-se entre nós de uma forma que se revelou impossível ignorá-lo, e nossa visita ao campo deu uma reviravolta que nenhum de nós poderia ter previsto. Tomávamos o desjejum quando o mordomo do coronel irrompeu na sala, sem demonstrar toda a compostura habitual.

— Ouviu a notícia, senhor? – arquejou ele. – Na casa dos Cunningham, senhor!

— Arrombamento? – exclamou o coronel, com a xícara de café em pleno ar.

— Assassinato!

O coronel assobiou.

— Santo Deus! Quem foi assassinado, então? O juiz de paz ou o filho?

— Nenhum dos dois, senhor. Foi William, o cocheiro. Balearam-no direto no coração, e não tornou a falar.

— Quem o baleou, então?

— O ladrão, senhor. Fugiu como um raio e desapareceu. Tinha acabado de entrar na casa após quebrar a janela da despensa, quando William o atacou e encontrou seu fim ao salvar a propriedade do seu patrão.

— A que horas?

— Ontem à noite, senhor, por volta da meia-noite.

— Ah, então daremos uma passada lá depois – disse o coronel, e voltou friamente a atenção ao desjejum.

— Que história desagradável! – acrescentou, depois que o mordomo saiu. – O velho Cunningham é muito influente aqui, e também um camarada muito decente. Isso deve tê-lo arrasado, pois o homem trabalhava para ele havia anos, além de ter sido um bom empregado. Com toda certeza, devem ser os mesmos bandidos que arrombaram a casa de Acton.

— E roubaram aquela coleção muito singular – concluiu Holmes, pensativo.

— Precisamente.

— Hum! Talvez se revele o caso mais simples do mundo, porém ainda assim, à primeira vista, é meio curioso, não? Em geral, um bando de ladrões em ação no campo varia a cena de suas operações e não tenta dois furtos no mesmo distrito no intervalo de poucos dias. Quando o senhor falou a noite passada em tomar precauções, ocorreu-me que essa decerto seria a última paróquia na Inglaterra à qual o ladrão ou ladrões voltariam a atenção, o que mostra que ainda tenho muito a aprender.

— Imagino que seja algum profissional local – disse o coronel. – Nesse caso, as casas de Acton e de Cunningham são os lugares certos que os atrairiam, visto que constituem de longe as maiores da redondeza.

— E as mais ricas?

— Bem, deviam ser, mas, durante alguns anos, os proprietários se envolveram em um processo judicial que sugou o sangue de ambos, imagino. O velho Acton reivindica a metade da propriedade de Cunningham, e os respectivos advogados cobram os olhos da cara.

— Se for um bandido local, não será muito difícil persegui-lo e capturá-lo – disse Holmes com um bocejo. – Tudo bem, Watson, não pretendo me intrometer.

— O inspetor Forrester, senhor – disse o mordomo, ao escancarar a porta, sem antes bater.

O oficial, um elegante jovem, inteligente e de expressão perspicaz, adentrou a sala.

— Bom dia, coronel – cumprimentou –, espero não cometer uma invasão, mas soubemos que o Sr. Holmes, de Baker Street, se encontra aqui.

O coronel acenou com a mão para meu amigo, e o inspetor curvou-se.

— Achamos que talvez interessasse ao senhor acompanhar nossos passos, Sr. Holmes.

— O destino está contra você, Watson – disse ele com um sorriso. – Conversávamos sobre isso quando você entrou – dirigiu-se ao inspetor. – Talvez nos possa informar de alguns detalhes.

Quando se recostou na cadeira naquela atitude que eu tanto conhecia, vi que se tratava de um caso incorrigível.

— Não tínhamos nenhuma pista no caso de Acton. Mas neste temos muitas para seguir em frente, e não há a menor dúvida de que é o mesmo bando em cada incidente. O homem foi visto.

— Ah!

— Sim, senhor. Mas fugiu como um cervo depois do tiro que matou o desafortunado William Kirwan. O Sr. Cunningham avistou-o da janela do quarto, e o Sr. Alec Cunningham viu-o do corredor nos fundos da casa. Eram 23h45 quando o alarme disparou. O Sr. Cunningham acabara de ir para a cama, e o Sr. Alec, de roupão, fumava um cachimbo. Ambos ouviram William, o cocheiro, gritar por socorro, e Alec precipitou-se escada abaixo para ver o que era. A porta dos fundos estava aberta e, quando chegou ao pé da escada, viu dois homens lutando do lado de fora. Um deles disparou um tiro, o outro tombou, e o assassino atravessou desenfreado o jardim, transpondo de um salto a cerca. O Sr. Cunningham, ao olhar pela janela de seu quarto, viu o sujeito quando ganhava a estrada, mas logo o perdeu de vista. O Sr. Alec parou para ver se podia ajudar o agonizante, e assim o bandido aproveitou para fugir. Além do fato de que era um homem de altura mediana e usava roupas pretas, não temos mais nenhuma pista pessoal, porém já se acham em andamento enérgicas buscas de informações; se ele for um forasteiro, logo o encontraremos.

— Que fazia o cocheiro William na casa? Disse alguma coisa antes de morrer?

— Nem uma palavra. Mora na guarita com a mãe, e, como era um camarada muito dedicado, imaginamos que se encaminhou para a casa com a intenção de ver se estava tudo normal. Claro que esse roubo na casa de Acton deixou todo mundo alerta. O ladrão devia ter acabado de arrombar a porta, cuja fechadura forçou quando William o atacou.

— William disse alguma coisa à mãe antes de sair?

— Como é muito velha e surda, não conseguimos obter nenhuma informação dela. O choque tornou-lhe a mentalidade débil, mas pelo que sei nunca teve a mente normal. Contudo, uma circunstância muito importante se destaca. Vejam isto!

Tirou um pequeno pedaço de papel arrancado de uma agenda e estendeu-o no joelho.

— Encontrou-se este papel entre o indicador e o polegar do morto. Parece um fragmento rasgado de uma folha maior. O senhor observará que a hora citada nele é a mesma em que o infeliz sujeito encontrou seu destino. Vê-se que o assassino talvez tivesse rasgado o resto da folha dele ou ele talvez houvesse tirado este fragmento do assassino. A leitura quase indica a existência de um encontro marcado.

Holmes pegou o pedaço de papel, um fac-símile do qual se reproduz aqui: ... de um quarto para meia-noite saiba o que talvez tenha... – Supondo que seja um encontro, – continuou o inspetor – deduz-se, claro, uma teoria concebível de que William Kirwan, embora gozasse de uma reputação honesta, talvez estivesse em conluio com o ladrão. É possível que tenha ido para a casa encontrar-se com ele, talvez até o ajudou a arrombar a porta, e em seguida é provável que se tenha iniciado uma briga entre ambos.

— Esse texto é de extraordinário interesse – disse Holmes, após examiná-lo com intensa concentração. – Parece haver águas muito mais profundas do que eu pensara – e afundou a cabeça entre as mãos, enquanto o inspetor sorria do efeito que o caso produzira no famoso especialista de Londres. – Seu último comentário – continuou Holmes – quanto à possibilidade de existir um entendimento entre o ladrão e o empregado, e o fato de ser um bilhete de encontro marcado de um com o outro, é uma suposição engenhosa e não de todo impossível. Mas o texto se inicia...

Afundou mais uma vez a cabeça nas mãos e permaneceu assim por alguns minutos em profundíssima meditação. Quando ergueu o rosto de novo, surpreendeu-me ver que suas faces haviam recuperado a cor e os olhos brilhavam tanto quanto antes de ele adoecer. Levantou-se de um salto com toda a sua antiga energia.

— Ouça o seguinte! – disse. – Gostaria de dar uma examinada tranquila nos detalhes desse caso. Há algo aí que me fascina extremamente. Se me permitir, coronel, eu o deixarei com meu amigo Watson e acompanharei o inspetor para testar a veracidade de uma ou duas pequenas fantasias minhas. Estarei de novo com vocês em meia hora.

Passara-se uma hora e meia quando o inspetor voltou sozinho.

— O Sr. Holmes percorre o campo de um lado para o outro ali fora – disse-nos. – E quer que sigamos os quatro para a casa.

— A do Sr. Cunningham?

— Sim, senhor.

— Para quê?

O inspetor encolheu os ombros.

— Não sei bem, senhor. Mas aqui entre nós, acho que o Sr. Holmes ainda não se recuperou da doença. Tem agido de maneira muito estranha e está bastante excitado.

— Acho que não precisa se assustar – falei. – Em geral, constatei que havia método em sua loucura.

— Algumas pessoas poderiam afirmar que havia loucura em seu método – resmungou o inspetor. – Mas ele arde de vontade para começar, coronel; portanto, melhor faríamos sair logo, se estiverem prontos.

Encontramos Holmes a andar de um lado para outro no campo, com o queixo afundado no peito e as mãos nos bolsos das calças.

— Aumenta o interesse da questão – disse. – Watson, sua viagem ao campo foi um visível sucesso. Desfrutei de uma manhã encantadora.

— Soube que visitou o local do crime – comentou o coronel.

— Sim; o inspetor e eu fizemos um verdadeiro reconhecimento.

— Algum êxito?

— Bem, vimos algumas coisas muito interessantes. Eu lhes contarei o que fizemos enquanto caminhamos. Antes de tudo, vimos o cadáver desse infeliz homem. Morreu, sem a menor dúvida, de um ferimento de revólver, como informado.

— Por acaso duvidara disso?

— Ah, convém pôr tudo à prova. Nossa inspeção não foi em vão. Tivemos uma entrevista com o Sr. Cunningham e o filho, que puderam mostrar o local exato onde o ladrão rompeu a cerca do jardim em sua fuga. Isso foi de grande interesse.

— Decerto.

— Depois demos uma olhada na mãe do infeliz sujeito. Não conseguimos, porém, obter nenhuma informação dela, pois é muito velha e senil.

— E qual o resultado de suas investigações? – perguntei.

— A convicção de que se trata de um crime muito peculiar. Talvez nossa visita agora possa contribuir com algo que o torne menos obscuro. Acredito que ambos concordamos, inspetor, em que o fragmento de papel na mão do morto, por conter escrita a hora exata de sua morte, é de extrema importância.

— Deve dar-nos uma pista, Sr. Holmes.

— De fato dá uma pista. Quem escreveu o bilhete foi o homem que tirou William Kirwan da cama àquela hora. Mas onde está o resto da folha de papel?

— Examinei o chão com cuidadosamente na esperança de encontrá-lo – disse o inspetor.

— Foi rasgada da mão do morto. Por que alguém tanto ansiava apoderar-se dela? Porque o incriminava. E o que faria com a folha? O mais provável é que a enfiasse no bolso, sem notar que deixara um canto dela preso na mão do cadáver. Se pudéssemos obter o resto daquela folha, é óbvio que muito avançaríamos na solução do mistério.

— Sim, mas como podemos chegar ao bolso do criminoso antes de capturá-lo?

— Ora, ora, valeu a pena refletir a respeito. Há outra questão óbvia. O bilhete foi enviado a William. O homem que o escreveu não poderia tê-lo levado; a não ser, claro, que houvesse transmitido a mensagem oralmente. Quem trouxe o bilhete, então? Ou chegou pelo correio?

— Pedi informações a respeito – disse o inspetor. – William recebeu uma carta ontem pelo correio da tarde. Ele mesmo destruiu o envelope.

— Excelente! – exclamou Holmes, e deu um tapinha nas costas do inspetor.

— Encontrou-se com o carteiro. É um prazer trabalhar com você. Bem, aqui está a propriedade; se o senhor quiser entrar, coronel, eu lhe mostrarei o local do crime.

Passamos pelo bonito chalé onde morara o cocheiro, e subimos uma alameda margeada de carvalhos até a requintada e antiga casa, no estilo de arquitetura britânica Queen Anne, a qual exibe a data de Malplaquet no lintel da porta. Holmes e o inspetor conduziram-nos ao redor do prédio até chegarmos a um portão lateral, separado por um terreno ajardinado da cerca ao longo da estrada. Um policial achava-se a postos na porta da cozinha.

— Abra a porta, agente – disse Holmes. – Foi nessa escada que o jovem Sr. Cunningham parou e viu os dois lutando bem onde nos encontramos. O velho Sr. Cunningham estava naquela janela, a segunda à esquerda, e dali viu o sujeito fugir à esquerda daquela moita. Em seguida, o Sr. Alec correu para fora e ajoelhou-se ao lado do ferido. O terreno é muito duro, vejam, e não há pegadas para nos guiar.

Enquanto ele falava, dois homens chegaram pelo atalho do jardim, após contornarem a quina da casa. Um, idoso, com um rosto marcante, rugas profundas, olhos empapuçados; o outro, um rapaz vistoso, cuja expressão animada, sorridente, e a roupa espalhafatosa faziam um estranho contraste com quem nos levara ali.

— Ainda nisso, então? – disse a Holmes. – Pensei que vocês, londrinos, nunca errassem. Não me parece tão rápido, afinal.

— Ah, precisa nos dar um pouco de tempo – respondeu Holmes, bem-humorado.

— Vai precisar – disse Alec Cunningham, o filho. – Ora, pelo que vejo, não temos sequer uma pista.

— Há apenas uma – respondeu o inspetor. – Achamos que se pudéssemos apenas encontrar... Santo Deus, Sr. Holmes! Que foi que houve?

O rosto do adoecido amigo assumira de repente a mais terrível expressão. Os olhos reviraram-se para cima, as feições estavam desfiguradas de dor e, com um lamento reprimido, desabou com o rosto no terreno. Horrorizados com o imprevisto e a gravidade do ataque, carregamo-lo para a cozinha, onde o deitamos em um divã, e respiramos pesadamente por alguns minutos. Por fim, com uma desculpa envergonhada por sua fraqueza, levantou-se de novo.

— Watson poderá confirmar que apenas há pouco me recuperei de uma grave doença – explicou. – Sou dado a esses repentinos ataques nervosos.

— Devo enviá-lo para casa em meu cabriolé? – perguntou o velho Cunningham.

— Bem, como estou aqui, tem um ponto do qual eu gostaria de certificar-me. Podemos verificá-los com muita facilidade.

— Qual?

— Bem, parece-me apenas possível que a chegada desse infeliz William não ocorreu antes, mas depois da entrada do ladrão na casa. O senhor parece aceitar como fato consumado que, embora a porta fosse forçada, o ladrão não entrou.

— Penso que é muito óbvio – confirmou o Sr. Cunningham sério. – Ora, meu filho Alec ainda não se deitara, e com certeza teria ouvido alguém mover-se dentro de casa.

— Onde ele se encontrava?

— Fumava no meu quarto de vestir.

— Qual a janela do aposento?

— A última à esquerda em seguida à de meu pai.

— Por certo, ambos tinham os lampiões acesos?

— Sem a menor dúvida.

— Vejo nisso certos pontos muito curiosos – disse Holmes, com um sorriso. – Não é extraordinário que um ladrão... e um que tinha alguma experiência anterior... arrombasse de forma deliberada uma casa a certa hora em que via, a julgar pelas luzes acesas, que dois membros da família ainda estavam de pé?

— Deve ter sido um sujeito com sangue-frio.

— Bem, claro, se o caso não fosse estranho, não teríamos sido compelidos a pedir-lhe uma explicação – disse o jovem Sr. Alec. – No entanto, sobre a sua ideia de que o homem roubara a casa antes de William se atracar com ele, penso que se trata da mais absurda suposição. Não teríamos encontrado o local revirado e dado pela falta das coisas que ele levara?

— Depende de quais eram as coisas – respondeu Holmes. – Deve lembrar-se de que lidamos com um ladrão muito especial, e que parece agir segundo diretrizes próprias. Veja, por exemplo, a estranha série de coisas que roubou da casa de Acton...o que foi mesmo?... um rolo de barbante, um peso de papéis e não sei quais outros objetos avulsos.

— Bem, estamos de fato em suas mãos, Sr. Holmes – disse Cunningham, o pai. – Tudo o que o senhor ou o inspetor sugerirem será feito com toda certeza.

— Antes de tudo – disse Holmes –, gostaria que oferecesse uma recompensa, estipulada pelo senhor, pois as autoridades talvez levem algum tempo antes de chegar a um acordo quanto à soma, pois não se podem tomar essas decisões com demasiada rapidez. Redigi um documento aqui, se o senhor não se importar de assiná-lo. Achei que cinquenta libras seria uma quantia mais do que suficiente.

— Eu daria de bom grado quinhentas libras – disse o juiz de paz, ao aceitar a folha de papel e o lápis que Holmes lhe entregou. – Mas a informação não está correta – disse ele, ao olhar o documento.

— Escrevi-o meio apressado.

— Veja, o senhor começa: "Dado que, a um quarto para uma hora, na manhã de terça-feira, fez-se uma tentativa...", e assim por diante. De fato, foi a um quarto para a meia-noite.

O engano deixou-me aflito, pois eu sabia que Holmes muito se ressentiria de um lapso desse tipo. Era sua especialidade a precisão quanto aos fatos, mas aquela recente doença abalara-o, e esse pequeno incidente bastou para me mostrar que continuava longe de ser ele mesmo. Sentiu um óbvio constrangimento por um instante, enquanto o inspetor erguia as sobrancelhas e Alec Cunningham dava uma gargalhada. O idoso cavalheiro corrigiu o engano e entregou o documento de volta a Holmes.

— Faça com que o publiquem o mais rápido possível – disse ele. – Acredito ser excelente a sua ideia.

Holmes guardou a folha de papel com todo o cuidado no livrinho de anotações.

— E agora – propôs – seria conveniente visitarmos juntos a casa e nos certificarmos de que esse ladrão meio errático afinal, não levou nada consigo.

Antes de entrar, Holmes fez um exame na porta que fora forçada. Era evidente que se introduziu um cinzel, ou uma faca resistente, e se impelira a fechadura para trás. Vimos as marcas na madeira, no lugar onde se empurrou a ferramenta.

— O senhor não usa travas, então? – perguntou.

— Nunca as julgamos necessárias.

— Não tem um cachorro?

— Sim, mas preso a uma corrente no outro lado da casa.

— A que horas os criados se deitam?

— Por volta das 22h.

— Suponho também que William em geral se deite a essa hora?

— Sim.

— É esquisito que, naquela específica noite do crime, ele se mantivesse de pé. Agora, muito me alegraria se o senhor tivesse a bondade de nos mostrar toda a casa, Sr. Cunningham.

Um corredor de piso revestido com lajotas, a partir do qual se ramificavam as cozinhas, conduzia por uma escada de madeira direto ao primeiro andar da casa. Levava até o patamar no lado oposto e a uma segunda escada mais ornamentada à qual se acessava pelo salão da frente. Desse patamar abriam-se a sala de estar e vários aposentos, entre eles o do Sr. Cunningham e o do filho. Holmes andava devagar, fazendo detalhadas anotações da arquitetura da casa. Percebi, a julgar por sua expressão, que seguia uma pista quente e, no entanto, eu não fazia a mínima ideia de para qual direção suas suposições o levavam.

— Meu caro senhor – disse o Sr. Cunningham, pai, com certa impaciência –, isso com certeza parece-me desnecessário. Aquele é meu quarto no fim da escada, e o do meu filho é o seguinte. Deixo ao seu discernimento concluir se era possível o ladrão ter subido aqui sem o percebermos.

— Imagino que o senhor deva recomeçar e tentar encontrar uma pista nova – disse o filho com um sorriso meio malicioso.

— Ainda assim, preciso pedir-lhes que tenham um pouco mais de tolerância comigo. Eu gostaria, por exemplo, de ver até onde se estende o campo visual da frente da propriedade pelas janelas dos quartos. Entendo que esse seja o quarto de seu filho – ele empurrou a porta – e suponho que aqui seja o de vestir, onde ele fumava quando se disparou o alarme. Para que lado se volta a janela desse quarto?

Ele atravessou o cômodo, abriu a porta e olhou o outro aposento em volta.

— Espero que esteja satisfeito agora, não? – disse o Sr. Cunningham com sarcasmo.

— Obrigado, acho que já vi tudo o que desejava.

— Então, se for de fato necessário, podemos entrar em meu quarto.

— Se não lhe causar demasiado incômodo...

O juiz de paz encolheu os ombros e nos conduziu ao próprio quarto, que se revelou um aposento confortável com mobiliário simples. Quando o atravessamos em direção à janela, Holmes ficou tão para trás que eu e ele éramos os últimos do grupo. Perto da cama, via-se uma mesinha quadrada com uma fruteira com laranjas e uma garrafa de água. Ao passarmos pela mesa, Holmes, para minha indizível estupefação, curvou-se diante de mim e derrubou, de propósito, tudo o que havia em cima. O vidro despedaçou-se em mil cacos, e as frutas rolaram pelos quatro cantos do quarto.

— Agora não tem mais jeito, Watson – disse ele friamente. Veja que grande lambança fez no tapete.

Baixei-me em total confusão e comecei a pegar as frutas, ao compreender que, por algum motivo, meu companheiro desejava que eu assumisse a culpa. Os outros fizeram o mesmo, e se pôs mais uma vez a mesa em pé.

— Ei! – exclamou o inspetor. – Aonde ele foi?

Holmes desaparecera.

— Esperem um instante – disse o filho Cunningham. – Em minha opinião, o homem não bate bem da bola. Venha comigo, pai, ver aonde ele deve ter ido.

Precipitaram-se quarto afora e deixaram-nos olhando uns para os outros, eu, o inspetor e o coronel.

— Palavra de honra, tendo a concordar com o Sr. Alec – disse o inspetor. – Talvez seja o efeito da doença, mas parece-me que...

Suas palavras foram logo cortadas por um repentino grito de:

— Socorro! Socorro! Assassino!

Com intensa emoção, reconheci a voz de meu amigo. Precipitei-me enlouquecido do quarto até o patamar. Os gritos, que haviam baixado para uma gritaria rouca e ininteligível, vinham do quarto que visitáramos primeiro. Corri para lá, e em seguida entrei no quarto de vestir. Os dois Cunningham estavam curvados sobre o corpo prostrado de Sherlock Holmes: o mais jovem apertava-lhe a garganta com as mãos, e o outro parecia torcer-lhe um dos pulsos. Em um instante, nós três os apartamos, e Holmes levantou-se cambaleante, muito pálido e visívelmente exausto.

— Prenda esses homens, inspetor! – arquejou ele.

— Sob que acusação?

— A do assassinato de seu cocheiro, William Kirwan.

O inspetor encarou-o perplexo.

— Ah, por favor, Sr. Holmes – disse ele afinal –, sei que o senhor não quer de fato dizer que...

— Cale-se, homem, olhe as expressões deles! – gritou Holmes, curto e grosso.

Jamais, sem dúvida, vi uma confissão de culpa mais clara em semblantes humanos. O mais velho parecia entorpecido e zonzo, com uma expressão pesada e taciturna no rosto de rugas profundas. O filho, por outro lado, perdera todo aquele estilo elegante e vistoso que o caracterizava, e a ferocidade de um perigoso animal selvagem brilhava em seus olhos escuros, distorcendo-lhe as bonitas feições. O inspetor nada disse, mas, após parar diante da porta, soprou o apito. Dois de seus policiais atenderam de imediato ao chamado.

— Não tenho alternativa, Sr. Cunningham – disse. – Espero que isso talvez se revele um engano absurdo, mas pode ver que... Ah, quer fazer o favor? Largue-o!

Golpeou-o com a mão, e um revólver que o mais jovem segurava ao tentar apertar o gatilho caiu retumbante ao chão.

— Guarde-o – disse Holmes, pondo-lhe tranquilo o pé em cima –; descobrirá que lhe será útil no julgamento. Mas era isso o que de fato queríamos.

Ele ergueu um pequeno pedaço de papel amassado.

— O resto da folha! – exclamou o inspetor.

— Exatamente.

— E onde estava?

— Onde eu tinha certeza de que devia estar. Vou esclarecer-lhe toda a questão em um instante. Penso, coronel, que o senhor e Watson podem retornar agora, e me encontrarei com vocês em uma hora, mais tardar. O inspetor e eu precisamos trocar uma palavra com os prisioneiros, mas com certeza me verão de volta na hora do almoço.

Sherlock Holmes ateve-se à palavra, pois por volta de uma hora reunia-se conosco na sala de fumar do coronel. Acompanhava-o um cavalheiro baixo e idoso que me foi apresentado como o Sr. Acton, cuja casa fora o cenário do arrombamento original.

— Desejei contar com a presença do Sr. Acton enquanto eu lhes demonstrasse esse pequeno caso – explicou Holmes –, pois é natural que ele sinta um ávido interesse pelos detalhes. Temo, meu caro coronel, que deva lamentar a hora em que hospedou em sua casa um pássaro tão tempestuoso como eu.

— Ao contrário – respondeu o coronel entusiasmado –, considero o maior privilégio o fato ter-me permitido examinar-lhe os métodos de trabalho. Confesso que superaram em muito minhas expectativas e que me sinto totalmente incapaz de explicar o resultado a que chegou. Ainda não vi o menor vestígio de uma pista.

— Receio que minha explicação talvez o desiluda, mas sempre tive como hábito não ocultar nenhum de meus métodos, nem de meu amigo Watson nem de quem demonstre um interesse inteligente por eles. Primeiro, porém, como ainda me sinto um tanto abalado pela agressão no quarto de vestir, gostaria de me servir de uma dose de seu conhaque, coronel. Minha força foi submetida a muitas provas nos últimos tempos.

— Espero que não tenha mais daqueles ataques nervosos.

Sherlock Holmes riu com vontade.

— Chegaremos a isso no momento certo – disse. – Vou fazer-lhes um relato em ordem cronológica dos vários pontos que me orientaram em minha decisão. Por favor, interrompam-me se alguma dedução não lhes parecer de todo clara.

"É da mais alta importância na arte do detetive conseguir distinguir, entre inúmeros fatos, os que não passam de incidente e os essenciais. Do contrário, nossa energia e atenção se dissipam, em vez de se concentrar. Agora, nesse caso não existiu em minha mente a mínima dúvida de que se devia procurar a chave de toda a questão no pedaço de papel na mão do morto.

Antes de me aprofundar nisso, quero chamar-lhes a atenção para o fato de que, se a narrativa de Alec Cunningham fosse correta, e se o assaltante, após atirar em William Kirwan, tivesse fugido em seguida, seria óbvio que não poderia ser ele quem arrancara o papel da mão do morto. Mas, se não foi ele, deveria ter sido o próprio Alec Cunningham, pois, quando o velho desceu, vários empregados se encontravam no local. O ponto é simples, mas o inspetor negligenciara-o porque partira da suposição de que aqueles magnatas do campo nada tinham a ver com a questão. Agora, faço questão de nunca ter nenhum preconceito e de seguir docilmente por onde qualquer fato possa me levar; em consequência, no primeiro estágio da investigação, vi-me a encarar com desconfiança o papel desempenhado pelo Sr. Alec Cunningham.

Em seguida, fiz um exame minucioso no canto de papel que o inspetor nos apresentara. Logo ficou claro para mim que fazia parte de um documento muito notável. Vejam-no. Não observam algo bem sugestivo nele?

— Tem um aspecto muito irregular – disse o coronel.

— Meu caro senhor – exclamou Holmes –, não pode haver a menor dúvida de que foi escrito por duas pessoas com palavras alternadas. Se chamar-lhe a atenção para os traços fortes das letras T de "quarto" e meia-noite", e pedir-lhe que os compare com os finos de "talvez", logo reconhecerá o fato. Uma breve análise dessas quatro palavras lhe permitirá dizer com extrema confiança que o "para" e o "que" também são escritos com mão forte, e o "saiba", com mão mais fraca.

— Caramba, é claro como o dia! – exclamou o coronel. – Por que diabos os dois escreveriam uma carta dessa forma?

— Parece óbvio que se trata de um negócio sujo, e um dos homens, que desconfiava do outro, decidira que, qualquer que fosse o desfecho, cada um deveria ter a mesma participação nele. Ora, fica claro que, dos dois homens, o que escreveu "quarto" e "meia-noite" era o líder.

— Como chega a essa conclusão?

— Poderíamos deduzir isso dos simples caracteres de uma caligrafia comparada com a outra, mas temos bases mais seguras do que essa para supor. Se examinar esse papel com atenção, chegará à conclusão de que o homem com a mão forte escreveu primeiro todas as suas palavras, e deixou os espaços em branco para o outro preencher. Esses espaços nem sempre se revelaram suficientes, e pode-se ver que o segundo homem teve de espremer as letras para encaixar "quarto" entre "a um" e "meia-noite", o que mostra que já se escrevera a última. O primeiro a escrever todas as palavras é, sem a menor dúvida, o que planejou a trama.

— Excelente! – exclamou o Sr. Acton.

— Mas muito superficial – rebateu Holmes. – Chegamos agora, contudo, ao ponto de maior importância. Talvez vocês não estejam cientes de que alguns especialistas têm obtido considerável exatidão no método da dedução da idade de uma pessoa com base em sua caligrafia. Em casos normais, pode-se situá-la em sua verdadeira década com razoável confiança. Digo casos normais porque saúde debilitada e a fraqueza física reproduzem os sinais de velhice, mesmo quando o inválido é jovem. Nesse caso, quando se observa a letra forte e nítida do primeiro, e a aparência meio arqueada da letra do outro, mas que ainda conserva sua legibilidade, embora os T tenham começado a perder os cortes, podemos dizer que o primeiro era jovem e o outro avançado em anos, sem ser um explícito decrépito.

— Excelente! – exclamou mais uma vez o Sr. Acton.

— Há outro detalhe, porém, mais sutil e de maior interesse. Nota-se alguma coisa em comum entre essas caligrafias. Pertencem a homens com parentesco consanguíneo. Ao senhor pode parecer muito claro a letra "e" do alfabeto grego, mas para mim muitos pontos menores indicam a mesma coisa. Não tenho a menor dúvida de que se pode identificar um maneirismo de família nessas duas amostras de caligrafia. Dou-lhes agora, claro, apenas os principais resultados de meu exame do papel. Outras 23 deduções seriam de mais interesse para especialistas do que para vocês. Todos tendem a aprofundar-me na mente a impressão de que os Cunningham, pai e filho, haviam escrito a carta.

Após chegar até aí, meu passo seguinte foi, decerto, examinar os detalhes do crime e entender em que medida nos podem ser úteis. Fui até a casa com o inspetor e vi tudo o que era necessário ver. Confirmei com absoluta confiança que o que causara o ferimento no morto fora uma bala disparada de um revólver à distância de quatro metros. As roupas não exibiam mancha escura causada por pólvora. Alec Cunningham mentira quando dissera que dois homens se atracavam quando se disparou o tiro. Mais uma vez, pai e filho concordaram quanto ao lugar por onde fugira o sujeito na estrada. Nesse local, contudo, abre-se um fosso largo, com o fundo molhado. Como não se viram indicações de pegadas de botas nesse fosso, tive certeza não apenas de que os Cunningham haviam mentido de novo, mas também de que jamais existira um desconhecido no local.

E então precisei pensar no que desencadeou esse crime singular. Para entendê-lo, empenhei-me acima de tudo em desvendar o motivo do arrombamento original na casa do Sr. Acton. Por alguma coisa que nos contou o coronel, fiquei a par de um processo judicial em andamento entre o senhor, Sr. Acton, e os Cunningham. Claro que no mesmo instante me ocorreu que eles haviam invadido sua biblioteca com a intenção de pegar algum documento que talvez fosse importante no caso.

— Acertou com grande precisão – disse o Sr. Acton. – Não pode haver a menor dúvida quanto às intenções deles. Tenho uma inquestionável reivindicação à metade de sua atual propriedade e se houvessem conseguido encontrar um único documento... felizmente guardado no cofre de meus advogados, teriam, sem a menor dúvida, posto nosso processo por água abaixo.

— É isso aí – disse Holmes, com um sorriso. – Foi uma tentativa perigosa, arrojada, na qual parece que identifiquei a influência do jovem Alec. Depois de nada encontrarem, trataram de desviar a suspeita ao fazer parecer que não passara de um roubo comum, e com esse fim em mente levaram o que lhes caiu nas mãos. Embora tudo isso esteja bastante claro, grande parte continuava obscura. Eu queria acima de tudo encontrar o resto daquele bilhete desaparecido. Tinha certeza de que Alec o arrancara da mão do morto, e quase certeza de que deveria tê-lo colocado no bolso do roupão. Onde mais poderia tê-lo posto? A única questão era se continuava lá. Valia um esforço encontrá-lo. E para esse fim fomos todos até a casa.

Os Cunningham juntaram-se a nós, como sem dúvida se lembram, diante da porta da cozinha. Era, obviamente, de primeira importância evitar que se lembrassem da existência desse papel, do contrário logo o destruiriam, claro. O inspetor iria revelar-lhes a importância que atribuíamos ao papel quando desabei, pela mais afortunada chance do mundo, em uma espécie de ataque, e em consequência se mudou a conversa.

— Santo Deus! – exclamou o coronel, rindo. – Quer dizer que toda a nossa solidariedade foi desperdiçada, e seu ataque, uma impostura?

— Em minha opinião profissional, ele o fez de forma admirável – exclamei, ao olhar estupefato esse homem que sempre me confundia com alguma nova fase de sua astúcia.

— Uma arte que muitas vezes se revela útil – disse ele. – Quando me recuperei, consegui, por um expediente que talvez tivesse algum mérito de engenhosidade, que o velho Cunningham escrevesse a palavra "meia-noite", para permitir compará-la com a "meia-noite" do papel.

— Ah! Como fui imbecil! – exclamei.

— Vi que se condoía de meu lapso – disse Holmes sorridente. – Lamentei causar-lhe o sofrimento solidário que sei que sentiu. Subimos em seguida a escada, e, ao entrar no quarto e ver o roupão pendurado atrás da porta, tramei derrubar a mesa, para atrair-lhes a atenção no momento, e recuei de mansinho para examinar os bolsos. Mal pegara o papel, porém, que estava, como esperara, em um deles, quando os Cunningham me atacaram, e, acredito mesmo, teriam me assassinado ali e então, se não fosse pela rápida e amiga ajuda de vocês. De fato, sinto os dedos do rapaz em minha garganta agora, e o pai que me torcia o pulso no esforço de me tirar o papel da mão. Entendam, deram-se conta de que eu devia saber tudo o que ocorrera, e a repentina mudança de segurança absoluta para completo desespero deixou-os totalmente fora de si.

Tive uma breve conversa com o velho Cunningham depois, quanto ao motivo do crime. Mostrou-se muito razoável, embora o filho agisse como um total demônio, disposto a estourar os próprios miolos ou os de qualquer outro, se conseguisse recuperar seu revólver. Quando Cunningham viu que as acusações contra ele eram muito fortes, perdeu toda a coragem e fez uma clara confissão de tudo. Parece que William seguira em segredo os dois amos na noite em que fizeram a incursão na casa do Sr. Acton e, após assim tê-los em seu poder, começou em seguida com ameaças de denunciá-los e chantageá-los. Mas o Sr. Alec era um homem muito perigoso para tolerar esse tipo de jogo. Foi um golpe de gênio de sua parte ver, no sobressalto do ladrão que vinha convulsionando essa região, uma oportunidade de livrar-se de forma plausível do homem que temiam. Atraíram William para uma armadilha e o eliminaram, e se apenas tivessem recuperado o bilhete inteiro e dado um pouco mais de atenção aos detalhes, é bem possível que nunca houvessem levantado suspeita."

— E o bilhete? – perguntei.

Sherlock Holmes pôs os dois pedaços de papel juntos diante de nós.

"Se quiser aparecer no portão leste, terá uma grande surpresa, além de prestar um grande serviço a você e Annie Morrison. Mas não fale a ninguém a respeito."

— É bem o tipo de coisa que eu esperava – disse ele. – Por certo, ainda não temos como saber que relações talvez existissem entre Alec Cunningham, William Kirwan e Annie Morrison. Os resultados mostram que a armadilha foi armada com muita destreza. Sei que os senhores não deixarão de se encantar com os traços de hereditariedade mostrados nos riscos das letras "p" e "g". A ausência dos pingos nos "i" na caligrafia do velho também é muito característica. Watson, creio que nosso tranquilo descanso no campo foi um marcante sucesso, e com toda a certeza voltarei amanhã muito revigorado para Baker Street.

Aventura VII
O estropiado

Em uma noite de verão, alguns meses depois de meu casamento, eu fumava um último cachimbo sentado ao pé da lareira e balançava a cabeça ao ler um romance, pois o trabalho do dia fora exaustivo. Minha mulher já subira, e o ruído da fechadura da porta do corredor pouco antes me revelou que os criados também se haviam recolhido. Levantara-me da poltrona e batia as cinzas do cachimbo quando de repente ouvi o clangor da campainha.

Olhei para o relógio. Faltavam quinze minutos para a meia-noite. Não poderia ser um visitante em uma hora tão tardia. Um paciente pareceu-me mais provável, e talvez uma sessão de varar a noite. Com uma careta, saí para o vestíbulo e abri a porta. Para minha grande surpresa, vi-me diante de Sherlock Holmes na entrada.

— Ah, Watson – saudou-me –, tive a esperança de que não fosse tarde demais para encontrá-lo de pé.

— Meu caro amigo, faça o favor de entrar.

— Você parece surpreso, e não me admira! E aliviado também, imagino! Hum! Ainda fuma a mistura Arcadia de seu tempo de solteiro! Não há como alguém se equivocar com essa cinza felpuda em seu paletó. É fácil ver que se habituou a usar um uniforme, Watson. Você nunca passará por um civil puro-sangue enquanto continuar a levar seu lenço na manga. Poderia hospedar-me esta noite?

— Com prazer.

— Disse-me que tinha acomodação de solteiro para um, e noto que não tem nenhum visitante no momento. O cabide para chapéus revela isso.

— Terei grande prazer se você pernoitar.

— Obrigado. Pendurarei o meu chapéu no gancho vago. Lamento constatar que recebeu o bombeiro britânico em casa. O sujeito é sinal de problema. Espero que não seja o esgoto.

— Não, o gás.

— Ah! Ele deixou duas marcas de prego dos sapatos no linóleo, bem onde incide a luz. Não, obrigado, jantei em Waterloo, mas fumarei um cachimbo com você com prazer.

Estendi-lhe meu saquinho de tabaco, ele se sentou defronte a mim e fumou por algum tempo, calado. Eu sabia muito bem que nada além de um negócio importante o teria trazido até minha casa àquela hora; por isso, esperei pacientemente ele ir direto ao assunto.

— Vejo que sua profissão lhe tem ocupado muito atualmente – disse ao olhar-me com grande interesse.

— Sim, tive um dia movimentado – confirmei. – Talvez lhe pareça uma grande tolice – acrescentei –, mas não sei como o deduziu.

Holmes riu consigo mesmo:

— Tenho a vantagem de conhecer seus hábitos, meu caro Watson. Quando tem poucas visitas médicas, você vai andando; quando tem muitas, toma um cabriolé. Como noto que suas botas, embora usadas, não estão nada sujas, não tenho como duvidar de que, no momento, tem estado ocupado o bastante para justificar o cabriolé.

— Excelente! – exclamei.

— Elementar – disse ele. – Trata-se de um dos casos em que aquele que emprega o raciocínio pode causar um efeito que parece admirável ao seu vizinho porque este deixou escapar um detalhe que constitui a base da dedução. Pode-se dizer o mesmo, meu caro colega, do efeito de alguns desses seus pequenos relatos, efeito que, às vezes, é inteiramente enganoso, pois depende de você guardar para si mesmo alguns fatores do problema que nunca comunica ao leitor. Pois bem, no momento encontro-me na posição desses mesmos leitores, pois tenho em mãos diversos fios de um dos mais estranhos casos que já intrigaram o cérebro de alguém. No entanto, faltam-me um ou dois detalhes indispensáveis à conclusão de minha teoria. Mas vou obtê-los, Watson. Vou obtê-los!

Os olhos entusiasmaram-se, e um leve rubor brotou-lhe das faces magras. Por um instante apenas. Quando tornei a olhá-lo, o rosto reassumira aquela impassibilidade de um índio pele-vermelha, que contribuíra para que tantos o encarassem mais como máquina do que como homem.

— O problema apresenta aspectos de interesse – continuou ele. — Permito-me até dizer de excepcional interesse. Já examinei a questão; penso que minha solução se encontra ao alcance dos olhos. Se me pudesse acompanhar nesse último passo, você poderia me prestar um considerável serviço.

— Eu teria o maior prazer.

— Poderia ir até Aldershot amanhã?

— Não tenho a menor dúvida de que Jackson me substituirá em minhas consultas.

— Ótimo. Preciso partir de Waterloo no trem das 11h10.

— Esse tempo me basta.

— Então, se não estiver muito sonolento, vou lhe dar um resumo do que aconteceu e do que falta fazer.

— Sentia-me sonolento antes de você chegar. Agora fiquei bem desperto.

— Abreviarei a história no que for possível, mas sem omitir nada essencial ao caso. Talvez você até tenha sabido algo a respeito, referente ao suposto assassinato do Coronel Barclay, do Royal Munsters, em Aldershot, que estou investigando.

— Não ouvi falar nada sobre isso.

— Ainda não despertou grande atenção, exceto local. Os fatos datam de apenas dois dias. Em suma, são os seguintes:

"O Royal Munsters, como você sabe, é um dos mais famosos regimentos irlandeses do exército britânico. Fez prodígios tanto na Crimeia como durante o motim indiano entre 1857 e 1859, e desde então se distinguiu em todas as ocasiões possíveis. Comandou-o até segunda-feira à noite James Barclay, um valente veterano, que começou como recruta, foi elevado a oficial por sua bravura na época da rebelião, e assim continuou para tornar-se comandante do regimento no qual outrora servira como simples soldado.

O Coronel Barclay se casara na época em que tinha a patente de sargento. A esposa, nascida Nancy Devoy, era filha de um ex-sargento do mesmo regimento. Em consequência, houve um leve atrito social, como se pode imaginar, quando os recém-casados (por serem ainda muito jovens) viram-se naquele novo ambiente. Parece, contudo, que logo se adaptaram. A Sra. Barclay sempre gozou de tanta popularidade entre as senhoras do regimento quanto o marido entre os irmãos oficiais, pelo que eu soube. Posso acrescentar que era uma mulher de grande beleza, e mesmo agora, depois de trinta e tantos anos de casada, ainda exibe uma impressionante e majestosa aparência.

Tudo indica que a vida familiar do Coronel Barclay foi tão feliz quanto constante. O Major Murphy, a quem devo a maioria de meus dados, garante-me que nunca ouviu falar de algum desentendimento entre o casal. No conjunto, ele acha que a dedicação de Barclay à esposa era maior do que a da esposa ao marido, e o coronel sentia intensa inquietação quando se ausentava do convívio dela por um dia. A senhora, por outro lado, embora dedicada e fiel, demonstrava menos visível afeição. Mas no regimento encaravam-nos como o próprio modelo de um casal de meia-idade. Nada, absolutamente nada, em suas relações mútuas preparara-os para a tragédia que se seguiria.

O próprio Coronel Barclay parecia ter alguns traços singulares de personalidade. Em seu humor habitual, revelava-se um soldado experiente, jovial, elegante, mas em algumas ocasiões parecia exibir-se capaz de considerável violência e vingança. Parece, no entanto, nunca ter voltado esse lado de sua natureza contra a esposa. Outro fato que impressionara o Major Murphy, e três dos outros cinco oficiais com quem conversei, era o singular tipo de depressão que às vezes se abatia sobre ele. Segundo expressou o major, o sorriso muitas vezes extinguia-se de sua boca, como por uma mão invisível, quando participava de alegrias e chacotas à mesa da cantina na caserna. Por dias seguidos, quando esse humor o dominava, mergulhava na mais profunda melancolia. Essa instabilidade emocional e uma leve superstição constituíam os únicos traços de personalidades fora do comum que seus irmãos oficiais haviam observado. A última peculiaridade assumia a forma de uma aversão a ficar sozinho, sobretudo após o anoitecer. Essa manifestação pueril, em uma natureza de conspícua virilidade, originara com frequência comentários e conjecturas.

O primeiro batalhão do Royal Munsters (que é o antigo 117º) aquartelou-se em Aldershot por alguns anos. Os oficiais casados moravam fora da caserna, e o coronel ocupou durante todo esse tempo uma pequena casa de campo chamada Lachine, a mais ou menos um quilômetro do campo norte. A casa ergue-se em seu próprio terreno, mas seu lado oeste não se distancia mais de trinta metros da estrada principal. Um cocheiro e duas criadas formam a equipe de empregados. Esses, com o amo e a ama, eram os únicos ocupantes de Lachine, pois os Barclays não tinham filhos nem o hábito de hospedar visitantes permanentes.

Agora, aos fatos desenrolados em Lachine, entre as 21h e as 22h da última segunda-feira.

Parece que a Sra. Barclay era membro da Igreja católica romana e se interessara muito pela criação da Associação Religiosa St. George, estabelecida em ligação com a capela de Watt Street com o objetivo de distribuir roupas usadas aos pobres. Realizara-se uma reunião da associação naquela noite, às 20h, e a senhora apressara o jantar a fim de comparecer. Ao sair de casa, o cocheiro ouviu-a fazer um comentário comum ao marido para tranquilizá-lo de que não se demoraria muito. Em seguida, buscaram a Srta. Morrison, uma jovem que mora na casa seguinte, e as duas partiram para a reunião, que durou quarenta minutos, e às 21h15 a Sra. Barclay retornou para casa, após deixar a Srta. Morrison diante de sua porta, ao passar pela casa da jovem.

Lachine contém um aposento que chamam sala matinal, voltada para a estrada e aberta por uma grande porta dobrável, de vidro, que dá para o gramado. Este, com trinta metros de largura, separa-se da estrada apenas por um muro baixo de onde se ergue uma grade de ferro. Foi para essa sala que a Sra. Barclay se encaminhou ao retornar. Como as cortinas se encontravam fechadas, pois raras vezes se usa essa sala à noite, ela própria acendeu o lampião; em seguida tocou a campainha e pediu a Jane Stewart, a criada, que lhe trouxesse uma xícara de chá, o que se revelou de todo contrário aos hábitos da ama. O coronel achava-se sentado na sala de jantar, mas, ao saber que a esposa regressara, juntou-se a ela na sala matinal. O cocheiro viu-o atravessar o corredor e entrar. E nunca mais tornaram a vê-lo vivo.

O chá pedido foi levado dez minutos depois, mas a criada, ao aproximar-se da porta, surpreendeu-se ao ouvir as vozes de ambos os amos em furiosa altercação. Bateu sem receber nenhuma resposta, e até girou a maçaneta, quando verificou que porta trancada estava a por dentro. Como é muito natural, correu para contar à cozinheira, e as duas, com o cocheiro, subiram para o corredor e ouviram a discussão que ainda travavam. Todos concordaram que se ouviam apenas duas vozes, a de Barclay e a da esposa. As observações do coronel, em tom baixo e brusco, eram inaudíveis. As da senhora, por outro lado, proferidas com grande ressentimento, e quando elevava a voz, eles as ouviram com toda clareza: "Seu covarde!", repetia sem parar: "Que se pode fazer agora? Devolva-me a vida! Não quero nunca mais sequer respirar o mesmo ar com você! Seu covarde! Seu covarde!". Esses eram alguns dos fragmentos de sua conversa, rematados em um repentino e terrível grito da voz do homem, seguido de uma pancada ruidosa e um grito lancinante da mulher. Convencido de que ocorrera alguma tragédia, o cocheiro precipitou-se para a porta e esforçou-se para empurrá-la, enquanto se emitiam gritos e mais gritos dentro do aposento. Ele não conseguiu, porém, entrar; e o medo deixara as criadas desesperadas para lhe servirem de alguma ajuda. De repente, ocorreu-lhe uma ideia, contudo, que o fez cruzar a porta do corredor e contornar a casa até o gramado para o qual se abriam as compridas janelas francesas. Encontrou um dos lados da janela aberto, o que imagino que fosse muito natural no verão, e entrou sem dificuldade na sala. A ama cessara de gritar e estendia-se desfalecida em um divã, enquanto, com os pés inclinados sobre o lado de uma poltrona e a cabeça caída no chão no canto do guarda-fogo da lareira, jazia o infeliz soldado morto em uma poça de sangue.

Claro que o primeiro pensamento do cocheiro, ao constatar que nada podia fazer pelo amo, foi abrir toda a porta. Mas aí se apresentou uma dificuldade inesperada e singular. A chave não estava no lado interno da porta, nem ele conseguiu encontrá-la em nenhum lugar. Tornou então a sair pela janela, e após buscar a ajuda de um policial e de um médico, voltou. Retiraram em seguida, ainda em estado de inconsciência, a senhora, contra quem decerto recaía a mais forte suspeita, e levaram-na para seu quarto. Depois estenderam o corpo do coronel no sofá e fizeram um cuidadoso exame do local da tragédia.

Descobriu-se que o ferimento que sofrera o infeliz veterano constituía um corte irregular de uns cinco centímetros de comprimento na parte de trás da cabeça, causado por um violento golpe de uma arma embotada. Não foi difícil adivinhar que arma devia ser. No piso, junto ao corpo, estendia-se um singular bastão de madeira maciça esculpida com um castão de osso. O coronel possuía uma variada coleção de armas trazidas dos diferentes países nos quais combatera, e a polícia conjecturou que o bastão incluía-se entre seus troféus. Os empregados negam tê-lo visto antes, mas, em meio às numerosas curiosidades na casa, é possível que tenham negligenciado o bastão. A polícia nada mais descobriu de importância na sala, a não ser o inexplicável fato de que não se encontrou a chave desaparecida na pessoa da Sra. Barclay, nem no corpo da vítima, tampouco em algum lugar da sala. A porta acabou sendo aberta pelo ferreiro de Aldershot.

Assim se encontrava a situação, Watson, quando, na manhã de terça-feira, a pedido do Major Murphy, fui a Aldershot para complementar os trabalhos da polícia. Penso que reconhecerá que o problema já despertava interesse, mas minhas observações logo me fizeram compreender que se tratava, de fato, de um caso muito mais extraordinário do que parecera à primeira vista.

Antes de examinar a sala, interroguei os criados, mas só consegui obter os fatos que já expus. Jane Stewart, a criada, trouxe à tona outro detalhe curioso. Você lembrará que, ao ouvir o barulho da briga, a criada desceu e retornou com os outros empregados. Naquela primeira ocasião, enquanto ainda estava sozinha, as vozes do patrão e da patroa saíam tão baixas que ela quase não ouvia nada, e julgou, mais pelos tons do que pelas palavras dos dois, que travavam uma séria discussão. Diante de minha insistência, porém, ela lembrou que ouvira a palavra "David" proferida duas vezes pela senhora. O ponto é de extrema importância para nos orientar a respeito do motivo da repentina briga. O coronel chamava-se James, como você deve se lembrar.

Uma coisa no caso deixara a mais profunda impressão tanto nos criados como na polícia: a deformação do rosto do coronel. Contraíra-se, segundo o relato deles, na mais apavorante expressão de medo e horror que é possível um rosto humano assumir. A simples visão dele fez mais de uma pessoa desfalecer diante de tão horrível efeito. Tinha-se quase toda certeza de que a vítima previra seu destino, e isso lhe causara o extremo horror. Claro que tal suposição se encaixava bem na teoria da polícia, se o coronel houvesse visto a esposa fazer-lhe um ataque homicida. Nem o fato de o ferimento mortal ser na parte de trás da cabeça significava uma objeção decisiva contra essa suposição, pois ele, se o houvesse visto, poderia ter-se esquivado ao golpe. Não se conseguiu obter nenhuma informação da senhora, vítima então de uma aguda febre cerebral que lhe causou uma insanidade temporária.

Eu soube pela polícia que a Srta. Morrison, que, você se lembra, saíra naquela noite com a Sra. Barclay, negou ter qualquer conhecimento do que teria causado no retorno para casa o mau humor da amiga.

Após reunir esses fatos, Watson, fumei vários cachimbos, enquanto tentava separar os que eram cruciais dos apenas incidentais. Estava fora de questão que o ponto mais característico e sugestivo no caso era o singular desaparecimento da chave da porta. Uma busca muito rigorosa não conseguira encontrá-la na sala. Portanto, deve ter sido tirada de lá. Mas nem o coronel nem a esposa poderiam tê-la tirado. Isso ficou bem claro. Em consequência, uma terceira pessoa deve ter entrado na sala. E essa terceira pessoa só poderia ter entrado pela janela. Pareceu-me que um exame cuidadoso da sala e do gramado talvez revelasse alguns traços desse misterioso indivíduo. Você conhece meus métodos, Watson. Não deixei de aplicar nenhum deles à investigação, e terminei com a descoberta de traços, mas muito diferentes dos que eu esperava. Um homem que viera da estrada atravessara o gramado e esteve na sala. Consegui obter cinco impressões muito claras de suas pegadas: uma na própria estrada, no ponto onde transpusera o muro baixo, duas no gramado e duas muito apagadas nas tábuas de madeira manchadas do piso, perto da janela por onde ele entrara. Sem dúvida, precipitara-se pelo gramado porque as marcas dos dedos eram mais profundas do que as do calcanhar. Mas não foi o homem que me surpreendeu, e sim o seu companheiro.

— Seu companheiro!

Holmes tirou uma grande folha de papel de seda do bolso e desdobrou-a cuidadosamente sobre o joelho.

— Que conclui disto? – perguntou.

O papel estava coberto com os desenhos das patas de algum pequeno animal. Tinha cinco rastros bem acentuados, uma indicação de unhas longas, e o tamanho da marca inteira talvez fosse quase tão grande quanto uma colher de sobremesa.

— É um cachorro – sugeri.

— Já ouviu falar que um cachorro subisse por uma cortina? Encontrei traços inconfundíveis de que essa criatura assim o fizera.

— Um macaco, então?

— Não é a pegada de um macaco.

— Que pode ser, então?

— Nem cão, nem gato, nem macaco, nem qualquer criatura que conhecemos. Tentei reconstituí-las a partir das medidas. Aqui você vê quatro pegadas onde o animal ficou imóvel. Vê-se que tem menos de quarenta centímetros da pata dianteira à traseira. Acrescente a isso o comprimento do pescoço e da cabeça e você encontra uma criatura com um pouco mais de sessenta centímetros de comprimento... talvez mais, se tiver algum rabo. Mas agora observe essa outra medição. O animal se deslocava, e temos o comprimento de seus passos. Em cada caso, trata-se de pouco mais de sete centímetros. Veja, você tem a indicação de um corpo comprido com pernas muito curtas. Não teve a consideração de deixar pelos para nós. Sua forma geral deve ser a que indiquei; consegue subir pela cortina, além de ser carnívoro.

— Como deduz isso?

— Porque correu cortina acima. Pendia da janela uma gaiola com um canário, e parece que tinha como objetivo atacar o pássaro.

— Então qual era o animal?

— Ah, se eu soubesse identificá-lo talvez muito avançasse em direção a desvendar o caso. No conjunto, a probabilidade é que seja uma criatura da família das doninhas ou dos arminhos, embora seja maior que qualquer dos dois que já vi.

— Mas que teria isso a ver com o crime?

— Isso também continua obscuro. Mas você percebe que aprendemos muitas coisas. Sabemos que um homem ficou na estrada e viu a briga do casal Barclay; as venezianas estavam erguidas, e a sala, iluminada. Também sabemos que ele correu pelo gramado, entrou na sala, acompanhado de um estranho animal, e ou golpeou o coronel ou, com igual possibilidade, o coronel tombou de puro pavor diante da visão do intruso, e quebrou a cabeça no canto da lareira. Por fim, temos o curioso fato de que o intruso levou consigo a chave quando partiu.

— Suas descobertas parecem ter deixado a história mais obscura do que no início – comentei.

— Verdade, mas sem a menor dúvida revelaram que o problema era bem mais profundo do que a princípio se conjecturou. Refleti muito sobre a questão e cheguei à conclusão de que preciso abordá-la de outro ponto de vista. Mas a verdade, Watson, é que o mantenho acordado, quando poderia contar-lhe tudo isso em nossa ida a Aldershot amanhã.

— Obrigado, mas você já se estendeu demais para deixar o assunto por aí.

— Muito bem. Tem-se toda certeza de que a Sra. Barclay deixou a casa, às 19h30, em boas relações com o marido. Ela nunca demonstrava, como creio que já lhe disse, de forma ostensiva o afeto pelo cônjuge, mas o cocheiro ouviu-a conversar com o coronel de maneira amistosa. Ora, também ficou igualmente certo que, logo ao retornar, encaminhou-se para a sala na qual haveria menos chance de encontrar o marido; recorrera ao chá, como faria uma mulher agitada, e, por fim, assim que o marido foi ao seu encontro, explodira em violentas recriminações. Em consequência, ocorrera algo entre as 19h30 e as 21h da noite que lhe havia alterado da água para o vinho seus sentimentos por ele. A Srta. Morrison não a deixara durante todo aquele período de uma hora e meia. Portanto, tive absoluta certeza, apesar de ela negá-lo, de que devia ter algum conhecimento do problema.

Minha primeira conjectura foi a possibilidade de que houvera certas relações entre a jovem e o velho soldado, e que a primeira teria, àquela altura, confessado à esposa. Isso explicaria o retorno furioso da Sra. Barclay e também a negação feita pela senhorita de que teria ocorrido alguma coisa. Nem seria de todo incompatível com a maioria das palavras ouvidas atrás da porta. Mas havia a referência a David e a conhecida afeição do coronel pela mulher a contrariar tal conjectura, para não falar da trágica intrusão do outro homem que talvez, claro, nenhuma relação tinha com o que acontecera antes. Não era fácil percorrer com cuidado esse caminho, no conjunto, mas eu tendia a descartar a ideia de que houvera algo entre o coronel e a Srta. Morrison; porém, mais do que nunca, convencera-me de que a jovem guardava a pista que incitara a Sra. Barclay a odiar o marido. Tomei o óbvio curso, em consequência, de visitar a Srta. Morrison, explicar-lhe que tinha pleno conhecimento de que ela guardava o segredo dos fatos e garantir-lhe que a amiga, a Sra. Barclay, talvez se visse no banco dos réus sob uma acusação de assassinato se não esclarecêssemos a questão.

A Srta. Morrison é uma jovem pequena, diáfana, de olhos tímidos e cabelos louros, mas não a achei em absoluto desprovida de astúcia e bom senso. Ficou pensando durante algum tempo depois do que eu lhe dissera e, em seguida, ao se virar para mim com um brusco ar de determinação, irrompeu em uma admirável declaração, que resumirei para você.

— Prometi à minha amiga nada contar a respeito do problema, e promessa é promessa – disse ela. – Mas, se posso de fato ajudá-la, quando se faz tão séria acusação contra ela, e quando tem a própria boca, pobre querida, calada pela doença, julgo sentir-me desobrigada de minha promessa.

Eu lhe contarei exatamente o que aconteceu na noite da segunda-feira.

"— Retornávamos da Missão de Watt Street por volta das 20h45. No caminho, tínhamos de passar por Hudson Street, uma rua muito tranquila. Há apenas um lampião no lado esquerdo, e, ao nos aproximarmos da luz, vi um homem encaminhando-se em nossa direção, com as costas muito curvadas e algo semelhante a uma caixa pendurada em um dos ombros. Parecia deformado, pois se locomovia com a cabeça baixa e os joelhos arqueados. Passávamos por ele quando ergueu o rosto para nos olhar no círculo de luz projetado pelo lampião e, ao fazê-lo, parou e gritou, com uma voz apavorante, dizendo que aquela era Nancy. O rosto da Sra. Barclay adquiriu uma palidez mortal, e teria caído se a criatura de aparência monstruosa não a segurasse. Eu ia chamar a polícia, mas ela, para minha surpresa, dirigiu-se muito amavelmente ao sujeito:

— Pensei que você estivesse morto durante esses trinta anos, Henry – disse ela, com a voz vacilante.

— Eu também – respondeu ele, e foi horrível ouvir o tom de voz nas palavras. Tinha um rosto muito escuro, assustador, e um brilho nos olhos que me volta em pesadelos. Fios brancos raiavam-lhe os cabelos e a barba, e exibia um rosto todo enrugado e amarrotado como uma maçã murcha.

— Caminhe um pouco, querida – pediu-me a Sra. Barclay.
— Quero trocar umas palavras com este homem. Não há nada a temer – tentou falar em um tom destemido, mas continuava com aquela palidez mortal e mal conseguiu proferir as palavras por causa do tremor dos lábios.

Fiz como me pediu, e eles conversaram por alguns minutos. Então, ela percorreu a rua com os olhos em chamas. E vi o infeliz estropiado parado perto do lampião; brandia os punhos no ar como se estivesse enlouquecido de fúria. Ela não disse uma palavra até chegarmos à porta aqui, quando me tomou pela mão e suplicou-me que eu não dissesse a ninguém o que acontecera.

— Ele é um antigo conhecido meu que caiu em desgraça – explicou. Quando lhe prometi que nada diria, beijou-me, e nunca mais a vi desde então. Agora lhe contei toda a verdade, e se a ocultei da polícia foi porque não me dera conta do perigo em que se encontrava minha querida amiga. Sei que só será para o bem dela que se saiba de tudo."

— Tal constituiu o depoimento da jovem, Watson, e para mim, como pode imaginar, foi uma luz em uma noite escura. Tudo o que antes parecia não relacionado começou a assumir seu verdadeiro lugar, e eu tive um sombrio pressentimento de toda a sequência dos acontecimentos. Meu óbvio passo seguinte foi procurar o homem que causara tão admirável impressão na Sra. Barclay. Se ele continuasse em Aldershot, não seria um problema tão difícil. A população não incluía um número muito grande de civis, e um homem deformado com certeza chamaria atenção. Passei um dia em sua busca, e à noite, naquela mesma noite, Watson, encontrei-o. Chama-se Henry Wood e mora em quartos de aluguel na mesma rua onde as mulheres o encontraram. Está há apenas cinco dias no lugar. No papel de agente de controle, tive uma conversa muito interessante com sua senhoria. O homem é mágico e saltimbanco por ofício, e circula pelas cantinas de soldados após o anoitecer, onde apresenta um pequeno espetáculo. Leva consigo algum animal naquela caixa que traz pendurada no ombro, do qual a senhoria parecia sentir considerável medo, pois nunca vira semelhante criatura. Ele o usa em alguns truques, segundo o relato dela. Apenas isso a mulher foi capaz me dizer, além de considerar um milagre o homem conseguir sobreviver, ao vê-lo tão disforme, e ele às vezes se expressava em uma língua estranha; nas últimas duas noites, ela o ouvira gemer e chorar no quarto. No que se referia ao dinheiro, nada tinha a depor contra ele, embora no depósito dera-lhe o que parecia um florim falso. Ela o mostrou para mim, Watson, e era uma rúpia indiana.

— Assim, agora, meu caro colega, entende exatamente em que pé estamos e por que preciso de você. Parece-me muito claro que, depois de as senhoras partirem, esse homem seguiu-as ao longe, viu a briga entre marido e mulher pela janela, precipitou-se para dentro, e a criatura que transportava na caixa se libertou. Nenhuma dúvida em relação a tudo isso. Mas ele é a única pessoa no mundo que pode nos dizer exatamente o que aconteceu naquela pequena sala.

— E você pretende perguntar-lhe?

— Com toda a certeza... Mas na presença de uma testemunha.

— E sou eu a testemunha?

— Se tiver a bondade. Se ele puder esclarecer o que ocorreu, está tudo muito bem. Se ele se recusar, não nos restará alternativa senão requerer um mandado de prisão.

— Mas como sabe que ele continuará lá quando voltarmos?

— Fique seguro de que tomei algumas precauções. Mandei um de meus meninos de Baker Street ficar de sentinela, e ele se grudará no suspeito como uma sombra aonde quer que vá. Haveremos de encontrá-lo amanhã em Hudson Street, Watson, e, no momento, eu mesmo seria considerado o criminoso se o mantivesse fora da cama por mais tempo.

Era meio-dia quando nos encontramos no local da tragédia e, guiados por meu companheiro, logo seguimos para Hudson Street. Apesar de sua capacidade de ocultar as emoções, vi sem dificuldade que Holmes mergulhara em um estado de excitação reprimida, enquanto eu vibrava com aquele prazer meio divertido, meio intelectual, que invariavelmente sentia quando me associava a ele em suas investigações.

— Esta é a rua – disse ele quando viramos em uma curta viela, ladeada por casas simples de tijolos, de dois andares. – Ah, eis que chega Simpson para nos informar.

— Ele está lá dentro, com certeza, Sr. Holmes – exclamou um moleque de rua franzino, que correu ao nosso encontro.

— Ótimo, Simpson! – disse Holmes e fez-lhe um afago na cabeça. – Venha, Watson. Esta é a casa.

Enviou o cartão de visita com um recado informando que gostaria de tratar de um importante negócio, e, um momento depois, nós nos encontrávamos cara a cara com o homem que fôramos ver. Apesar do tempo quente, ele se enroscava ao pé do fogo, e o quartinho parecia um forno. Sentava-se na cadeira todo retorcido e contraído de maneira que dava uma indescritível impressão de deformidade; mas o rosto que se virou em nossa direção, embora extenuado e moreno, deve em outros tempos ter sido admirável pela beleza. Examinava-nos desconfiado agora, com olhos de um amarelo bilioso, e, sem falar nem se levantar, indicou duas cadeiras com a mão.

— Henry Wood, recém-chegado da Índia, creio – disse Holmes afável. – Vim até aqui por causa da morte do Coronel Barclay.

— Que espera que eu saiba sobre isso?

— Isso é o que preciso averiguar. Suponho que saiba, a não ser que se esclareça o fato, que a Sra. Barclay, uma velha amiga sua, será com toda a probabilidade julgada por homicídio.

O homem teve um violento sobressalto.

— Não sei quem é o senhor – exclamou – nem como descobriu o que sabe, mas jura ser verdade o que me diz?

— Por que não? Eles apenas aguardam que ela recupere os sentidos para prendê-la.

— Meu Deus! O senhor é da polícia?

— Não.

— Trabalha em quê, então?

— É trabalho de todo homem fazer com que se cumpra a justiça.

— Dou-lhe a minha palavra de que ela é inocente.

— Então o senhor é culpado?

— Não, não sou.

— Quem matou o Coronel Barclay, então?

— Foi apenas a providência que o matou. Mas preste atenção no que digo: se lhe tivesse explodido os miolos, como eu desejava no fundo coração, ele não teria tido de minhas mãos mais do que merecia. Se sua própria consciência culpada não o houvesse liquidado, é muito provável que eu tivesse seu sangue na minha consciência. Quer que eu lhe conte a história. Bem, não vejo motivo por que não contá-la, pois não existe razão para que me envergonhe dela.

"Aconteceu assim, senhor. Vê-me agora com as costas semelhantes à corcova de um camelo e com todas as costelas tortas, mas tempos atrás o cabo Henry Wood era o homem mais elegante da 117ª Infantaria. Servíamos na Índia então, aquartelados em um lugar que chamaremos de Bhurtee. Barclay, que morreu no outro dia, era sargento na mesma companhia, e a bela do regimento, sim, a melhor moça que já recebeu o sopro da vida, era Nancy Devoy, filha do sargento porta-bandeira. Dois homens a amavam, e ela amava apenas um, e o senhor vai rir quando olhar para este infeliz traste diante do fogo, e ouvir-me dizer que ela me amava pela minha boa aparência.

Bem, embora seu coração me pertencesse, o pai se empenhara em casá-la com Barclay. Eu era um rapaz despreocupado, negligente, enquanto Barclay recebera educação e já se destinava a ser promovido. No entanto, a moça se mantinha fiel a mim e parecia que seria minha, quando irrompeu a rebelião, e desencadeou-se o inferno no país.

Ficamos cercados em Bhurtee, o nosso regimento com metade de uma bateria de artilharia, uma companhia de *sikhs*, e um grupo de civis e mulheres. Tínhamos dez mil rebeldes ao nosso redor que se mostravam tão ávidos como uma matilha de *terriers* em volta de uma gaiola de ratos. Mais ou menos na segunda semana do assédio, nossa água acabou, e isso suscitou a questão de saber se teríamos como nos comunicar com a coluna do general Neill que avançava para a região. Era nossa única chance, pois não tínhamos esperança de lutar para romper o cerco com todas as mulheres e crianças; por isso, ofereci-me como voluntário para avisar o general Neill do perigo que corríamos. Aceitaram minha oferta, e conversei a respeito com o sargento Barclay, de quem se dizia conhecer o terreno melhor do que ninguém, e ele traçou a rota que me permitiria atravessar as linhas rebeldes. Às 22h da mesma noite, parti em minha missão. Embora precisássemos salvar mil vidas, eu pensava apenas em uma quando transpus o muro naquela noite.

Meu caminho seguia o leito de um riacho seco, o qual esperávamos que me ocultasse de sentinelas inimigas, mas ao arrastar-me e contornar a curva do rio, fui direto de encontro a elas, agachadas na escuridão, à minha espera. Em um instante, apaguei com um golpe e fiquei com os pés e as mãos amarrados. Mas o verdadeiro golpe que me desferiram foi em meu coração, e não na cabeça, pois, quando recobrei a consciência e me vi em condições de prestar atenção a ponto de entender a conversa deles, ouvi o suficiente para saber que meu camarada, o próprio homem que planejara o caminho que eu devia seguir, traíra-me por intermédio de um servo nativo, para as mãos do inimigo.

Bem, não há a menor necessidade de eu me estender nessa parte. Agora sabem do que era capaz James Barclay. Bhurtee foi libertada por Neill no dia seguinte, mas os rebeldes me levaram com eles em sua retirada, e só depois de muitos anos tornei a ver um rosto branco. Fui torturado e tratei de fugir, fui mais uma vez capturado e torturado. Vejam vocês mesmos o estado em que me deixaram. Um grupo de rebeldes que fugiu para o Nepal levou-me junto, e em seguida conduziu-me para Darjeeling. O pessoal da montanha matou os rebeldes que me detinham, e tornei-me escravo deles por algum tempo, até que escapei, mas em vez de ir para o sul, tive de ir mais para o norte até me ver entre os afegãos. Ali vaguei por vários anos, e afinal voltei para Punjab, onde vivi quase sempre entre os nativos e arranjei uma subsistência com números de magia que eu aprendera. De que me adiantava, um infeliz estropiado, regressar à Inglaterra ou procurar meus antigos camaradas e esperar que me reconhecessem? Sequer o desejo de vingança me levaria a fazê-lo. Eu preferira que Nancy e os meus velhos amigos pensassem em Henry Wood como alguém que morreu com as costas eretas a vê-lo vivo e arrastar-se com uma bengala como um chimpanzé. Nunca duvidaram de que eu morrera, e pretendia que nunca duvidassem. Soube que Barclay se casara com Nancy e ascendia rápido no regimento, mas nem isso me fez falar.

No entanto, quando se envelhece, tem-se saudade da pátria. Durante anos, passei a sonhar com os luminosos e campos e as sebes verdes da Inglaterra. Afinal, decidi vê-los antes de morrer. Economizara o bastante para trazer-me de volta, e depois vim para cá onde estão os soldados, pois conheço seus hábitos e sei diverti-los e, em consequência, ganhar o que preciso para me manter."

— Sua narrativa é muitíssimo interessante – disse Sherlock Holmes. – Eu já soube de seu encontro com a Sra. Barclay e do mútuo reconhecimento. Em seguida, pelo que entendo, seguiu-a até em casa e viu pela janela uma altercação entre ela e o marido, na qual ela, sem dúvida, jogou-lhe na cara a conduta que teve com você. Seus próprios sentimentos o dominaram, e você atravessou desembestado o gramado e irrompeu diante deles.

— Eu o fiz, senhor, e, ao ver-me, ele me olhou com uma expressão que eu nunca vira em ninguém antes, e caiu com a cabeça no guarda-fogo da lareira. Mas estava morto antes de tombar. Li a morte naquele rosto tão nítida quanto leio esse texto à luz do fogo. A pura visão de minha pessoa foi semelhante a uma bala que lhe varou o coração culpado.

— E em seguida?

— Em seguida, Nancy desmaiou, e eu peguei a chave da porta de sua mão, decidido a destrancá-la e buscar ajuda. Mas, enquanto o fazia, pareceu-me melhor deixá-la sozinha e fugir, pois a situação talvez piorasse para mim e meu segredo viria a público se me capturassem. Na pressa, enfiei a chave no bolso e deixei cair a bengala enquanto procurava Teddy, que correra veneziana acima. Depois que o botei na caixa, de onde ele escapulira, mandei-me o mais rápido que consegui correr.

— Quem é Teddy? – perguntou Holmes.

O homem inclinou-se e ergueu a frente de um tipo de caixa para animais pequenos no canto. Em um instante, saiu dali uma bela criatura marrom-avermelhada, magra e ágil, com as pernas de um arminho, focinho fino e comprido, e um par dos olhos vermelhos mais delicados que já vi na cabeça de um animal.

— É uma fuinha! – exclamei.

— Bem, alguns o chamam assim, e outros o chamam icnêumone – disse o homem. – Eu o chamo de caçador de cobras, e Teddy é de uma rapidez admirável para capturar cobras. Tenho uma aqui sem as presas, e Teddy a captura toda noite para divertir o pessoal da cantina. Mais alguma questão, senhor?

— Bem, talvez tenhamos de recorrer de novo a você se a Sra. Barclay se vir em sérios apuros.
— Nesse caso, claro, eu me apresentarei.
— Mas se não, não faz sentido relembrar esse escândalo contra um morto, por mais abominável que tenha sido o que ele fez. Você tem pelo menos a satisfação de saber que, durante trinta anos de vida, a consciência dele o atormentou. Ah, ali vai o Major Murphy do outro lado da rua. Até logo, Wood; quero saber se aconteceu alguma coisa desde ontem.

Chegamos a tempo de alcançar o major antes que ele chegasse à esquina.

— Ah, Holmes – disse ele. – Suponho que você já soube que todo esse estardalhaço não deu em nada.

— E então?

— O inquérito judicial terminou há pouco. O laudo médico mostrou conclusivamente que a morte se deveu a uma apoplexia. Vê-se que foi um caso muito simples afinal.

— Ah, de notável superficialidade – disse Holmes, com um sorriso. – Venha, Watson, acho que não vão mais precisar de nós em Aldershot.

— Ainda há mais alguma coisa – disse eu, ao nos encaminharmos para a estação. – Se o nome do marido era James e o do outro, Henry, que quer dizer aquela conversa sobre David?

— Essa única palavra, meu caro Watson, teria me contado toda a história, caso eu fosse o indivíduo lógico ideal que você tanto gosta de retratar. Era, com toda a certeza, um termo de reprovação.

— Reprovação?

— Sim. David se desviava um pouco do bom caminho, você sabe, e em uma ocasião na mesma direção que o sargento Barclay. Lembra-se do pequeno caso de Urias e Betsabá? Temo que meu conhecimento bíblico ande meio enferrujado, mas poderá encontrar a história em Samuel, I ou II.

Aventura VIII
O paciente residente

Ao reler uma série de memórias um tanto incoerentes com as quais me esforcei por exemplificar algumas das peculiaridades mentais de meu amigo Sherlock Holmes, fiquei impressionado com a dificuldade que tenho sentido na escolha de exemplos que sirvam em todos os aspectos ao meu objetivo. Naqueles casos em que Holmes realizou um *tour de force*, uma proeza de raciocínio analítico, e demonstrou o valor de seus métodos característicos de investigação, os próprios fatos muitas vezes se revelaram tão insignificantes e corriqueiros que eu não podia me sentir justificado para expô-los ao público. Por outro lado, aconteceu com frequência que ele estivesse interessado em alguma pesquisa em que os fatos se revestiam do mais notável e dramático caráter, mas em que a participação que ele próprio teve na determinação das respectivas causas foi menos predominante do que eu, como seu biógrafo, desejaria. O pequeno caso que narrei sob o título "Um estudo em vermelho", e aquele outro posterior, ligado à perda do "Gloria Scott", servem como exemplo dos perigos, como Cila e Caríbdis para a navegação, que sempre ameaçam o historiador. Talvez no caso que vou narrar agora, o papel desempenhado pelo meu amigo não se destaque o suficiente; no entanto, toda a sequência de circunstâncias é tão extraordinária que não consegui convencer-me a omiti-la inteiramente desta série de memórias.

Era um dia de outubro pesado e chuvoso. Nas janelas haviam-se erguido as venezianas apenas até o meio, e Holmes deitava-se enroscado no sofá, ocupado em ler e reler uma carta que recebera pelo correio da manhã. Quanto a mim, o período de serviço na Índia treinara-me para suportar melhor o calor do que o frio, e não me incomodava uma temperatura de trinta graus no termômetro. Mas o jornal não trazia nada de interesse. O Parlamento entrara em recesso. Todos haviam deixado a cidade, e eu ansiava pelos campos abertos de New Forest ou os cascalhos de Southsea. Uma conta bancária depauperada fizera-me adiar minhas férias, e, no que se refere ao meu companheiro, nem o campo nem o mar apresentavam-lhe a menor atração. Adorava permanecer no próprio centro de cinco milhões de pessoas, com os filamentos retesados dele, e circular em meio a elas, receptivo a qualquer pequeno rumor ou suspeita de crime não solucionado. A apreciação da natureza não se incluía entre seus muitos dons, e a única mudança que ocorria nesse aspecto era quando desviava a atenção do malfeitor de Londres para ir no encalço de um camarada desses no campo.

Ao constatar que Holmes se achava absorto demais para conversar, eu atirara de lado o jornal estéril, recostara-me na poltrona e mergulhara em profunda abstração. De repente, a voz de meu companheiro interrompeu-me os pensamentos.

— Você tem razão, Watson – disse ele. – Parece de fato um modo muito absurdo de decidir uma disputa.

— Muitíssimo absurdo! – exclamei, e então, ao de repente me dar conta de que ele repetira o mais profundo pensamento de minha alma, sentei-me ereto na cadeira e encarei-o com pura estupefação:

— Que é isso, Holmes? – gritei. – O que você fez supera qualquer atitude imaginável.

Ele riu com vontade de minha perplexidade.

— Lembra-se de que, há algum tempo, quando li para você um trecho de um conto de Poe, em que um raciocinador acompanha o pensamento implícito de seu companheiro, você tendeu a tratar a questão como um simples *tour de force* do autor? E expressou incredulidade à minha observação de que eu tinha o constante hábito de fazer o mesmo.

— Oh, não!

— Talvez não proferida, meu caro Watson, mas sem a menor dúvida com seus olhos. Por isso, quando o vi atirar o jornal e concentrar-se em uma sequência de ideias, fiquei muito feliz por ter a oportunidade de fazer a leitura mental delas e acabei por penetrá-las, como uma prova da afinidade que tenho com você.

Contudo, a explicação deixou-me longe de satisfeito.

— No exemplo que leu para mim, o raciocinador tirou conclusões das ações do homem que observava. Esse, se não me falha a memória, tropeçou em um monte de pedras, ergueu os olhos para as estrelas, e assim por diante. Mas, sentado imóvel em minha poltrona, que pistas posso lhe ter dado?

— Comete uma injustiça consigo mesmo. Ao homem são dadas as feições como o meio pelo qual expressar emoções, e as suas são fiéis servas.

— Quer dizer que leu minha sequência de ideias pelas minhas feições?

— A partir delas e, sobretudo, dos seus olhos. Será que talvez consiga se lembrar de como começou seu devaneio?

— Não, não consigo.

— Então eu lhe direi. Depois de atirar o jornal, a ação que me chamou a atenção, você ficou sentado por um instante com uma expressão vaga. Em seguida, fixou os olhos no retrato do General Gordon, que acabou de mandar emoldurar, e vi, pela alteração em seu rosto, que se iniciara uma sequência de ideias. Mas essa não se estendeu muito. Você desviou os olhos para o retrato ainda não emoldurado de Henry Ward Beecher ali, acima de seus livros. Depois os ergueu para a parede e, claro, manifestou a ideia óbvia, a de que, se o retrato estivesse emoldurado, iria encaixar-se à perfeição naquele espaço vazio e se harmonizar com o quadro do General Gordon defronte.

— Você me acompanhou de forma admirável! – exclamei.

— Até aí dificilmente errei. Mas nesse momento seus pensamentos retornaram a Beecher, você olhou para o outro lado com uma expressão dura, como se lhe analisasse o caráter nas feições. Dali a pouco cessou essa fixa expressão analítica em seus olhos, mas você continuou a olhar o outro lado com uma expressão pensativa. Relembrava os incidentes da carreira de Beecher. Fiquei bem ciente de que não poderia fazê-lo sem pensar na missão que ele empreendeu a favor do Norte na época da Guerra Civil, pois me lembro de você expressar veemente indignação pela maneira como os mais turbulentos de nosso povo receberam-no. Manifestou um sentimento tão forte contra o episódio que me dei conta de que não poderia pensar em Beecher sem também pensar nisso. Quando, um momento depois, eu o vi desviar os olhos do retrato, desconfiei de que sua mente agora se voltava para a Guerra Civil, e, ao ver-lhe os lábios endurecidos, os olhos exasperados e as mãos cerradas em punhos, convenci-me de que você, na verdade, pensava na bravura demonstrada por ambos os lados naquela luta desesperada. Entretanto, em seguida ficou com o semblante entristecido; balançou a cabeça. Concentrava-se na tristeza, no horror, e na inútil destruição de vida. Deslizou a mão por sua antiga ferida, e um sorriso tremulou-lhe nos lábios, o que me mostrou que o lado ridículo desse método de solucionar questões internacionais introduziu-se em sua mente. Nesse ponto, concordei com você que era muito absurdo, e alegrou-me constatar que todas as minhas deduções estavam certas.

— Absolutamente certas! – exclamei. – E agora que você o explicou, confesso que estou tão estupefato quanto antes.

— Garanto-lhe que foi muito superficial, meu caro Watson. Eu não teria interferido em sua atenção se você não houvesse mostrado certa incredulidade no outro dia. Mas o entardecer trouxe consigo uma brisa. Que diria de um passeio por Londres?

Saturado de nossa pequena sala de estar, aquiesci alegremente. Durante três horas, perambulamos e observamos o caleidoscópio da vida em constante mudança, enquanto reflui e flui por Fleet Street e às margens do Tâmisa. A característica conversa, com sua aguda atenção aos detalhes e o poder de dedução, mantinha-me entretido e fascinado. Eram 22h quando retornamos a Baker Street. Uma sege esperava à nossa porta.

— Hum! Um médico!... Clínico geral, percebo... – disse Holmes. – Não exerce a profissão há muito tempo, mas teve muito trabalho. Imagino que tenha vindo nos consultar. Sorte a nossa termos voltado!

Eu conhecia o suficiente dos métodos de Holmes para saber acompanhar seu raciocínio e ver que a natureza e o estado dos vários instrumentos médicos na cesta de vime perto da luz do lampião no interior da sege lhe haviam fornecido informações para aquela rápida dedução. A luz em nossa janela mostrava que a visita se destinava de fato a nós. Com certa curiosidade em relação ao que nos teria trazido um colega médico àquela hora, segui Holmes até nosso santuário.

Um homem pálido, de rosto afunilado e suíças cor de areia, levantou-se de uma poltrona perto da lareira assim que entramos. Não devia ter mais de 33 ou 34 anos, mas a expressão macilenta e a tez adoentada revelavam uma vida que lhe enfraquecera a força e lhe roubara a juventude. Exibia uma atitude nervosa e tímida, como a de um cavalheiro sensível, e a delgada mão branca que ele apoiara no consolo da lareira, ao levantar-se, era mais de um pintor que de um cirurgião. O traje discreto e severo consistia em uma sobrecasaca preta, calças escuras e um toque de cor na gravata.

— Boa noite, doutor – cumprimentou Holmes sorridente. – Alegra-me saber que só nos aguardou alguns minutos.

— Falou com meu cocheiro, então?

— Não, foi a vela na mesa lateral que me informou. Peço que se sente e me diga como posso servi-lo.

— Sou o Dr. Percy Trevelyan – disse nosso visitante – e moro em Brook Street, número 403.

— Não é autor de uma monografia sobre lesões nervosas obscuras? – perguntei.

As faces pálidas do rapaz se afoguearam de prazer ao perceber que eu conhecia seu trabalho.

— Falam tão raras vezes dessa obra que a considerava extinta – disse. – Meus editores me deram a mais desalentadora notícia dos exemplares vendidos. O senhor, suponho, é médico?

— Cirurgião do exército, aposentado.

— Meu tema favorito sempre foram as doenças nervosas. Gostaria de torná-lo uma especialidade, mas, claro, a pessoa tem de fazer o que se encontra ao seu alcance primeiro. Isso, porém, não vem ao caso, Sr. Sherlock Holmes, e posso bem avaliar como seu tempo é valioso. O fato é que há pouco ocorreu uma série muito extraordinária de acontecimentos em minha casa, em Brook Street, e esta noite chegaram a um ponto tão crucial que julguei de todo impossível esperar mais uma hora para lhe pedir orientação e ajuda.

Sherlock Holmes sentou-se e acendeu o cachimbo.

— É muito bem-vindo – disse. – Peço-lhe que me faça um relato detalhado das circunstâncias que o transtornaram.

— Uma ou duas são tão banais – começou o Dr. Trevelyan – que na verdade me sinto quase envergonhado por mencioná-las. Mas a situação é tão inexplicável, e a recente reviravolta que assumiu, tão complexa, que relacionarei todos os detalhes a vocês, e julguem então o que é ou não essencial.

"Sinto-me compelido, para início de conversa, a dizer algo sobre minha trajetória como estudante universitário. Formei-me na universidade de Londres, e obviamente não vai pensar que alardeio elogios indevidos a mim se eu disser que meus professores consideravam minha carreira estudantil muito promissora. Após me formar, continuei a dedicar-me à pesquisa, ao assumir uma posição menor no hospital de King's College, e tive a grande sorte de despertar considerável interesse graças à pesquisa que fiz sobre a patologia da catalepsia, e acabei ganhando o prêmio e a medalha Bruce Pinkerton pela monografia sobre lesões nervosas à qual seu amigo se referiu há pouco. Não exageraria se dissesse que a impressão geral na época era que o futuro me reservava uma destacada carreira.

Contudo, um grande obstáculo consistia na necessidade de capital. Como logo entenderá, o especialista que visa ascensão tem de começar em uma das dezenas de ruas no bairro de Cavendish Square, todas as quais requerem enormes despesas com aluguel e mobília. Além desse desembolso preliminar, ele deve ter condições para se sustentar durante alguns anos, e alugar uma carruagem e um cavalo apresentáveis. Tudo isso se achava muito além de meus meios, e a única esperança que eu tinha era que, com as economias de dez anos, eu pudesse poupar o suficiente para me permitir pendurar a minha placa em um consultório. De repente, contudo, um inesperado incidente abriu-me uma nova perspectiva.

Tratou-se da visita de um cavalheiro chamado Blessington, que me era um completo estranho. Entrou em minha sala certa manhã e foi direto ao assunto:

— O senhor é o mesmo Dr. Percy Trevelyan que teve uma carreira tão eminente que lhe rendeu um grande prêmio há pouco? – perguntou.

Curvei-me.

— Responda-me com franqueza – continuou ele –, pois verá que é de seu interesse fazê-lo. O senhor tem a inteligência que torna um homem bem-sucedido. Mas também tem o tato?

Não pude deixar de sorrir diante da brusquidão da pergunta.

— Creio que tenho meu quinhão – respondi.

— Algum mau hábito? Não é chegado a bebidas, hein?

— Por favor, senhor! – exclamei.

— Tem razão! Toda a razão! Mas eu precisava perguntar. Com todas essas qualidades, por que não tem uma clientela?

Encolhi os ombros.

— Por favor, por favor! – disse ele daquele jeito agitado. — É a velha história. Mais cérebro do que grana, hein? Que diria se eu o fizesse começar em Brook Street?

Encarei-o atônito.

— Oh, é em interesse próprio, não por sua causa! – exclamou. – Serei bastante franco com o senhor, e, se isso lhe convém, convirá a mim muito bem. Tenho alguns milhares para investir, entenda, e penso em investi-los em você.

— Mas por quê? – arquejei.

— Bem, é como qualquer outra especulação, e mais segura do que a maioria.

— Que tenho de fazer, então?

— Vou lhe dizer. Alugarei a casa, irei mobiliá-la, pagarei as criadas e me encarregarei de tudo. Você só precisa desgastar o assento da cadeira no consultório. Eu lhe darei dinheiro para pequenas despesas e tudo o mais. Depois, o senhor me dará três quartos do que ganhar e guardará o outro quarto para si.

Essa foi a estranha proposta, Sr. Holmes, com a qual o tal de Blessington me procurou. Não vou cansá-lo com o relato de como barganhamos e negociamos. Terminou com a minha mudança para a casa vizinha à de Lady Day, e o início da clínica segundo as mesmas condições indicadas por ele, o qual passou a morar comigo na qualidade de paciente residente. Parece que tinha o coração fraco e precisava de constante supervisão médica. Transformou os dois melhores aposentos do térreo em uma sala de estar e no quarto para ele. Era um homem de hábitos singulares, evitava companhia e raras vezes saía. Levava uma vida irregular, mas, em certo aspecto, era a própria regularidade. Todas as tardes, à mesma hora, entrava no consultório, examinava os livros e deixava cinco xelins e três pence para cada guinéu que eu ganhara, levando o resto para o cofre em seu quarto.

Posso dizer, com confiança, que ele nunca teve ocasião de lamentar seu investimento. Desde o início, revelou-se um sucesso. Alguns casos muito bons e a reputação que eu conquistara no hospital levaram-me rápido para a preeminência, e durante os últimos anos tornei-o um homem rico.

Basta, Sr. Holmes, da história de meu passado e de minhas relações com o Sr. Blessington. Resta-me agora apenas lhe contar o que ocorreu para trazer-me aqui esta noite.

Há algumas semanas o Sr. Blessington interpelou-me, como me pareceu, em um estado de considerável agitação. Falou de algum roubo que disse ter ocorrido em West End e também me pareceu, lembro, desnecessariamente excitado a respeito, a ponto de declarar que não se passaria um dia antes de acrescentarmos trancas mais fortes às janelas e às portas de nossa casa. Durante uma semana, continuou em um estranho estado de inquietação, espreitava sem parar pelas janelas, e deixou de fazer a curta caminhada que em geral lhe antecedia o jantar. A julgar por sua atitude, ocorreu-me que se achava dominado por um medo mortal de alguma coisa ou de alguém, mas, quando indaguei dele a respeito, ele se sentiu tão ofendido que fui obrigado a deixar o assunto de lado. Aos poucos, com o passar do tempo, seus temores pareceram extinguir-se, e ele retomou os hábitos anteriores, quando um novo acontecimento o reduziu ao lamentável estado de prostração em que agora se encontra.

Aconteceu o seguinte. Há dois dias, recebi a carta que agora leio para o senhor. Não há endereço nem data.

Um nobre russo que agora reside na Inglaterra gostaria de recorrer à ajuda profissional do Dr. Trevelyan. Há alguns anos, tornou-se vítima de ataques catalépticos, nos quais, como é notório, o Dr. Trevelyan é autoridade. Ele propõe visitá-lo às 18h15 amanhã, se o Dr. Trevelyan achar conveniente estar em casa.

Essa carta despertou-me um profundo interesse porque a principal dificuldade no estudo da catalepsia é a raridade da doença. Creia, portanto, que eu o esperava no consultório quando, na hora marcada, o pajem fez o paciente entrar.

Era um idoso, magro, recatado e comum, de modo algum a ideia que se tem de um nobre russo. Impressionou-me muito mais a aparência de seu companheiro, um rapaz alto, de surpreendente beleza, com um rosto sombrio, feroz, e os membros e o peito hercúleos. Tinha a mão sob o braço do outro quando entraram e ajudou-o a sentar-se em uma cadeira com uma ternura que dificilmente alguém esperaria a julgar-lhe pela aparência.

— Queira desculpar-me por entrar, doutor – disse-me ele, em um inglês com um leve ceceio. – Este é meu pai, e sua saúde, uma questão de suprema importância para mim.

Comoveu-me essa dedicação filial.

— Gostaria, talvez, de permanecer durante a consulta? – perguntei.

— Por nada no mundo – exclamou ele, com um gesto de horror. – É mais doloroso para mim do que eu saberia expressar. Se eu tiver de ver meu pai em um desses ataques apavorantes, estou convencido de que não sobreviverei. Meu próprio sistema nervoso é de excepcional sensibilidade. Com sua permissão, ficarei na sala de espera enquanto examina o caso de meu pai.

Claro que aquiesci, e o homem se retirou. O paciente e eu mergulhamos em uma conversa de seu caso, do qual fiz exaustivas anotações. Ele não se destacava pela inteligência, e suas respostas eram com frequência obscuras, o que atribuí ao limitado conhecimento de nossa língua. De repente, contudo, enquanto eu escrevia, deixou de responder a todas as perguntas que eu lhe fazia, e, ao virar-me para ele, fiquei chocado ao ver que se sentava empertigado na cadeira e encarava-me com um rosto rígido e totalmente inexpressivo. Caíra mais uma vez nas garras de sua misteriosa doença.

Meu primeiro sentimento, como acabei de dizer, foi de piedade e de horror. O segundo, receio, foi mais de satisfação profissional. Anotei o pulso e a temperatura do paciente, examinei a rigidez dos músculos e os reflexos. Não encontrei nada de anormalidade destacada em nenhum desses fatores, os quais se harmonizavam com minhas primeiras experiências. Obtivera bons resultados em tais casos pela inalação de nitrato de amila, e o atual me pareceu uma admirável oportunidade de testar-lhe os benefícios. Guardo o frasco em meu laboratório no térreo; por isso, após deixar o paciente sentado na cadeira, corri até lá para pegá-lo. Demorei um pouco para encontrá-lo, cinco minutos, digamos, e retornei em seguida. Imagine meu espanto ao encontrar a sala vazia e o paciente desaparecido.

Claro que meu primeiro ato foi correr até a sala de espera. O filho também desaparecera. A porta do corredor estava fechada, mas não trancada. O pajem que recebe os clientes é um jovem novo e nada rápido. Espera embaixo e acompanha os pacientes ao andar de cima quando toco a campainha do consultório. Ele nada ouvira, e o assunto permaneceu envolto em total mistério. O Sr. Blessington entrou ao voltar de seu passeio logo depois, mas nada lhe contei a respeito, pois, para dizer a verdade, passei há algum tempo a manter o mínimo de comunicação com ele.

Bem, nunca imaginei que fosse ter de novo alguma notícia do russo e de seu filho; por isso, imagine meu espanto quando, à mesma hora dessa tarde, ambos entraram em meu consultório, exatamente como haviam feito na véspera.

— Sinto que lhe devo imensas desculpas pela minha brusca partida ontem, doutor – disse o paciente.

— Confesso que fiquei muito surpreso – respondi.

— Bem, o fato é – comentou ele – que, quando me recupero desses ataques, fico sempre com a mente muito nublada quanto a tudo o que aconteceu antes. Acordei em uma sala estranha, como me pareceu, e saí para a rua em uma espécie de torpor enquanto o senhor estava ausente.

— E eu – disse o filho –, ao ver meu pai sair do consultório, pensei, claro, que a consulta terminara. Só depois de entrarmos em casa é que comecei a perceber a situação.

— Bem – observei, rindo –, não houve dano nenhum, além da terrível perplexidade que o senhor me causou; portanto, se quiser ter a bondade de ficar na sala de espera, terei o prazer de continuar nossa consulta terminada de forma tão brusca.

Durante mais ou menos uma hora, conversei com o idoso cavalheiro sobre seus sintomas, e então, após ter lhe passado a receita, vi-o sair apoiado no braço do filho.

Contei-lhe que o Sr. Blessington em geral prefere essa hora do dia para seu exercício. Ele entrou logo depois e subiu. Um instante depois, ouvi-o precipitar-se escada abaixo e irrompeu no consultório como um homem enlouquecido de pânico.

— Quem esteve em meu quarto? – gritou.
— Ninguém – respondi.
— Mentira! – berrou ele. – Suba e veja.

Ignorei a grosseria daquela linguagem, pois ele parecia desatinado de medo. Quando o acompanhei ao andar de cima, ele apontou várias pegadas no tapete claro.

— Quer dizer que são minhas? – gritou.

Com certeza, eram muito maiores do que as que deixariam seus pés, e visivelmente bem recentes. Choveu esta tarde, como sabe, e meus pacientes foram as únicas pessoas que me visitaram. Então, por um motivo desconhecido, o homem na sala de espera, enquanto eu estava ocupado com o outro, subira ao quarto de meu paciente residente. Nada fora tocado nem levado, mas as pegadas provavam que a invasão se tratou de um fato incontestável.

O Sr. Blessington pareceu mais nervoso com o problema do que eu imaginava possível, embora o acontecido fosse o suficiente para perturbar a paz de qualquer um. De fato, sentou-se aos prantos em uma cadeira, e mal consegui que falasse com coerência. Foi por sugestão dele que vim procurá-lo, e decerto vi de imediato a conveniência de sua ideia, pois se trata de um incidente muito singular, embora ele pareça superestimar-lhe a importância. Se fizesse o favor de voltar comigo em minha sege, o senhor poderia ao menos acalmá-lo, apesar de eu quase não ter esperança de que consiga explicar essa admirável ocorrência."

Sherlock Holmes ouvira essa longa narrativa com uma presteza que me revelou intenso interesse de sua parte. Tinha o rosto tão impassível como sempre, mas as sobrancelhas haviam caído mais pesadas acima dos olhos, e a fumaça subira em círculos mais espessos do cachimbo, como se enfatizasse cada episódio do relato do médico. Depois da conclusão do visitante, Holmes levantou-se de um salto da cadeira, sem uma palavra; entregou-me o chapéu, pegou o seu na mesa e seguiu o Dr. Trevelyan até a porta. Quinze minutos depois, chegávamos à porta da residência do médico, em Brook Street, uma daquelas sombrias casas de fachada lisa que as pessoas associam às clínicas de West End. Um pajem baixo recebeu-nos, e logo iniciamos a subida pela escada larga e bem atapetada.

Contudo, uma estranha interrupção obrigou-nos a parar. A luz de cima apagou-se de repente, e da escuridão chegou uma voz trêmula e esganiçada.

— Tenho uma pistola – gritou – e dou-lhe minha palavra de que atiro se aproximar-se mais.

— Isso de fato começa a ficar revoltante, Sr. Blessington – gritou o Dr. Trevelyan.

— Ah, então é você, doutor? – disse a voz com um grande suspiro de alívio. – Mas esses outros cavalheiros são quem dizem ser?

Tivemos consciência de que, da escuridão, ele nos fazia um longo exame.

— Sim, sim, tudo bem – disse afinal a voz. – Podem subir! Lamento se minhas precauções os aborreceram.

Reacendeu o lampião da escada enquanto falava, e diante de nós vimos um homem de ar estranho, cuja aparência, além da voz, traía seus nervos em pandarecos. Muito gordo, parecia, porém, que fora ainda mais gordo, pois a pele pendia-lhe do rosto em bolsas flácidas, como as bochechas de um sabujo. Tinha uma tez doentia, e os cabelos ralos, cor de areia, pareciam eriçar-se com a intensidade da emoção. Segurava uma pistola na mão, mas a enfiou no bolso quando nos aproximamos.

— Boa noite, Sr. Holmes – disse. – Eu asseguro que lhe fico muito grato por aparecer. Ninguém jamais precisou tanto de seu conselho quanto eu. Suponho que o Dr. Trevelyan lhe tenha contado sobre essa invasão muitíssimo injustificável em meus aposentos.

— Exatamente – disse Holmes. – Quem são esses dois homens, Sr. Blessington, e por que desejam molestá-lo?

— Bem, bem... – respondeu o paciente residente de um jeito nervoso. – Claro que não é fácil saber. Dificilmente pode esperar que eu responda a essa pergunta, Sr. Holmes.

— Quer dizer que não sabe?

— Entre aqui, por favor. Apenas tenha a bondade de entrar aqui – conduziu-nos ao seu quarto, grande e mobiliado com conforto. – Vê aquilo? – perguntou, apontando para uma grande caixa preta na borda da cama. – Nunca fui muito rico, Sr. Holmes, e fiz apenas um investimento na minha vida, como o Dr. Trevelyan pode confirmar-lhe. Mas não confio em banqueiros. Jamais confiaria em um banqueiro, Holmes. Cá entre nós, o pouco que tenho está naquela caixa; por isso, pode compreender o que significa para mim quando pessoas desconhecidas invadem meus aposentos.

Holmes olhou para Blessington daquele jeito inquisitivo e balançou a cabeça.

— Não tenho condições de aconselhá-lo se o senhor tenta enganar-me – respondeu ele.

— Mas eu lhe disse tudo.

Holmes girou os calcanhares com um gesto de indignação.

— Boa noite, Dr. Trevelyan – disse.

— E nenhum conselho para mim? – gritou Blessington, com a voz embargada.

— Meu conselho, senhor, é dizer a verdade.

Instantes depois, chegávamos à rua e seguíamos a pé para casa. Havíamos atravessado Oxford Street e percorrido metade de Harley Street, mas eu ainda não conseguira obter uma palavra de meu companheiro.

— Lamento trazê-lo a uma missão tão idiota, Watson – disse afinal. – Mas é um caso muito interessante, pensando bem.

— Pouco consigo entender dele – confessei.

— Bem, é muito evidente que há dois homens, talvez mais, mas no mínimo dois, determinados por algum motivo a apanhar esse sujeito Blessington. Não tenho a menor dúvida de que, tanto na primeira como na segunda ocasião, aquele rapaz penetrou no quarto de Blessington, enquanto seu cúmplice, com um engenhoso expediente, impediu o médico de interferir.

— E a catalepsia?

— Uma imitação fraudulenta, Watson, embora eu não ouse insinuá-lo ao nosso especialista. É uma doença muito fácil de se imitar. Eu próprio já o fiz.

— E então?

— Pela mais pura sorte, Blessington tinha saído em ambas as ocasiões. É óbvio que o motivo de escolherem uma hora tão incomum para a consulta foi a garantia de que não deveria haver outro paciente na sala de espera. Só que, por acaso, essa hora coincidiu com a caminhada de Blessington, o que parece mostrar que eles não tinham muito conhecimento de sua rotina cotidiana. Claro que, se quisessem apenas roubar, teriam feito pelo menos alguma tentativa de procurá-lo. Além disso, leio nos olhos de um homem quando teme por sua própria pele. É inconcebível que o sujeito pudesse ter feito dois inimigos vingativos, como esses parecem ser, sem sabê-lo. Afirmo, portanto, que ele sabe quem são os dois homens, e que, por motivos pessoais, omite isso. É possível que amanhã o encontremos com um humor mais comunicativo.

— Não haveria uma alternativa – sugeri – grotesca e improvável, sem dúvida, mas ainda assim concebível? Não poderia toda a história do russo cataléptico e do filho ser uma invenção do Dr. Trevelyan, que, para seus próprios fins, esteve nos aposentos de Blessington?

Vi, à luz do lampião, que Holmes exibia um sorriso divertido ao ouvir minha brilhante iniciativa no ofício.

— Meu caro colega, foi uma das primeiras soluções que me ocorreram, mas logo pude comprovar a narrativa do médico. O jovem deixou pisadas no tapete da escada, o que tornava de todo supérfluo pedir para ver as que ele deixara na sala. Quando eu lhe disser que os sapatos eram de bico quadrado, em vez de pontudos, como os de Blessington, e eram mais longos quase três centímetros e um terço que os do médico, você reconhecerá que não pode haver dúvida quanto à sua individualidade. Mas agora podemos pensar melhor no travesseiro, pois me surpreenderei se não tivermos mais notícia de Brook Street de manhã cedo.

A profecia de Sherlock Holmes logo se realizou, e de maneira dramática. Às 7h30 da manhã seguinte, no primeiro vislumbre da luz do dia, encontrei-o de roupão, parado perto de minha cama.

— Há uma sege à nossa espera, Watson – disse.
— De que se trata, então?
— Do caso de Brook Street.
— Alguma nova notícia?
— Trágica, mas ambígua – respondeu ele e levantou a veneziana. – Veja isto: uma folha de caderno, com "Pelo amor de Deus, venha agora mesmo. P. T.", escrito às pressas a lápis. Nosso amigo, o doutor, achava-se em apuros quando escreveu isto. Venha, meu caro colega, pois é um chamado urgente.

Uns 15 minutos depois, encontrávamo-nos de volta à casa do médico, que correu ao nosso encontro, com um semblante de horror.

— Ai, que situação! – exclamou, as mãos nas têmporas.
— Qual?
— Blessington se suicidou.
Holmes assobiou.
— Sim, enforcou-se durante a noite! – Tínhamos entrado, e seguido o médico ao que era a evidente sala de espera. – Mal sei o que faço! – exclamou. – A polícia já subiu. Isso me abalou ao extremo.

— Quando o encontrou?
— Servem-lhe uma xícara de chá todas as manhãs bem cedo. Quando a criada entrou, por volta das sete, encontrou o infeliz camarada pendurado no meio da sala. Amarrara uma corda no gancho, do qual pendia o pesado lampião, e saltara de cima da própria caixa que nos mostrou ontem.

Holmes ficou por um instante em profunda reflexão.

— Com sua permissão – disse afinal –, eu gostaria de subir e examinar o caso.

Ambos subimos, seguidos pelo doutor. Uma apavorante visão se descortinou ao cruzarmos a porta do quarto. Falei antes da impressão de flacidez que transmitia Blessington. Enquanto ele balançava no gancho, a flacidez ficou exagerada e intensificada a ponto de quase lhe tirar a aparência humana. Tinha o pescoço prolongado como o de uma galinha depenada, o que lhe tornava o resto parecer ainda mais obeso e anormal pelo contraste. Usava apenas um camisolão, sob o qual os tornozelos inchados e os pés desgraciosos projetavam-se incisivos à frente. Ao seu lado, um inspetor policial de porte elegante tomava notas em um caderninho.

— Ah, Sr. Holmes – disse prazeroso, quando meu amigo entrou. – Que maravilha vê-lo!

— Bom dia, Lanner – respondeu Holmes –, sei que não me considerará um intruso. Está a par dos acontecimentos que levaram a esse desfecho?

— Sim, soube de alguns.

— Formou uma opinião?

— Pelo que entendi, o medo enlouqueceu o homem. Veja que ele dormiu na cama. Exibe o contorno bem profundo de seu corpo. Sabe que é por volta das cinco da manhã que os suicídios são mais comuns. E próximo a essa hora ele se enforcou. Parece ter sido uma decisão muito deliberada.

— Eu diria que ele morreu há cerca de três horas, a julgar pela rigidez dos músculos – disse eu.

— Notou algo estranho no quarto? – perguntou Holmes.

— Encontrei uma chave de fenda e alguns parafusos no lavabo. Parece que também fumou bastante durante a noite. Veja estas quatro pontas de charutos que retirei da lareira.

— Hum! – retrucou Holmes. – Pegou a boquilha que ele usava?

— Não, não vi nenhuma.

— A cigarreira, então?

— Sim, no bolso do paletó.

Holmes abriu-a e cheirou o único charuto que continha.

— Ah, é um Havana, e os outros são charutos daquele tipo especial que os holandeses importavam das colônias das Índias Orientais. São, em geral, envoltos em palha, você sabe, e mais finos no comprimento do que qualquer outra marca.
– Pegou então as quatro pontas e examinou-as com a lente de bolso. – Dois deles foram fumados com uma boquilha e dois sem ela – explicou. – Dois foram cortados com uma faca não muito afiada e têm as pontas cortadas por uma excelente dentadura. Não se trata de suicídio, Sr. Lanner. Mas um assassinato muito bem planejado e a sangue-frio.

— Impossível! – gritou o inspetor.
— E por quê?
— Por que alguém mataria um homem de maneira tão canhestra, enforcando-o?
— Isso é o que temos de descobrir.
— Como poderiam entrar?
— Pela porta da frente.
— Tinha a tranca de manhã.
— Então se pôs a tranca depois.
— Como sabe?
— Vi as pegadas deles. Se me der licença por um instante, talvez eu tenha mais algumas informações sobre isso.

Ele foi até a porta e, após girar a chave, examinou com seu jeito metódico a fechadura. Em seguida, retirou a chave do lado de dentro e também a inspecionou. Examinou, um por um, a cama, o tapete, as cadeiras, o consolo da lareira, o cadáver e a corda até declarar-se afinal satisfeito, e com a minha ajuda, e a do inspetor, soltou o cadáver abjeto e estendeu-o, reverente, sob um lençol.

— De onde vem esta corda? – perguntou.
— Foi cortada desta – disse o Dr. Trevelyan, e puxou um grande rolo que estava debaixo da cama. – Ele sofria de um pavor mórbido de fogo e sempre a manteve perto de si, para que pudesse escapar pela janela na hipótese de a escada pegar fogo.
— Isso deve ter-lhes poupado trabalho – disse Holmes pensativo. – Sim, os fatos concretos são muito claros, e me surpreenderei se à tarde eu tampouco puder apresentar-lhe

os motivos. Vou levar esta fotografia de Blessington, que vejo no consolo da lareira, pois talvez me ajude em minhas investigações.

— Mas não nos disse nada! – protestou o médico.

— Ah, não há dúvida quanto à sequência dos fatos – disse Holmes. – Envolviam três deles: o rapaz, o velho e um terceiro, de cuja identidade não tenho a menor pista. Os dois primeiros, desnecessário dizer, são os mesmos que se mascararam de conde russo e seu filho; portanto, podemos dar uma descrição muito detalhada deles. Foram recebidos por um cúmplice dentro da casa. Se eu puder oferecer-lhe uma recomendação, inspetor, prenda o pajem, que, pelo que sei, trabalha há pouco tempo aqui, doutor.

— Não se conseguiu encontrar esse demônio – disse o Dr. Trevelyan. – A criada e a cozinheira acabaram de sair à procura dele.

Holmes encolheu os ombros.

— Ele desempenhou um importante papel neste drama – disse. – Os três subiram a escada na ponta dos pés, o mais velho primeiro, seguido do mais moço e o desconhecido na retaguarda...

— Meu caro Holmes! – exclamei.

— Ah, não poderia haver dúvida quanto à sobreposição das pegadas. Tive a vantagem de diferenciá-las ontem à noite. Subiram, então, ao quarto do Sr. Blessington, cuja porta encontraram trancada. Com a ajuda de um arame, porém, giraram a chave. Mesmo sem a lente, perceberá, pelos arranhões nestas guardas, onde fizeram a pressão.

"Ao entrarem no quarto, a primeira providência deve ter sido amordaçar o Sr. Blessington. Talvez estivesse dormindo, ou tão imobilizado de terror que não teve condições para gritar. Essas paredes são grossas, e é possível que seu grito, caso tenha tido tempo de emitir algum, não fosse ouvido.

Após imobilizá-lo, é evidente para mim que fizeram algum tipo de conferência. Na certa algo semelhante a um processo judicial. Deve ter durado algum tempo, pois foi quando fumaram esses charutos. O mais idoso sentou-se naquela cadeira de vime e usou a boquilha. O mais moço sentou-se ali e bateu a cinza de encontro à cômoda. O terceiro sujeito andou de um lado para o outro. Acho que Blessington se sentava ereto na cama, mas disso não tenho absoluta certeza.

Bem, a sessão terminou, e eles o agarraram e enforcaram. A operação foi tão bem pré-combinada que creio que trouxeram algum tipo de polia ou roldana que serviria de patíbulo. Usaram a chave de fenda e os parafusos para fixá-la. A visão do gancho, contudo, poupou-lhes o trabalho. Após concluírem a obra, saíram, e a porta foi trancada atrás pelo cúmplice."

Ouvíramos todos com profundo interesse essa descrição das ações da noite, as quais Holmes deduzira de pistas tão sutis e minúsculas que, mesmo quando as apontara para nós, mal conseguimos acompanhá-lo em seu raciocínio. O inspetor apressou-se a sair para pedir informações sobre o pajem, enquanto Holmes e eu retornamos a Baker Street para o desjejum.

— Voltarei às 15h – disse ele, depois que terminamos nossa refeição. – Ambos o inspetor e o médico virão encontrar-se comigo aqui a essa hora, e espero então ter esclarecido alguma dificuldade que o caso talvez ainda apresente.

Nossos visitantes chegaram à hora marcada, mas meu amigo só apareceu às 15h45. Pela expressão ao entrar, porém, vi que tudo correra bem com ele.

— Alguma notícia, inspetor?

— Pegamos o rapaz, senhor.

— Excelente, e eu peguei os homens.

— Pegou-os! – exclamamos todos os três.

— Bem, pelo menos descobri a identidade deles. O chamado Blessington é, como eu esperava, famoso na chefatura da polícia, assim como seus atacantes. Chamam-se Biddle, Hayward e Moffat.

— O bando do banco Worthingdon – exclamou o inspetor.

— Exatamente – disse Holmes.

— Então Blessington deve ser Sutton.

— Exatamente – repetiu Holmes.

— Ora, isso o torna tão claro quanto cristal – concluiu o inspetor.

Todavia, Trevelyan e eu nos entreolhamos, perplexos.

— Vocês com certeza devem se lembrar do grande caso do banco Worthingdon – disse Holmes. – Cinco homens envolvidos, esses quatro e mais um quinto, chamado Cartwright. Os ladrões assassinaram Tobin, o zelador, e escaparam com sete mil libras. Ocorreu em 1875. Prenderam todos os cinco, mas as provas contra eles não foram absolutamente conclusivas. Blessington, ou Sutton, o pior do bando, tornou-se informante. Por causa de seu testemunho, enforcou-se Cartwright, e os outros três pegaram 15 anos de prisão cada. Quando saíram da prisão dias atrás, alguns anos antes de completarem a pena, decidiram perseguir o traidor e vingar a morte do camarada. Duas vezes tentaram agarrá-lo e malograram; na terceira vez, como veem, tiveram sucesso. Precisa que eu explique mais alguma coisa, Dr. Trevelyan?

— Penso que esclareceu tudo com admirável clareza – disse o médico. – Sem a menor dúvida, o dia em que ele ficou perturbado foi quando leu a notícia da soltura deles nos jornais.

— Isso mesmo. Aquela conversa sobre o possível roubo não passou de um encobrimento.

— Mas por que não lhe contou?

— Bem, meu caro senhor, conhecendo o caráter vingativo dos antigos cúmplices, tentava ocultar a própria identidade de todos por todo o tempo que pudesse. Seu segredo era vergonhoso, e ele não conseguiu convencer-se a divulgá-lo. Por mais desgraçado que fosse, continuava a viver sob a proteção da lei britânica, e não tenho a menor dúvida, inspetor, de que, embora essa proteção às vezes falhe, sempre existe a espada da justiça para vingá-lo.

Tais foram as estranhas circunstâncias que envolveram o paciente residente e o médico de Brook Street. Desde aquela noite, a polícia nada mais soube dos três assassinos, e a Scotland Yard desconfia que eles se incluíam entre os passageiros do malfadado navio *Norah Creina*, que desapareceu há uns anos com todos os passageiros, na costa portuguesa, algumas léguas ao norte do Porto. Arquivou-se o processo contra o criado por falta de provas. E o mistério de Brook Street, como o chamaram, só agora a imprensa, após um estudo completo sobre o caso, publicou-o.

Aventura IX
O intérprete grego

Durante minha longa e íntima convivência com Sherlock Holmes, jamais o ouvira referir-se aos seus parentes, e quase nunca aos primeiros anos de vida. Essa reticência de sua parte intensificara a impressão meio desumana que ele causava em mim, até às vezes eu me pegar a encará-lo como um fenômeno isolado, um cérebro sem coração, tão deficiente em afinidade humana como preeminente em inteligência. A aversão pelas mulheres e por estabelecer novas amizades incluía-se entre os aspectos típicos de sua personalidade impassível, porém, não mais do que a completa supressão de toda referência à sua própria gente. Eu chegara a acreditar que fosse um órfão, sem parentes vivos, mas um dia, para minha grande surpresa, começou a falar-me do irmão.

Aconteceu depois do chá em uma tarde de verão, e a conversa, que vagara de uma forma espasmódica, assistemática, de clubes de golfe às causas da obliquidade da órbita elíptica, chegou afinal à questão do atavismo e de aptidões hereditárias. O tema em discussão era em que medida qualquer dom excepcional de um indivíduo devia-se à ancestralidade e em que medida à própria educação inicial.

— Em seu caso – disse eu –, segundo tudo o que você me contou, parece óbvio que sua faculdade de observação e a singular facilidade para dedução se devem ao seu próprio treinamento sistemático.

— Em certa medida – respondeu pensativo. – Meus ancestrais eram proprietários de terras, e bem parece que tenham levado a vida correspondente à sua classe. Mas, não obstante, meu talento corre em minhas veias; talvez tenha vindo de minha avó, que era irmã de Vernet, o artista plástico francês. A arte no sangue tende a assumir as formas mais estranhas.

— Ora, como sabe que se trata de hereditariedade?
— Porque meu irmão Mycroft a possui em um grau ainda maior do que o meu.

Isso foi de fato uma novidade para mim. Se existia outro homem com esses excepcionais dons na Inglaterra, como nem a polícia nem o público tinham ouvido falar dele? Fiz a pergunta com a insinuação de que era a modéstia de meu companheiro que o fazia reconhecer o irmão como superior. Holmes riu da sugestão.

— Meu caro Watson – disse –, não posso concordar com os que classificam modéstia entre as virtudes. Para o lógico, deve-se ver tudo exatamente como é, e subestimar a si mesmo significa tanto um desvio da realidade como o exagero de seus próprios dons. Quando digo, portanto, que Mycroft tem dons de observação melhores do que eu, aceite que me refiro à verdade exata e literal.

— Ele é mais moço do que você?
— Sete anos mais velho.
— Por que é desconhecido, então?
— Ah, ele é muito conhecido em seu próprio círculo.
— Onde, então?
— Bem, no clube Diógenes, por exemplo.

Eu jamais ouvira falar dessa instituição, e meu rosto deve tê-lo proclamado, porque Holmes retirou o relógio.

— O clube Diógenes é o mais estranho de Londres, e Mycroft, o mais estranho dos homens. Está sempre lá das 16h45 às 19h40. São 18h agora; portanto, se quiser dar um passeio nesta bela tarde, terei grande prazer em apresentá-lo às duas curiosidades.

Cinco minutos depois, chegávamos à rua e caminhávamos em direção a Regent Circus.

— Você se pergunta – disse meu companheiro – por que Mycroft não usa seus talentos para o trabalho de detetive. Ele é incapaz disso.

— Mas pensei que você tivesse dito...

— Eu disse que ele é superior a mim em observação e dedução. Se a arte do detetive começasse e acabasse em raciocínios em uma poltrona, meu irmão seria o maior agente criminal que já existiu. Mas não tem ambição nem energia. Não se esforça nem para verificar suas próprias soluções, e prefere considerar-se errado a se dar ao trabalho de provar que tem razão. Repetidas vezes, levei-lhe um problema e recebi uma explicação que depois se demonstrou ser a correta. No entanto, é absolutamente incapaz de elaborar pontos práticos que devem ser examinados antes de apresentar um caso perante um juiz ou júri.

— Não é a profissão dele, então?

— De modo algum. O que para mim é um meio de vida, para ele é o mais simples passatempo de um diletante. Tem uma extraordinária capacidade para números, e faz a auditoria dos livros de alguns departamentos do governo. Mycroft mora em Pall Mall, contorna a esquina e chega à rua Whitehall todas as manhãs e refaz o caminho de volta todas as tardes. Não faz outro exercício o ano inteiro e não o veem em nenhum outro lugar exceto no clube Diógenes, que fica bem defronte aos seus aposentos.

— Não me lembro do nome.

— Com toda probabilidade, não. Sabe, muitos homens em Londres, alguns por timidez, outros por misantropia, não desejam a companhia dos colegas. Mas não desgostam de cadeiras confortáveis e dos últimos jornais. Para a conveniência desses é que se criou o clube Diógenes, que agora abriga os homens mais insociáveis e avessos a clubes da cidade. Não se permite que nenhum membro preste a mínima atenção a qualquer outro. A não ser na sala de estrangeiros, não se permite conversa, em nenhuma circunstância, e três violações, se levadas ao conhecimento do comitê, podem acarretar a expulsão do falante. Meu irmão foi um dos fundadores, e eu mesmo acho que tem uma atmosfera muito calmante.

Havíamos chegado a Pall Mall enquanto conversávamos e a percorríamos desde a esquina de St. James's Street. Sherlock Holmes parou diante de uma porta, a pouca distância do clube Carlton, e, após prevenir-me para não falar, conduziu-me para o saguão. Pelos painéis de vidro, entrevi uma sala grande e luxuosa, na qual se sentava, e lia jornais, um considerável número de homens, cada um em seu cantinho particular.

Holmes levou-me a uma sala que dava para a rua Pall Mall, deixou-me ali por um instante e retornou com um companheiro que só podia ser seu irmão.

Mycroft Holmes era um homem muito maior e mais forte do que Sherlock. Na verdade, muito corpulento, mas o rosto, embora grande, conservava um quê da acuidade de expressão tão admirável no do irmão. Os olhos, de um singular cinza-claro, pareciam reter sempre aquele olhar distante, introspectivo, que eu observava em Sherlock apenas quando exercia seus plenos dons.

— Prazer em conhecê-lo – disse e estendeu a mão larga e gorda, como a nadadeira de uma foca. – Em toda parte, ouço falar de Sherlock desde que você se tornou seu cronista. Aliás, Sherlock, esperava vê-lo na semana passada para saber daquele caso de Manor House. Pensei que talvez estivesse meio perdido.

— Não, eu o resolvi – disse meu amigo com um sorriso.

— Foi Adams, claro.

— Sim, foi Adams.

— Eu sabia disso desde o início. – Ambos se sentaram na janela de sacada curva do clube. – Para todo aquele que deseja estudar a humanidade, este é o lugar – disse Mycroft. – Veja os tipos magníficos! Estes dois homens que vêm em nossa direção, por exemplo.

— O jogador de bilhar e o outro?

— Exatamente. Que lhe parece o outro?

Os dois haviam parado defronte à janela. Algumas marcas de giz no bolso do colete consistiam nos únicos sinais de bilhar que consegui ver em um deles. O outro era um sujeito moreno, muito pequeno, com o chapéu puxado para trás e vários pacotes debaixo do braço.

— Noto que é um velho soldado – disse Sherlock.

— E desligado do serviço há muito pouco tempo – observou o irmão.

— Serviu na Índia.

— E um oficial não comissionado.

— Artilharia real, parece-me – disse Sherlock.

— E viúvo.

— Mas com um filho.
— Filhos, meu caro rapaz, filhos.
— Por favor! – falei e ri. – Isso passa meio da conta.
— De fato – respondeu Holmes –, não é difícil ver que um homem com aquela postura, expressão de autoridade e pele bronzeada, é um soldado, superior a um soldado raso, e não chegou há muito tempo da Índia.
— Vê-se que não deixou o serviço há muito tempo porque ele continua a usar as chamadas botas de munição – observou Mycroft.
— Não tem o andar de cavalaria, mas usa o chapéu de um só lado, como mostrado pela pele mais clara daquele lado da testa. O peso não condiz com o de um sapador. Faz parte da artilharia.
— E depois, claro, o luto fechado mostra que ele perdeu alguém muito querido. O fato de que faz as próprias compras parece que foi a mulher. Vê-se que fez compras para crianças. Ali tem um chocalho, o que mostra que uma delas é muito pequena. A esposa na certa morreu de parto. O fato de que tem um álbum ilustrado debaixo do braço mostra que há outra criança em que pensar.

Comecei a entender o que meu amigo quis dizer quando disse que o irmão possuía aptidões ainda mais afiadas do que ele, que então me olhou e sorriu. Mycroft pegou rapé em uma caixa de tartaruga e limpou alguns grãos derramados no paletó com um grande lenço de seda vermelha.

— Por sinal, Sherlock – disse –, pediram-me o parecer sobre algo, um problema muito fora do comum, que combina bem com você. De fato, não tive energia para acompanhá-lo, a não ser de forma muito incompleta, mas me forneceu uma base para certa especulação agradável. Se quiser saber dos fatos...

— Meu caro Mycroft, eu ficaria encantado.

O irmão escreveu um bilhete em uma folha de seu livrinho de anotações e, após tocar a sineta, entregou-a a um garçom.

— Pedi ao Sr. Melas que desse um pulo aqui – disse. – Mora no andar acima do meu, e eu o conheço um pouco, o que o levou a me procurar diante de sua perplexidade. Sei que o Sr. Melas é de origem grega e um destacado linguista.

Ganha a vida em parte como intérprete em tribunais e como guia dos ricos orientais que se hospedam nos hotéis de Northumberland Avenue. Acho que o deixarei contar à sua maneira essa experiência muito extraordinária.

Alguns minutos depois, juntou-se a nós um homem baixo, atarracado, cujo rosto azeitonado e cabelos pretos como carvão proclamavam sua origem mediterrânea, embora sua fala fosse a de um inglês culto. Trocou um cordial aperto de mão com Sherlock, e seus olhos pretos cintilaram de prazer quando soube que o especialista ansiava por ouvir a história.

— Não creio que a polícia me dê crédito, palavra de honra, não creio – disse com a voz queixosa. – Só porque ainda nunca ouviram falar de algo assim antes, acham que isso não pode ocorrer. Mas sei que não terei paz de espírito enquanto não descobrir o que aconteceu com meu pobre homem com o esparadrapo no rosto.

— Sou todo atenção – disse Sherlock Holmes.

— Hoje é a tarde de quarta-feira – começou o Sr. Melas. – Bem, foi na noite de segunda-feira, há apenas dois dias, que tudo aconteceu. Sou intérprete, como talvez meu vizinho aqui lhe tenha dito. De todas as línguas... ou quase todas... mas como sou grego de nascimento e com um nome grego, é com essa língua específica que me associam. Há muitos anos, trabalho como o principal intérprete grego em Londres, e meu nome é muito bem conhecido em hotéis.

"Acontece com frequência de eu ser chamado em horas estranhas por estrangeiros que se veem em apuros ou viajantes que chegam tarde e desejam meus serviços. Não me surpreendeu, portanto, quando na noite de segunda-feira Latimer, um jovem muito elegante, na última moda, apareceu em meus aposentos e me pediu que o acompanhasse em uma charrete à espera na porta. Um amigo grego o procurara a negócios, explicou, e como ele só falava sua língua, os serviços de um intérprete eram indispensáveis. Deu-me a entender que sua casa ficava a pouca distância, em Kensington, e parecia ter muita pressa; chegou quase a me empurrar charrete adentro quando havíamos descido para a rua.

Digo charrete adentro, mas logo fiquei em dúvida se não seria mais uma carruagem. Com certeza, era mais espaçosa do que a desgraça comum de quatro rodas que circula em Londres, e os estofamentos, embora desgastados pelo uso, de rica qualidade. O Sr. Latimer sentou-se à minha frente, e partimos por Charing Cross até Shaftesbury Avenue. Havíamos saído em Oxford Street; eu me aventurara a fazer algum comentário sobre ser um percurso tortuoso para Kensington, quando a extraordinária conduta de meu companheiro cortou-me as palavras.

Ele começou por tirar do bolso um porrete de aspecto temeroso e recheado de chumbo, e em seguida brandiu-o para trás e para frente várias vezes, como se para testar-lhe o peso e a força. Então o pôs sem uma palavra no assento ao seu lado. Após fazer isso, ergueu as janelas de cada lado, e constatei para meu espanto que eram cobertas por papel para impedir-me de ver através delas.

— Sinto tapar-lhe a vista, Sr. Melas – disse ele. – O fato é que não tenho a menor intenção de que o senhor veja o lugar para o qual nos dirigimos. Talvez possa ser inconveniente para mim se o senhor souber como chegar lá de novo.

Como pode imaginar, esse discurso me deixou inteiramente atônito. Meu companheiro era um sujeito jovem, forte, de ombros largos e, mesmo sem a arma, eu não teria a menor chance em uma luta com ele.

— Trata-se de uma conduta muito fora do comum, Sr. Latimer – gaguejei. – Deve ter consciência de que o que está fazendo é ilegal.

— Tomo certa liberdade indevida, sem dúvida, mas vamos compensá-lo. Preciso avisá-lo, porém, Melas, que, se em qualquer momento desta noite o senhor tentar dar um alarme ou fazer algo contra meus interesses, vai se ver em maus lençóis. Peço-lhe que se lembre de que ninguém sabe onde o senhor está e que, seja nesta carruagem ou em minha casa, encontra-se em meu poder.

Embora falasse baixo, a aspereza da voz era muito ameaçadora. Sentei-me em silêncio e perguntei-me qual, diabos, poderia ser o motivo para me sequestrar dessa forma extraordinária. Fosse qual fosse, ficou muito claro que de nada adiantaria eu resistir, e só me restava esperar o que poderia ocorrer.

Rodamos por quase duas horas, sem eu ter a menor pista para que local nos dirigíamos. Às vezes, o barulho das pedras indicava um caminho pavimentado, e, em outras, nosso deslocamento regular e silencioso sugeria asfalto, mas, a não ser por essa variação de ruído, nada em absoluto podia ajudar-me a adivinhar o lugar onde estávamos. O papel sobre cada janela era impenetrável à luz, e baixara-se uma cortina azul na vidraça da frente. Eram 19h15 quando saímos de Pall Mall, e meu relógio mostrou-me que faltavam dez para as 21h quando afinal paramos. Meu companheiro baixou a janela, e entrevi um vão de porta baixo, abobadado, com um lampião aceso acima. Quando me empurrou da carruagem, a porta se abriu, e vi-me dentro da casa, com a vaga impressão de um gramado e árvores de cada lado quando entrei. Se era o terreno de uma propriedade privada, contudo, ou o genuíno campo, eu não fazia a menor ideia.

Acenderam um lampião a gás colorido tão fraco que pouco pude ver, a não ser que o vestíbulo tinha um tamanho considerável e quadros pendurados nas paredes. À luz fraca, distingui que a pessoa que abrira a porta era um homem baixo, de meia-idade, de aparência malévola e ombros redondos. Quando se virou para nós, o brilho de luz mostrou-me que usava óculos.

— Este é o Sr. Melas, Harold? – perguntou.

— Sim.

— Parabéns! Parabéns! Espero que não nos hostilize, Sr. Melas, mas não podíamos nos virar sem o senhor. Se agir limpo conosco, não se arrependerá, mas, se tentar algum truque, Deus o ajude!

Falava de um jeito nervoso, aos arrancos, com risadinhas entremeadas, mas de algum modo me transmitiu mais medo do que o outro.

— Que quer comigo? – perguntei.

— Apenas fazer algumas perguntas a um cavalheiro grego de visita, e nos dar as respostas. Porém, não diga mais do que lhe mandarmos dizer, senão... – veio de novo a risadinha nervosa – o senhor desejará nunca ter nascido.

Enquanto falava, abriu uma porta e conduziu-me a uma sala que parecia luxuosamente mobiliada, só que, mais uma vez, iluminada por um único lampião com a chama muito fraca. O aposento, sem dúvida, era muito grande, e a sensação de meus pés afundarem no tapete quando entrei revelou-me sua riqueza. Tive um vislumbre de poltronas de veludo, um alto consolo de lareira em mármore branco, e o que parecia uma veste de armadura japonesa de um lado. O velho indicou com um gesto que me sentasse em uma cadeira bem abaixo do lampião. O mais moço nos deixara, mas de repente retornou por outra porta com um cavalheiro, vestido em uma espécie de roupão solto, que veio devagar em nossa direção. Quando entrou no círculo de luz fraca e me permitiu vê-lo melhor, fiquei tomado de horror diante de sua aparência. Exibia uma palidez mortal e uma terrível emaciação, com os olhos brilhantes e salientes de um homem cujo espírito é maior do que sua força. O que me chocou mais, porém, do que qualquer sinal de fraqueza física foi ver que tinha o rosto grotescamente coberto por esparadrapos entrecruzados e um grande pedaço grudado na boca.

— Tem a lousa, Harold? – perguntou o mais velho, quando aquele ser estranho desabava mais do que se sentava em uma cadeira. – Soltou-lhe as mãos? Agora, então, dê-lhe o lápis. O senhor deve fazer as perguntas, Sr. Melas, e ele escreverá as respostas. Pergunte-lhe primeiro se está preparado para assinar os papéis.

Os olhos do homem lampejaram fogo.

— Nunca! – escreveu ele em grego na lousa.

— Em nenhuma condição? – perguntei, a mando de nosso tirano.

— Só se eu a vir casar-se em minha presença por um sacerdote grego que conheço.

O velho riu daquele modo venenoso.

— Sabe o que o espera, então?

— Não me preocupo comigo.

Essas são amostras das perguntas e respostas que formaram nossa conversa semifalada, semiescrita. Repetidas vezes, tive de lhe perguntar se ele ia ceder e assinar o documento. Repetidas vezes, recebi a mesma resposta indignada. Mas logo me ocorreu uma feliz ideia. Passei a acrescentar pequenas frases a cada pergunta, inocentes a princípio, para testar se algum de nossos companheiros percebia alguma coisa, e então, como vi que não davam nenhum sinal, joguei um jogo mais perigoso. Nossa conversa se desenrolou como algo assim:

— Nada de bom pode fazer-lhe essa obstinação. Quem é o senhor?

— Não me importo. Um estrangeiro em Londres.

— O senhor mesmo será responsável pelo seu destino. Há quanto tempo está aqui?

— Que assim seja. Há três semanas.

— A propriedade jamais poderá ser sua. De que sofre?

— Não irá para bandidos. Eles me fazem morrer de fome.

— Será libertado se assinar. Que casa é esta?

— Nunca assinarei. Não sei.

— A ela não está prestando nenhuma ajuda. Como se chama?

— Que eu ouça isso dela. Kratides.

— O senhor a verá se assinar. De onde é?

— Então nunca a verei. Atenas.

Mais cinco minutos, Holmes, eu teria sabido toda a história debaixo do nariz deles. Minha pergunta seguinte talvez houvesse esclarecido o assunto, mas naquele momento a porta se abriu, e uma mulher entrou na sala. Só a vi com nitidez suficiente para saber que era alta e graciosa, de cabelos pretos, e vestia uma túnica branca longa e folgada.

— Harold – disse ela, em um inglês mal falado. – Não pude permanecer mais tempo. É muito solitário lá em cima, com apenas... Ai, meu Deus, é Paul.

Disse essas últimas palavras em grego, e no mesmo instante o homem com um esforço convulsivo arrancou a tira de esparadrapo da boca, gritou 'Sophy! Sophy!', e correu para os braços da mulher. O abraço dele durou apenas um instante, pois o mais moço agarrou a mulher e empurrou-a para fora da sala, ao mesmo tempo em que o velho dominava com facilidade a vítima emaciada e arrastava-a pela outra porta. Durante alguns momentos, deixaram-me sozinho na sala, e levantei-me de um salto com uma vaga ideia de que poderia de algum modo conseguir uma pista do que era aquela casa na qual me encontrava. Por sorte, porém, não dei sequer um passo, pois ergui os olhos e vi o velho parado no vão da porta com os olhos fixos em mim.

— É o suficiente, Sr. Melas – disse ele. – Entende que fizemos do senhor confidente de assuntos muito pessoais. Não o teríamos aborrecido, só que nosso amigo que fala grego e que iniciou essas negociações foi obrigado a retornar para o Oriente. Tornou-se de todo necessário encontrarmos alguém que o substituísse, e tivemos a sorte de saber de seus talentos.

Curvei-me.

— Aqui tem cinco soberanos – disse e aproximou-se de mim –, que espero ser uma remuneração justa. Mas lembre-se – acrescentou, com um tapa de leve em meu peito e aqueles risinhos –, se falar sobre isso a um único ser humano... preste atenção... bem, que Deus tenha piedade de sua alma!

Não posso transmitir-lhe a repugnância e o horror que aquele homem de aparência insignificante me despertou. Pude vê-lo melhor quando a luz do lampião incidiu sobre ele. Tinha feições doentias e amareladas, e uma pequena barba pontiaguda, rala e mal aparada. Projetava o rosto para frente ao falar, e os lábios e as pálpebras contraíam-se sem parar, como alguém com a dança de são vito. Não pude impedir-me de achar que aquele estranho e ardiloso risinho também era sintoma de uma enfermidade nervosa. Via-se o terror de seu rosto, porém, nos olhos cinzentos e gélidos, dos quais se desprendia um brilho frio com uma inexorável crueldade maligna em suas profundezas.

— Saberemos se o senhor falar disso – ameaçou. – Temos nossos próprios meios de informação. Agora encontrará a carruagem à espera, e meu amigo cuidará de acompanhá-lo.

Fui empurrado pelo vestíbulo e, em seguida, pelo veículo adentro, e mais uma vez obtive aquele momentâneo vislumbre de árvores e um jardim. O Sr. Latimer seguiu-me colado nos calcanhares e ocupou seu lugar defronte a mim sem uma palavra. Em silêncio, percorremos de novo a interminável distância com as janelas levantadas, até que, afinal, logo depois da meia-noite, a carruagem parou.

— Descerá aqui, Sr. Melas – disse meu acompanhante. – Lamento deixá-lo tão longe de casa, mas não tenho alternativa. Qualquer tentativa de sua parte de seguir a carruagem só pode terminar em danos a si mesmo.

Abriu a porta enquanto falava, e mal tive tempo de saltar, quando o cocheiro chicoteou o cavalo e a carruagem afastou-se ruidosa. Olhei em volta, atônito. Encontrava-me em um terreno público juncado de urzes e sarapintado com tufos escuros de arbustos de tojo. Ao longe, estendia-se uma fileira de casas, com uma luz aqui e ali nas janelas de cima. No outro lado, vi as lâmpadas vermelhas dos sinaleiros de uma ferrovia.

A carruagem que me trouxera já sumira do campo visual. Ali parado, eu olhava em volta e me perguntava onde, diabos, eu poderia estar, quando vi alguém encaminhar-se para mim na escuridão. Quando se aproximou, distingui que era um carregador da ferrovia.

— Pode me dizer que lugar é este? – perguntei.
— Wandsworth Common – disse ele.
— Posso tomar um trem para a cidade?
— Se andar cerca de um quilômetro e meio, até o entroncamento de Clapham, chegará ainda a tempo de pegar o último para a estação Victoria.

Assim, esse foi o fim de minha aventura, Sr. Holmes. Não sei onde estive, nem com quem falei, nem mais nada, além do que lhe contei. Mas sei que existe um crime em andamento e quero ajudar aquele infeliz. Contei toda a história ao Sr. Mycroft Holmes na manhã seguinte e depois à polícia."

Ficamos todos sentados em silêncio por algum tempo, após ouvir essa extraordinária narrativa. Dali a pouco, Sherlock olhou o irmão defronte.

— Você fez alguma coisa? – perguntou.

Mycroft, erguendo o *Daily News*, que se achava em uma mesa lateral, leu:

> Quem fornecer qualquer informação sobre o paradeiro de um cavalheiro grego chamado Paul Kratides, de Atenas, que não sabe falar inglês, será recompensado. Igual recompensa se pagará a quem der informação sobre uma senhora grega, cujo primeiro nome é Sophia. X-2473.

— Mandei publicar em todos os jornais. Nenhuma resposta.
— E quanto à missão diplomática da Grécia?
— Pedi informações. Nada sabem.
— Um telegrama para o chefe da polícia de Atenas, então?
— Sherlock possui toda a energia da família – disse Mycroft ao virar-se para mim. – Bem, irmão, você sem dúvida assume o caso, e me informe se fizer algum progresso.
— Com certeza – respondeu meu amigo e levantou-se da cadeira. – Informarei ao Sr. Melas também. Nesse ínterim, Melas, se eu fosse o senhor, ficaria muito vigilante, pois decerto eles devem saber por esses anúncios que os traiu.

Ao voltarmos a pé para casa, Sherlock parou no telégrafo e enviou vários telegramas.

— Veja, Watson – comentou –, nossa tarde não foi de modo nenhum desperdiçada. Alguns de meus casos mais interessantes chegaram a mim assim, por Mycroft. O problema que acabamos de ouvir, embora só possa admitir uma explicação, tem algumas destacadas características.

— Tem esperanças de resolvê-lo?
— Bem, de posse de tudo o que sabemos, seria de fato muito extraordinário se não conseguíssemos descobrir o resto. Você mesmo formou alguma teoria que explica os fatos que acabamos de ouvir.

— De uma forma vaga, sim.
— Qual foi sua ideia, então?
— Parece-me óbvio que essa moça grega foi sequestrada pelo jovem inglês chamado Harold Latimer.
— Sequestrada onde?
— Atenas, talvez.

Sherlock Holmes fez que não com a cabeça.

— Aquele rapaz não sabe falar uma palavra de grego. A moça falava inglês razoavelmente. Dedução: ela está na Inglaterra há algum tempo, e ele nunca esteve na Grécia.

— Bem, então, vamos supor que ela veio visitar a Inglaterra e que esse Harold a convencera a fugir com ele.

— Isso é mais provável.

— Então o irmão, pois imagino que seja esse o parentesco, veio da Grécia para interferir. De forma imprudente, pôs a si mesmo sob o poder do jovem e do sócio mais velho. Eles o agarraram e usaram de violência a fim de obrigá-lo a assinar alguns documentos que transferem para seus nomes a fortuna da moça, da qual ele talvez até fosse o depositário. Isso o grego recusa-se a fazer. Cumprir o que lhe exigiam. Para negociarem com o ele, os vilões precisam de um intérprete, e decidem-se pelo Sr. Melas, após usar algum outro. A moça, não informada da chegada do irmão, descobre-a por mero acidente.

— Excelente, Watson! – exclamou Holmes. – Acho, de fato, que você não está longe da verdade. Veja que possuímos todas as cartas, e só temos a temer algum repentino ato de violência da parte deles. Se nos derem tempo, nós os apanharemos.

— Mas como podemos descobrir onde fica a casa?

— Ora, se nossa conjectura estiver certa, o nome da moça é, ou era, Sophie Kratides; não devemos, portanto, enfrentar dificuldade alguma para localizá-la. Tem de ser essa nossa principal esperança porque o irmão, decerto, é um total desconhecido. Claro que já faz algum tempo desde que o jovem Harold estabeleceu tais relações com a moça... algumas semanas, em todo caso... Visto que o irmão ainda estava na Grécia, teve tempo de se informar do relacionamento e vir para a Inglaterra. Se eles têm morado no mesmo lugar durante esse tempo, é provável que recebamos alguma resposta ao anúncio de Mycroft.

Havíamos chegado à nossa casa em Baker Street enquanto conversávamos. Holmes subiu a escada na frente e, ao abrir a porta de nossa sala, sobressaltou-se de surpresa. Olhei por cima de seu ombro, fiquei igualmente espantado. Sentado ali em uma poltrona, o irmão Mycroft fumava tranquilo.

— Entre, Sherlock! Entre, senhor – disse com delicadeza e sorriu de nossas expressões surpresas. – Não esperava tanta energia de mim, não é mesmo, Sherlock? Mas de algum modo esse caso me atrai.

— Mas como você já chegou aqui?
— Eu os ultrapassei, pois tomei uma charrete de aluguel.
— Aconteceu algum novo desdobramento?
— Recebi uma resposta ao anúncio.
— Ah!
— Sim, chegou alguns minutos depois da saída de vocês.
— E de que se trata?

Mycroft pegou uma folha de papel.

— Aqui está – disse – escrita com uma pena J em papel creme-real, mas por um homem de meia-idade e de fraca compleição. "Senhor", diz, "em resposta ao anúncio com a data de hoje, tomo a liberdade de informá-lo de que conheço muito bem a senhora em questão. Se quiser visitar-me, eu poderia dar-lhe alguns detalhes relacionados à sua dolorosa história. No momento, ela mora em The Myrties, Beckenham. Ao seu dispor, J. Davenport". Escreve de Lower Brixton – continuou Mycroft Holmes. – Não acha que deveríamos tomar a charrete e ir logo visitá-lo, Sherlock, para nos inteirarmos desses detalhes?

— Meu caro Mycroft, a vida do irmão é mais valiosa do que a história da irmã. Creio que deveríamos ir até a Scotland Yard em busca do inspetor Gregson e seguir direto para Beckenham. Sabemos que estão prestes a causar a morte de um homem, e cada hora talvez seja vital.

— É melhor buscarmos o Sr. Melas em nosso caminho – sugeri. – Podemos precisar de um intérprete.

— Excelente! – exclamou Sherlock Holmes. – Mande o rapaz chamar uma carruagem de quatro rodas, que sairemos agora mesmo. – Abriu a gaveta da escrivaninha enquanto falava, e notei que deslizara com discrição o revólver dentro no bolso. – Sim – disse em resposta ao meu olhar –, devo dizer que, segundo o que ouvimos, lidamos com um bando bastante perigoso.

Quase anoitecia quando nos vimos em Pall Mall Street, diante dos aposentos do Sr. Melas. Um cavalheiro acabara de mandar chamá-lo, e ele saíra.

— Sabe me dizer para onde? – perguntou Mycroft Holmes.

— Não sei, senhor – respondeu a mulher que abrira a porta. – Só sei que partiu com um cavalheiro em uma carruagem.

— O cavalheiro deu o nome?

— Não, senhor.

— Não era um rapaz alto, bonito e moreno?

— Ah, não, senhor. Era um senhor baixo, de óculos, rosto magro, mas com uma atitude muito agradável, pois não parou de rir enquanto falava.

— Venham! – gritou Sherlock Holmes, brusco. – A situação ficou séria! – observou, quando nos dirigíamos à Scotland Yard. – Esses homens se apoderaram mais uma vez do Sr. Melas, que não prima por grande coragem física, como puderam constatar muito bem pela experiência na outra noite. Esse vilão conseguiu aterrorizá-lo assim que Melas se viu em sua presença. Não há dúvida de que querem seus serviços profissionais, mas, após os usarem, talvez queiram puni-lo pelo que vão encarar como sua traição.

Nossa esperança era que, se fôssemos de trem, poderíamos chegar a Beckenham antes da carruagem. Ao chegarmos à Scotland Yard, porém, passou-se mais de uma hora até encontrarmos o inspetor Gregson e cumprir as formalidades legais que nos permitissem entrar na casa. Eram quinze para as dez quando chegamos à ponte de Londres, e quatro e meia da tarde ao descermos na plataforma de Beckenham. Uma corrida de uns oitocentos metros levou-nos a The Myrties, uma casa grande e escura, bem recuada da estrada em seu terreno. Aí dispensamos a carruagem e seguimos a pé pelo acesso de veículos.

— Todas as janelas escuras – observou o inspetor. – A casa parece abandonada.

— Nossos pássaros alçaram voo e deixaram o ninho vazio – disse Holmes.

— Por que diz isso?

— Uma carruagem com uma pesada carga de bagagem passou por aqui durante a última hora.

O inspetor sorriu.

— Vi os rastros das rodas à luz do lampião do portão, mas onde entra a bagagem?

— Podem-se observar os mesmos rastros de rodas que seguem na outra direção, mas os que partiram daqui são muito mais profundos, tanto que podemos dizer com alguma certeza que a carruagem transportava um peso considerável.

— O senhor se adiantou um pouco em relação a mim – disse o inspetor e encolheu os ombros. – Não será fácil forçar esta porta, mas tentaremos se não conseguimos que alguém nos ouça.

Martelou com força a aldrava e puxou a corda da sineta, mas sem resultado. Holmes afastara-se, mas retornou quase em seguida.

— Abri uma janela – disse.

— É uma bênção que o senhor esteja do lado da lei, e não contra ela, Sr. Holmes – comentou o inspetor, ao notar a engenhosidade com que meu amigo forçara o ferrolho. – Bem, creio que nessas circunstâncias podemos entrar sem convite.

Um por vez, entramos na grande peça, com toda evidência, de ser a mesma em que se vira o Sr. Melas. O inspetor acendeu sua lanterna e permitiu-nos ver as duas portas, a cortina, o lampião e o conjunto da armadura japonesa, como ele os descrevera. Na mesa, viam-se dois copos, uma garrafa de aguardente vazia e os restos de uma refeição.

— Que é isso? – perguntou Holmes de repente.

Todos nos imobilizamos e prestamos atenção. Um baixo gemido vinha de algum lugar acima de nós. Holmes correu até a porta e saiu no corredor. O ruído deplorável vinha do andar de cima. Ele se precipitou pela escada, o inspetor e eu imediatamente atrás, enquanto o irmão, Mycroft, seguia-nos o mais rápido que lhe permitia sua imensa compleição.

No segundo andar, havia três portas e era da do centro que saíam os sinistros ruídos, que às vezes afundavam em um monótono murmúrio e então elevavam-se de novo, em um gemido esganiçado. Embora trancada, a chave ficara do lado de fora. Holmes escancarou-a e entrou, e tornou a reaparecer em um instante, com a mão na garganta.

— É carvão! – gritou. – Deem-lhe tempo. Vai se dissipar. – Ao espreitar o interior, vimos que a única luz do quarto provinha de uma chama azul fraca que tremeluzia de um pequeno tripé de metal no centro. Projetava um círculo sobrenatural, lívido, no piso, enquanto nas sombras ao fundo distinguimos o vago vulto de duas figuras agachadas com as costas na parede. Da porta aberta, exalava uma emanação venenosa malcheirosa e horrível que nos fazia arquejar e tossir. Holmes correu ao topo da escada para respirar ar fresco e, em seguida, após precipitar-se quarto adentro, abriu a janela e arremessou o trípode de bronze ao jardim.

— Poderemos entrar em um instante – ofegou, e mais uma vez lançou-se para fora. – Onde tem uma vela? Duvido que possamos riscar um fósforo nessa atmosfera. Segure a lanterna aqui na porta, e os retiraremos, Mycroft, já!

Com toda rapidez chegamos aos dois envenenados e os arrastamos para o corredor bem iluminado. Ambos tinham os lábios arroxeados e insensíveis, rostos inchados e congestionados, os olhos projetados fora das órbitas. Na verdade, tinham as feições tão distorcidas que, se não fosse a barba preta e a compleição atarracada, talvez não reconhecêssemos em um deles o intérprete grego que se separara de nós apenas há algumas horas, no Clube Diógenes. Com as mãos e os pés amarrados, bem seguros, exibia acima de um olho a marca de um violento golpe. O outro, amarrado da mesma forma, era um homem alto no último estágio de emaciação, com várias tiras de esparadrapo distribuídas em um grotesco desenho em seu rosto. Parara de gemer quando o desamarramos, mas uma olhada de relance mostrou-me que, para ele, pelo menos nosso socorro chegara tarde demais. O Sr. Melas, porém, continuava vivo e, em menos de uma hora, e com a ajuda de amônia e aguardente, tive a satisfação de vê-lo abrir os olhos e saber que minha mão o trouxera de volta daquele vale tenebroso em que todos os caminhos se encontram.

A história que tinha para contar era simples e confirmou nossas deduções. O visitante, ao entrar em seus aposentos, tirou da manga o porrete recheado de chumbo, e incutira-lhe tanto o medo de uma morte instantânea e inevitável que o sequestrara pela segunda vez. Na verdade, era quase hipnotizante o poder que exerciam aquele bandido e seus risinhos doentios sobre o desafortunado linguista, pois só conseguia referir-se a ele com mãos trêmulas e o rosto pálido. Fora levado às pressas para Beckenham e atuara como intérprete em uma segunda entrevista, ainda mais dramática do que a primeira, na qual os dois ingleses haviam ameaçado o prisioneiro com morte instantânea se não acatasse suas exigências. Por fim, ao julgarem-no inquebrantável sob cada ameaça, atiraram-no naquela prisão improvisada, e, após reprovar Melas pela traição, que se revelou evidente pelo anúncio nos jornais, desferiram-lhe um violento golpe com o porrete que o fez desmaiar e não se lembrar de mais nada até nos encontrarmos debruçados sobre ele.

Esse é o extraordinário caso do intérprete grego, cuja explicação continua envolta em mistério. Conseguimos descobrir, após uma conversa com o cavalheiro que respondera ao anúncio, que a infeliz moça vinha de uma rica família grega e se achava de visita a alguns amigos na Inglaterra. Durante aquele período, conhecera um jovem chamado Harold Latimer, que adquirira ascendência sobre ela e chegara a convencê-la a fugir com ele. Os amigos, chocados diante do acontecimento, haviam-se limitado a informar o irmão, em Atenas, e em seguida lavado as mãos quanto à questão. O irmão, por ocasião da chegada à Inglaterra, pusera-se, de maneira muito imprudente, sob o domínio de Latimer e seu cúmplice, que se chamava Wilson Kemp, um sujeito de antecedentes execráveis. Os dois, ao constatarem que, pela ignorância da língua, ele ficara impotente em suas mãos, mantiveram-no prisioneiro e se haviam esforçado por meio de crueldade e inanição a obrigá-lo a assinar a desistência da propriedade dele e a da irmã. Mantiveram-no preso naquela casa, sem o conhecimento da moça, e os esparadrapos no rosto destinavam-se a dificultar-lhe o reconhecimento caso ela o entrevisse. Sua intuição feminina, contudo, levou-a a reconhecê-lo no mesmo instante sob o disfarce quando, por ocasião da visita do intérprete, vira-o por acidente pela primeira vez. A infeliz moça, porém, também era uma prisioneira, pois ninguém mais morava naquela casa, exceto o homem que cumpria a função de cocheiro e a esposa, ambos instrumentos dos bandidos. Ao descobrirem que seu segredo viera a público, e que o prisioneiro jamais se curvaria, os dois vilões, com a moça, fugiram da casa mobiliada que tinham alugado, após, primeiro, vingarem-se, como pensavam, tanto do homem que os desafiara como daquele que os traíra.

Meses depois, um curioso recorte de jornal chegou-nos de Budapeste. Informava que dois ingleses, que viajavam com uma mulher, haviam encontrado um trágico fim. Parece que haviam sido apunhalados e, segundo a polícia húngara, após uma briga, desferiram golpes mortais uns nos outros.

Contudo, imagino que Holmes tenha outra opinião, afirmando até hoje que, se alguém pudesse encontrar a jovem grega, saberia como seus sofrimentos e os de seu irmão acabaram por ser vingados.

Aventura X
O tratado naval

O mês de julho que logo se seguiu ao meu casamento tornou-se inesquecível por três casos interessantes, nos quais tive o privilégio de ver-me associado a Sherlock Holmes e estudar seus métodos. Encontro-os registrados em minhas anotações, sob os títulos de "A aventura da segunda mancha", "A aventura do tratado naval" e "A aventura do capitão cansado". A primeira dessas, contudo, trata de questões tão importantes e envolve tantas das principais famílias no reino que por muitos anos será impossível publicá-las. Mas nenhum caso de que participou Sherlock Holmes jamais exemplificou com tanta clareza o valor de seus métodos analíticos nem tão profundamente impressionou os que se relacionavam com ele. Conservo ainda um relatório quase textual da entrevista em que ele demonstrou os verdadeiros fatos do caso ao *monsieur* Dubuque, da polícia de Paris, e a Fritz von Waldbaum, o famoso especialista de Dantzig, tendo ambos gastado energias no que se revelavam apenas problemas secundários. Será necessário esperar a chegada de um novo século, porém, para contar-se tal história em segurança. Enquanto isso, passo à segunda em minha lista, a qual também prometia na época ter importância nacional e que se notabilizou por vários incidentes que lhe atribuíram um caráter bastante excepcional.

Durante meus tempos de escola, eu estabelecera uma estreita amizade com um menino chamado Percy Phelps, da minha idade, embora cursasse duas turmas à minha frente. Muito brilhante, Percy arrebatava todos os prêmios que a escola tinha a oferecer e rematou seus feitos ao ganhar uma bolsa de estudos que o enviou a Cambridge para continuar sua triunfante carreira. Como me lembro mantinha muitíssimo bem excelentes relações e, mesmo quando ainda éramos meninos, sabíamos que o irmão de sua mãe era lorde Holdhurst, o ilustre político conservador. Esse pomposo parentesco revelou-se pouco benéfico na escola. Ao contrário, parecia-nos mais um estímulo para persegui-lo na área de recreação e bater-lhe nas canelas com o taco de críquete. Mas a história foi outra quando ele saiu para o mundo. Chegavam-me aos ouvidos vagos relatos de que essas poderosas relações familiares acrescentadas aos seus talentos pessoais lhe haviam rendido um bom cargo no Ministério das Relações Exteriores, e em seguida ele me saiu por completo da mente até a seguinte carta trazer-me de volta à memória sua existência:

Briarbrae, Woking.
Meu caro Watson,

Não tenho a menor dúvida de que se lembra de "Tadpole" Phelps, que frequentava a quinta série quando você estava na terceira. É até possível lhe terem dito que, por influência de meu tio, obtive uma boa nomeação no Ministério das Relações Exteriores onde desfrutei de uma situação de confiança e honra até de repente acontecer uma horrível fatalidade para destruir-me a carreira.

De nada adianta escrever os detalhes desse temível acontecimento. No caso de aceitar meu pedido, é provável que terei de narrá-los a você. Mal acabei de me recuperar de nove semanas de meningite, e continuo a sofrer de extrema fraqueza. Acha que conseguiria trazer seu amigo, o Sr. Holmes, até aqui para me ver? Gostaria de saber a opinião dele sobre o caso, embora as autoridades me assegurem que nada mais se pode fazer. Tente com afinco trazê-lo o mais rápido possível. Cada minuto parece uma hora, enquanto vivo neste estado de horrível tensão. Garanta-lhe que, se não pedi o conselho dele mais cedo, não foi porque não lhe valorizava os talentos, mas por ter ficado fora de mim desde que ocorreu o golpe. Agora recuperei a capacidade de pensar com clareza, embora não ouse pensar demasiado nisso por temer uma recaída. Continuo tão fraco que, como vê, tenho de ditar esta carta. Tente mesmo trazê-lo.

Seu velho colega de escola,
Percy Phelps.

Algo me comoveu quando li essa carta, uma coisa lamentável nos reiterados apelos para levar Holmes. Tão comovido fiquei que, mesmo se eu enfrentasse dificuldades, teria tentado, mas claro que eu sabia que Holmes amava sua arte a ponto de sempre se prontificar a ajudar alguém que precisasse dele. Minha mulher concordou comigo que não se podia perder um momento para apresentar-lhe o caso, e, assim, uma hora depois do desjejum, vi-me mais uma vez de volta aos antigos aposentos em Baker Street.

Holmes estava sentado, de roupão, em seu lugar habitual à mesa, e trabalhava em total concentração em uma experiência química. Uma grande retorta curva fervia furiosa sobre a azulada chama gasosa de um bico de Bunsen, e as gotas destiladas condensavam-se em um recipiente de dois litros. Meu amigo mal me olhou quando entrei, e eu, vendo que a experiência devia ser importante, sentei-me em uma poltrona e esperei. Introduzia a proveta em uma ou na outra garrafa, colhia de cada algumas gotas, e por fim pegou na mesa um tubo de ensaio que continha uma solução. Na mão direita segurava uma tira de papel de tornassol.

— Você vem por causa de uma crise, Watson – disse. – Se este papel continuar azul, está tudo bem. Se ficar vermelho, significa a vida de um homem. – Mergulhou-o no tubo de ensaio, e a tira logo adquiriu um tom vermelho sujo opaco. – Hum! Era o que eu pensava! – exclamou. – Serei todo seu em um instante, Watson. Encontrará tabaco no chinelo persa.

Debruçou-se sobre a mesa e escreveu vários telegramas que entregou ao pajem. Em seguida, desabou na poltrona defronte a mim e ergueu os joelhos dobrados para cima até entrelaçar as mãos em torno das pernas longas e finas.

— Um pequeno assassinato muito corriqueiro – disse. – Imagino que traga algo melhor, você que é o tempestuoso petrel do crime, Watson. De que se trata?

Entreguei-lhe a carta que ele leu com a mais concentrada atenção.

— Não nos revela muita coisa, concorda? – observou ao devolvê-la.

— Quase nada.

— E, no entanto, a caligrafia é interessante.
— Mas não é a dele.
— Exatamente. É de uma mulher.
— De um homem, com certeza – exclamei.
— Não. É de mulher, e uma mulher de forte personalidade. Veja, no início de uma investigação é válido saber que seu cliente se acha em estreito contato com alguém de natureza excepcional, seja para o bem ou para o mal. O caso já despertou meu interesse. Se estiver pronto, partamos agora mesmo para Woking, visitemos esse diplomata que se encontra em tão difícil situação e a senhora a quem ele dita suas cartas.

Tivemos sorte suficiente para pegar a tempo um trem na estação de Waterloo, e em pouco menos de uma hora nos vimos em meio à mata de abetos e urzes de Woking. Briarbrae revelou-se uma grande mansão recuada, erguida em extenso terreno a poucos minutos a pé da estação. Após enviarmos os cartões de visita, conduziram-nos a uma sala de estar decorada com elegante mobiliário, onde se juntou a nós, minutos depois, um indivíduo meio corpulento, que nos recebeu com muita hospitalidade. Parecia aproximar-se da faixa dos quarenta anos, mas tinha as faces tão rosadas e os olhos tão joviais que transmitia a impressão de um menino rechonchudo e travesso.

— Muito me alegra que tenham vindo – disse, e apertou-nos de modo as mãos efusivo. – Percy esteve perguntando por vocês a manhã toda. Ah, pobre velho amigo, agarra-se a qualquer coisa! O pai e a mãe dele pediram-me que os recebesse, pois a simples menção do assunto lhes é muito dolorosa.

— Ainda não temos nenhum detalhe – observou Holmes. – Noto que o senhor não é um membro da família.

Nosso conhecido pareceu surpreso e, após baixar os olhos, desatou a rir.

— Decerto o senhor reparou o monograma, J. H., em meu medalhão – deduziu. – Por um momento, pensei que tivesse realizado um feito muito sagaz. Chamo-me Joseph Harrison e, como Percy vai se casar com minha irmã, Annie, serei ao menos um parente por casamento. Encontrará minha irmã, no quarto dele, pois ela tem cuidado de sua saúde e feito tudo por ele há dois meses. Talvez seja melhor entrarmos logo porque sei como Percy os aguarda impaciente.

Conduziu-nos a um aposento no mesmo andar da sala de jantar, em parte mobiliado como sala e em parte como quarto, com flores distribuídas com bom gosto em cada canto e recesso. Um rapaz muito pálido e abatido estava deitado em um sofá, perto da janela aberta, pela qual entrava o delicioso perfume do jardim e o aprazível ar do verão. Uma jovem sentada junto dele levantou-se quando entramos.

— Prefere que eu me retire, Percy? – perguntou ela.

Ele agarrou-lhe a mão para detê-la.

— Como vai você, Watson? – disse cordial. – Jamais o reconheceria sob esse bigode, e garanto que você tampouco me identificaria. Imagino que este seja seu famoso amigo, o Sr. Sherlock Holmes.

Apresentei-os em poucas palavras, e ambos nos sentamos. O rapaz corpulento retirara-se, mas a irmã ainda permanecia com a mão na do enfermo. Era uma mulher de aparência que chamava a atenção, meio baixa e cheia quanto à simetria, mas com uma bela tez azeitonada, olhos italianos, grandes e escuros, e uma profusão de cabelos bem pretos. Seu rico colorido tornava o rosto pálido do companheiro ainda mais extenuado e macilento pelo contraste.

— Não desperdiçarei seu tempo – disse, ao erguer-se no sofá. – Entrarei direto no assunto sem mais preâmbulos, Sr. Holmes. Eu era um homem feliz e bem-sucedido e, às vésperas de me casar, uma repentina e terrível infelicidade me arruinou todas as perspectivas na vida.

"Eu trabalhava, como Watson deve ter-lhe dito, no Ministério das Relações Exteriores, onde, por meio da influência de meu tio, lorde Holdhurst, ascendi rápido a um cargo de responsabilidade. Quando meu tio se tornou ministro das Relações Exteriores, encarregou-me em sua gestão de várias missões de confiança e, como sempre as levei a uma conclusão bem-sucedida, ele passou enfim a ter extrema confiança em minha capacidade e em meu tato.

Há dois meses e meio, para ser mais exato, no dia 23 de maio, chamou-me ao gabinete privado e, após me cumprimentar pelo bom trabalho que eu fizera, informou-me que eu tinha uma nova tarefa de confiança a realizar.

— Este – disse, ao tirar um rolo de papel cinza da gaveta da escrivaninha – é o original de um tratado secreto entre a Inglaterra e a Itália, do qual, lamento dizer, alguns rumores já chegaram à imprensa pública. É de enorme importância que nada mais vaze. A embaixada francesa ou a russa pagaria imensa soma para saber o conteúdo desses documentos. Não sairiam da minha mesa se não fosse absolutamente necessário fazer uma cópia. Você tem uma escrivaninha em seu escritório?

— Sim, senhor.

— Então leve o tratado e tranque-o lá. Darei instruções para que fique após a saída dos demais, para poder copiá-lo à vontade sem temor de que o vejam. Depois que terminar, torne a trancar o original e a cópia na escrivaninha, e os entregue pessoalmente a mim, amanhã de manhã.

Peguei nos papéis e..."

— Perdoe-me, um instante – pediu Holmes. – Estavam a sós durante a conversa?

— Com absoluta certeza.

— Em uma sala grande?

— De uns cem metros quadrados.

— Instalados no centro?

— Sim, mais ou menos.

— E falavam baixo?

— A voz de meu tio é sempre admiravelmente baixa. Eu quase não abri a boca.

— Obrigado – disse Holmes e fechou os olhos – continue, por favor.

"Fiz exatamente o que ele instruiu, e aguardei a saída de todos os outros funcionários. Um dos que trabalha em minha sala, Charles Gorot, tinha de pôr em dia alguns trabalhos atrasados, por isso o deixei lá e saí para jantar. Quando retornei, ele tinha ido embora. Fiquei ansioso por apressar minha tarefa, pois sabia que Joseph, o Sr. Harrison que vocês acabaram de ver, estava em Londres e chegaria a Woking pelo trem das 23h; eu queria, se possível, esperá-lo na estação.

Quando comecei a examinar o tratado, constatei de imediato que não se podia culpar meu tio por exagerar a importância a que se referira. Sem entrar em detalhes, posso dizer que definia a posição da Grã-Bretanha em relação à Tríplice Aliança, e prenunciava a política que o país seguiria na hipótese de a frota francesa ganhar completa ascendência sobre a da Itália, no Mediterrâneo. O tratado expunha apenas questões navais específicas e, no fim, exibia as assinaturas dos altos dignitários. Passei os olhos por ele e, em seguida, dediquei-me a copiá-lo.

Consistia em um documento muito longo, escrito em francês, e continha 26 artigos separados. Eu copiava o mais rápido que podia, mas às 21h terminara apenas nove artigos, e pareceu-me inútil tentar alcançar o trem. Sentia-me sonolento e lerdo, em parte por causa do jantar e também de um longo dia de trabalho. Uma xícara de café me clarearia as ideias. Um porteiro passa a noite em um pequeno alojamento ao pé da escada e tem o hábito de fazer café em uma espiriteira para os funcionários que às vezes trabalham horas extras. Por isso, toquei a campainha para chamá-lo.

Para minha surpresa, foi uma mulher que respondeu ao chamado, uma idosa de avental e feições rústicas. Explicou-me que era a mulher do porteiro e fazia a limpeza; pedi-lhe então que me trouxesse o café.

Copiei ainda mais dois artigos e, nesse momento, ao sentir-me mais sonolento do que nunca, levantei-me e comecei a andar de um lado para o outro da sala a fim de esticar as pernas. Meu café ainda não viera, e eu imaginava qual poderia ser a causa da demora. Abri a porta e atravessei o corredor para descobrir. Um corredor estreito, mal iluminado, que se é obrigado a percorrer para onde eu ia, além de ser a única saída da sala onde eu trabalhava, terminava em uma escada em espiral, com o alojamento do porteiro embaixo. Na metade da escada, há um patamar, do qual sai outro corredor que segue em ângulos retos. Este leva por uma segunda escada a uma porta lateral, utilizada pelos empregados, e também pelos funcionários que querem cortar caminho e entrar por Charles Street. Aqui tem um esboço da planta do lugar."

— Obrigado. Penso que o acompanho muito bem – disse Sherlock Holmes.

"É de extrema importância que note esse ponto. Desci a escada e entrei no vestíbulo, onde encontrei o porteiro em uma cadeira, profundamente adormecido no alojamento, a chaleira fervendo furiosa em cima da espiriteira. Retirei a chaleira e apaguei o lampião, pois a água espirrava no chão. Então, estendi a mão e ia sacudir o homem, ainda ferrado no sono, quando uma campainha acima ressoou alta e ele acordou com um susto.

— Phelps, senhor! – disse, e olhou-me perplexo.

— Desci para ver se meu café estava pronto.

— Eu fervia a água quando adormeci, senhor.

Olhou-me, e em seguida ouvimos a campainha ainda vibrante, com uma expressão cada vez mais atônita no rosto.

— Se o senhor estava aqui, quem então tocou a campainha? – perguntou.

— A campainha! – exclamei. – Que campainha? – quis saber.

— É a da sala onde o senhor trabalhava.

Parecia que uma mão gelada me espremia o coração. Havia alguém na sala onde se estendia na mesa meu precioso tratado. Corri frenético escada acima e pelo corredor. Ninguém nos dois corredores, Holmes. Ninguém na sala. Tudo se achava exatamente como deixei, com exceção dos documentos que haviam sido entregues ao meu cuidado e tinham sido levados da escrivaninha. A cópia continuava lá, mas o original desaparecera."

Holmes empertigou-se na cadeira e esfregou as mãos. Vi que o problema lhe falava ao coração.

— Diga-me, o que você fez depois? – murmurou ele.

— Reconheci logo que o ladrão devia ter subido a escada da porta lateral. Claro que eu teria me encontrado com ele, se tivesse vindo pelo outro lado.

— Tem certeza de que ele não poderia estar escondido na sala o tempo todo, ou no corredor que você acabou de descrever como mal iluminado?

— Tenho certeza. Um rato não poderia se esconder na sala nem no corredor. Não há lugar nenhum onde se esconder.
— Obrigado. Prossiga, por favor.
— O porteiro, ao perceber em meu rosto que havia algo a temer, seguira-me até em cima. Ambos nos precipitamos em seguida pelo corredor e pela íngreme escada abaixo que leva a Charles Street. Encontramos a porta do térreo fechada, mas destrancada. Nós a abrimos de supetão e saímos como um raio. Nesse momento, tenho a nítida lembrança de que nos chegaram aos ouvidos três badaladas de um sino vizinho. Eram 21h45.
— Isso é da maior importância – disse Holmes, e anotou.
"A noite era muito escura, e caía uma chuva fina, tépida. Não vimos ninguém em Charles Street, mas ao fundo um intenso tráfego deslizava, como de hábito, por Whitehall Street. Seguimos às pressas ao longo da calçada, sem chapéu como estávamos, e na outra esquina encontramos um policial parado.
— Acabou de ocorrer um roubo – ofeguei. – Levaram um documento de imenso valor do Ministério. Alguém passou por esta esquina?
— Faz 15 minutos que parei aqui, senhor – disse ele –, e passou apenas uma pessoa, uma idosa alta, com um xale de lã escocesa.
— Ah, essa é apenas minha mulher! – gritou o porteiro. – Não passou ninguém mais?
— Ninguém.
— Então o ladrão deve ter ido pelo outro lado – gritou o sujeito, puxando-me pela manga.
Mas isso não me satisfez, e as tentativas que ele fez para me arrastar dali aumentaram minhas suspeitas.
— Para que lado seguiu a mulher? – gritei.
— Não sei, senhor. Notei que ela passou, mas eu não tinha nenhum motivo especial para vigiá-la. Parecia estar com pressa.
— Faz quanto tempo?
— Ah, não muitos minutos.
— Nos últimos cinco?
— Bem, não se passaram mais de cinco.

— Só está perdendo seu tempo, senhor, e cada minuto agora é importante – exclamou o porteiro. – Aceite minha palavra de honra que minha velha mulher nada tem a ver com isso, e venha comigo ao outro lado da rua. Bem, se não quiser ir, eu vou.

Dito isso, precipitou-se em direção ao outro lado da rua.

Contudo, eu o alcancei em um instante e o detive pela manga do paletó.

— Onde mora?

— Ivy Lane, número 16, Brixton – respondeu. – Mas não se deixe levar por uma pista falsa, Phelps. Acompanhe-me até o outro lado da rua, e vejamos se conseguimos saber de alguma coisa.

Nada tinha a perder em seguir-lhe o conselho. Com o policial, avançamos às pressas, mas deparamos apenas com uma rua cheia de trânsito, muitas pessoas que iam e vinham, todas, porém, apenas preocupadas demais em chegar a um lugar protegido em uma noite chuvosa. Nenhum ocioso saberia nos dizer quem passara.

Retornamos em seguida ao escritório e revistamos as escadas e o corredor sem resultado. O corredor que leva à sala tem o piso revestido de um tipo de linóleo creme que mostra muito fácil as pisadas. Nós o examinamos com toda a atenção, mas não encontramos o contorno de nenhuma pegada."

— Chovera a noite toda?

— Desde as 19h.

— Como é possível, então, a mulher que entrou na sala às 21h, de sapatos enlameados, não ter deixado pegadas?

— Alegra-me que tenha suscitado a questão. Ocorreu-me então. A encarregada da limpeza tem o hábito de tirar os sapatos no alojamento do porteiro e calçar chinelos.

— Verdade. Não se detectaram, portanto, pegadas, embora fosse uma noite chuvosa? A sucessão de fatos desperta extraordinário interesse. O que você fez em seguida?

— Também examinamos a sala. Não há porta secreta, e as janelas se erguem a dez metros da rua. Ambas estavam fechadas por dentro. O tapete impede toda possibilidade de um alçapão, e o teto é do tipo inteiriço comum, caiado de branco.

Aposto a minha vida que seja quem for que tenha roubado os meus documentos só pode ter entrado pela porta.

— E a lareira?

— Não há, apenas um aquecedor. A corda da campainha pende de um fio bem à direita de minha escrivaninha. Quem a tocou precisou ir até ali para fazê-lo. Mas por que um criminoso desejaria tocar a campainha? Trata-se de um mistério muitíssimo insolúvel.

— Com certeza, não foi um incidente comum. Que providências tomou em seguida? Suponho que examinou a sala para ver se o intruso deixara pistas... alguma ponta de charuto, uma luva caída da mão, um grampo de cabelo ou qualquer objeto sem valor?

— Não vi nada semelhante.

— Nem sentiu algum cheiro?

— Bem, jamais nos ocorreu tal coisa.

— Ah, um cheiro de tabaco nos seria de grande valia em uma investigação como essa.

— Nunca fumei, por isso acho que o teria sentido se houvesse algum cheiro de tabaco. Mas não se revelou pista semelhante. O único fato concreto era que a mulher do porteiro, a Sra. Tangey, abandonara o local às pressas. Ele não soube dar outra explicação, além de ser sempre àquela hora que a mulher voltava para casa. O policial e eu concordamos que nosso melhor plano seria agarrá-la antes que ela se livrasse dos documentos, pois supúnhamos que estava com eles.

"Àquela altura, o alarme já chegara à Scotland Yard, e o detetive Forbes logo apareceu e se encarregou do caso com muita energia. Alugamos uma charrete fechada e, meia hora depois, chegávamos ao endereço que nos fora dado. Uma jovem abriu a porta e nos informou ser a filha mais velha da Sra. Tangey. A mãe ainda não voltara, e ela nos conduziu à sala da frente para aguardarmos.

Dez minutos depois houve uma batida à porta, e aí cometemos o erro sério pelo qual me responsabilizo. Em vez de a abrirmos, deixamos a moça fazê-lo e a escutamos dizer: 'Mãe, dois homens a esperam aqui em casa'. E quase no mesmo instante ouvimos um ruído de passos apressados pelo corredor. Forbes abriu a porta de chofre, e ambos corremos para o cômodo dos fundos ou cozinha, mas a mulher chegara antes de nós. Encarou-nos com olhos desafiadores e, então, de repente ao reconhecer-me, seu rosto assumiu uma expressão de absoluta estupefação.

— Ora, mas é o Sr. Phelps, do escritório! – exclamou.

— Vamos, vamos, quem pensou que éramos quando fugiu de nós? – perguntou meu companheiro.

— Pensei que eram os cobradores – disse. – Temos tido certos problemas com um comerciante.

— Essa desculpa não vale grande coisa – respondeu Forbes. – Temos motivo para acreditar que a senhora correu para cá a fim de se livrar de um documento importante que tirou do Ministério. Tem de nos acompanhar à Scotland Yard para a revistarmos.

Em vão ela protestou e resistiu. Chamou-se uma charrete, na qual voltamos os três. Primeiro havíamos revistado a cozinha e, sobretudo, o fogão, onde ela poderia ter jogado os documentos no instante em que ficou sozinha. Não se viram, porém, sinais de cinza nem pedaços de papel. Ao chegarmos à Scotland Yard, Forbes logo a conduziu a uma agente para revistá-la. Esperei, tomado de tensa agonia, até ela retornar com a notícia. Não encontrara sinais do documento na posse da Sra. Tangey.

Então, pela primeira vez, o horror da situação em que me encontrava apoderou-se de mim com toda a força. Até aquele momento, nada fiz além de agir, e a ação entorpecera o pensamento. Sentira-me tão confiante em recuperar os documentos que não ousara pensar em quais seriam as consequências se eu não o conseguisse. Mas agora, sem nada mais a fazer, tive tempo para refletir, e minha situação revelou-se em todo o seu horror. Watson confirmará que eu era um menino sensível e nervoso na escola. Tenho esse temperamento. Pensei em meu tio e seus colegas no Gabinete, na vergonha e na desonra que eu causaria a ele, a mim e a toda a minha família. De que adiantava eu ter sido vítima de um extraordinário acidente? Não se permitem acidentes onde interesses diplomáticos estão em jogo. Estava arruinado, vergonhosa e desesperadamente arruinado. Ignoro o que fiz então. Imagino um senhor espetáculo. Só tenho a vaga lembrança de um grupo de policiais que se reuniram à minha volta e se esforçaram por me acalmar. Um deles me acompanhou em uma charrete até Waterloo e ajudou-me a embarcar no trem para Woking. Creio que teria me acompanhado até aqui, se o Dr. Ferrier, que mora perto, não viajasse no mesmo trem. O médico com muita amabilidade encarregou-se de mim; ainda bem, porque tive um ataque nervoso na estação e, antes de chegar aqui, eu quase enlouquecera.

O senhor pode imaginar a situação aqui quando todos despertaram e se levantaram da cama pelo toque de campainha do médico e me encontraram naquele estado. A pobre Annie e minha mãe sentiram-se arrasadas. O agente que me acompanhara à estação conversara o suficiente com o Dr. Ferrier para dar-lhe uma ideia do que acontecera, e seu relato não resolveu os problemas. Era evidente para todos que eu ia ficar acamado, vítima de uma longa doença; por isso, Joseph teve de deixar esse alegre aposento onde se hospedava, e transformaram-no em um quarto de doente para mim. Aqui permaneci na cama, Sr. Holmes, por mais de dois meses e meio, inconsciente e com delírios causados por uma infecção cerebral. Se não fosse pela presença da Srta. Harrison e pelos cuidados do médico, não me teria sido possível conversar agora com o senhor. Ela cuidou de mim durante o dia, e uma enfermeira contratada velava à noite, pois nos acessos de loucura eu era capaz de tudo. Aos poucos, retornou-me a razão, mas só nos últimos três dias recuperei toda a memória. Às vezes, desejaria que não a houvesse recuperado. A primeira coisa que fiz foi telegrafar ao Sr. Forbes, que assumira o caso. Ele apareceu e garantiu-me que, embora se tivesse feito tudo, não se descobriu sequer uma pista. Interrogaram o porteiro e a mulher de todas as maneiras, sem que se esclarecesse a questão.

As suspeitas da polícia recaíram em seguida sobre o jovem Gorot, que, como o senhor talvez se lembre, permanecera além do horário naquela noite. Essa circunstância e o nome francês constituíam, na verdade, os dois únicos detalhes possíveis de levantar suspeitas; mas, de fato, só comecei a trabalhar depois que ele saíra, e apesar de os pais serem de origem, huguenote, Gorot é tão inglês em afinidade e tradição quanto o senhor e eu. Não se descobriu nada que o envolvesse no roubo, e aí se arquivou o caso. Recorro ao senhor, Sr. Holmes, como minha absoluta e última esperança. Se o senhor não for bem-sucedido, perderei para sempre a honra assim como o cargo."

O doente afundou de volta nas almofadas, extenuado pela longa exposição, enquanto a enfermeira lhe servia um copo de algum medicamento estimulante. Holmes permaneceu calado, a cabeça apoiada na poltrona e os olhos fechados, em uma atitude que talvez parecesse desinteressada para um estranho, mas que eu reconhecia significar intensa concentração em si mesmo.

— Seu depoimento foi tão explícito – acabou por dizer – que me restaram poucas perguntas a fazer. Mas tenho uma de extrema importância. Contou a alguém que tinha esse trabalho a desempenhar?

— A ninguém.

— Nem para a Srta. Harrison, por exemplo?

— Não. Eu não retornei a Woking no período entre o momento que me deram a ordem e o início de começar a cumpri-la.

— Nenhum de seus familiares por acaso o visitara?

— Nenhum.

— Algum deles sabia por onde se entrava no escritório?

— Ah, sim, todos haviam estado lá antes.

— Apesar disso, claro, se não contou a ninguém sobre esse tratado, essas perguntas se tornam sem sentido.

— Nada contei.

— Sabe alguma coisa do porteiro?

— Nada, a não ser que é um antigo soldado.

— De que regimento?

— Ah, ouvi por alto... Coldstream Guards.

— Obrigado. Não tenho dúvida de que posso obter detalhes de Forbes. As autoridades são excelentes quando se trata de reunir fatos, embora nem sempre os interpretem de forma vantajosa. Que linda rosa!

Encaminhou-se para a janela aberta atrás do sofá e ergueu o talo curvo de uma rosa de haste e cálice musgosos, examinando-lhe a bela mistura de carmesim e verde. Era para mim uma nova fase de sua personalidade, pois nunca o vira antes mostrar nenhum vivo interesse por objetos naturais ou pelos rebentos da natureza.

— Em nada a dedução se faz tão necessária quanto na religião – disse, ao recostar-se nas venezianas da janela. – O pensador lógico pode ascendê-la ao nível de uma ciência exata. Parece-me que nossa mais elevada certeza da bondade da Providência está nas flores. Tudo mais, nossos dons, desejos, comida, são de fato indispensáveis à nossa própria existência. Mas esta rosa é extraordinária. O perfume e a cor constituem um embelezamento, não uma condição, da vida. Só a bondade nos proporciona supérfluos; por isso, repito, temos muito a esperar das flores.

Percy Phelps e a enfermeira observavam Holmes, durante essa manifestação, com surpresa e muita decepção estampadas no rosto de ambos. Holmes mergulhara num devaneio, com a rosa entre os dedos, que se prolongou por alguns minutos até a moça despertá-lo.

— O senhor vê alguma perspectiva de resolver esse mistério, Sr. Holmes? – perguntou.

—Ah, o mistério! – respondeu ele, e um sobressalto o fez retornar à realidade da vida. – Bem, seria um absurdo negar que se trata de um caso muito confuso e complicado, mas posso prometer-lhes que examinarei a questão e os informarei dos detalhes que talvez me chamem a atenção.

— Vê alguma pista?

— A senhorita forneceu-me sete, mas, claro, preciso examiná-las bem antes de poder me pronunciar sobre seu valor.

— Suspeita de alguém?

— Suspeito de mim mesmo.

— Como?

— De chegar rápido demais a conclusões precipitadas.

— Então vá para Londres e examine suas conclusões.

— Seu conselho é excelente, Srta. Harrison – disse Holmes e levantou-se. – Penso, Watson, que é o melhor a fazer. Não se permita alimentar falsas esperanças, Sr. Phelps. O caso me parece muito enredado.

— Hei de ficar febril até vê-lo de novo – afirmou o diplomata.

— Bem, voltarei amanhã no mesmo trem, embora seja mais do que provável que meu relato vá se revelar negativo.

— Deus o abençoe por prometer vir! – exclamou nosso cliente. – Revigora-me a vida saber que se tenta fazer alguma coisa. Por sinal, recebi uma carta de lorde Holdhurst.

— Ah! O que ele disse?

— Pareceu-me frio, mas não hostil. Creio que minha grave doença o impediu de sê-lo. Repetiu que a questão é de extrema importância e acrescentou que não se tomará nenhuma decisão relacionada ao meu futuro... a saber... minha demissão... até eu me restabelecer e tiver uma oportunidade de reparar meu infortúnio.

— Bem, mostrou uma postura razoável e atenciosa – disse Holmes. – Venha, Watson, pois o trabalho de um bom dia nos espera na cidade.

O Sr. Joseph Harrison levou-nos de carruagem até a estação, e logo nos movíamos rápido em um trem de Portsmouth. Holmes mergulhou em profundos pensamentos e mal abriu a boca até passarmos pelo entroncamento de Clapham.

— É muito animador entrar em Londres por qualquer uma das linhas que correm em elevados e nos permitem ver casas como essas.

Pensei que falava com sarcasmo, pois a vista era muito sórdida, mas ele logo se explicou:

— Veja aquelas aglomerações de prédios que se erguem acima dos telhados de ardósia, como ilhas de tijolos em um mar plúmbeo.

— Os internatos?

— Faróis, meu rapaz! Balizas do futuro! Cápsulas com centenas de brilhantes sementinhas, das quais brotará a Inglaterra sábia e melhor do futuro. Não creio que Phelps bebe, o que acha?

— Creio que não.

— Eu também, mas somos obrigados a levar em conta todas as possibilidades. O pobre-diabo com certeza se afundou em um problema muito sério, e a pergunta consiste em se conseguiremos trazê-lo à tona. Que achou da Srta. Harrison?

— Uma moça de personalidade forte.

— Sim, mas de bom nível social, se não me engano. Ela e o irmão são os únicos filhos do proprietário de uma siderúrgica em algum lugar para os lados de Northumberland. Ele ficou noivo durante uma viagem que fez no inverno passado, e ela veio para ser apresentada à família, com o irmão como escolta. Então ocorreu o desastre, e ela ficou para cuidar do amado, enquanto o irmão, ao se sentir muito bem instalado, também permaneceu. Sabe, andei fazendo algumas investigações independentes. Mas hoje deve ser um dia cheio delas.

— Minha clínica... – comecei.

— Ah, se você acha seus casos mais interessantes do que os meus... – cortou-me Holmes, um tanto ríspido.

— Eu ia dizer que minha clínica pode passar muito bem sem mim um ou dois dias, pois essa é a época mais folgada do ano.

— Excelente! – exclamou ao recuperar logo o bom humor. – Então, vamos examinar o problema. Creio que deveríamos começar com uma visita a Forbes. É provável que ele nos conte todos os detalhes de que precisamos para saber de qual lado devemos tratar o caso.

— Você disse que tinha uma pista?

— Bem, temos várias, mas só podemos avaliar-lhes o valor com mais informações. O crime mais difícil de reconstituir é aquele que parece ter sido cometido sem motivo. Agora, neste existe um motivo. A quem vai beneficiar o roubo? Ao embaixador francês, ao russo, a qualquer um que poderia vender o documento a um dos dois, e ao lorde Holdhurst.

— Lorde Holdhurst!

— Bem, é apenas concebível que um estadista se veja em uma situação em que não lamente a destruição de semelhante documento.

— Não um estadista respeitável e com o histórico de lorde Holdhurst!

— É uma possibilidade que não podemos nos dar o luxo de descartar. Vamos visitar hoje o nobre senhor e descobrir se pode nos contar algo. Nesse meio tempo, já pus em andamento meu levantamento de informações.

— Já?

— Sim. Enviei alguns telegramas da estação de Woking a todos os jornais da tarde, de Londres. Este texto aparecerá em cada um.

Estendeu-me uma folha arrancada de um livrinho de anotações. Nele escrevera a lápis:

Recompensa: 10 libras. O número da charrete de aluguel que deixou um passageiro diante ou perto da porta do Ministério das Relações Exteriores em Charles Street, às 21h45 na noite de 23 de maio. Apresentar-se a Baker Street, número 221-B.

— Acredita que o ladrão chegou em um veículo de aluguel?

— Se não, em nada nos prejudica tentar sabê-lo. Mas, se Phelps tem razão ao afirmar que não há esconderijo possível nem na sala nem nos corredores, a pessoa deve ter vindo de fora. Se veio de fora em uma noite tão chuvosa, e sequer um vestígio molhado foi deixado no linóleo, examinado cinco minutos depois que teria percorrido a passagem, é imensa a probabilidade de que tenha chegado em um veículo de aluguel. Sim, acho que se pode deduzir com segurança que veio em uma charrete.

— Parece plausível.

— Essa é uma das pistas de que falei. Pode levar-nos a algo. E em seguida, claro, temos a campainha, que é o aspecto mais excepcional do caso. Por que a campainha soaria? Foi o ladrão quem a tocou por bravata? Ou alguém que estava com o ladrão o fez para impedir o roubo? Ou não passou de um acidente? Ou foi...?

Tornou a mergulhar em um estado de intensa e silenciosa reflexão, mas me pareceu, habituado como eu a todos os seus estados de ânimo, que uma nova possibilidade lhe iluminara a mente.

Eram 15h20 da tarde quando chegamos ao nosso terminal e, após um almoço apressado no restaurante da estação, seguimos para a Scotland Yard. Holmes já telegrafara a Forbes, e o encontramos à espera para receber-nos: homem baixo, astucioso, com expressão perspicaz, mas em nada amável. Acolheu-nos com uma atitude de deliberada frieza, sobretudo quando soube do motivo que nos levara a ele.

— Ouvi falar em seus métodos antes, Sr. Holmes – disse com sarcasmo. – O senhor não perde tempo para usar todas as informações que a polícia pode lhe oferecer para concluir sozinho o caso e fazer a polícia cair em descrédito.

— Ao contrário – retrucou Holmes –; dos meus últimos 53 casos, meu nome só apareceu em 4, e a polícia recebeu todo o crédito em 49. Não o culpo por não saber disso, pois é jovem e inexperiente, mas, se deseja progredir em sua nova carreira, trabalhará comigo e não contra mim.

— Ficarei muito satisfeito com uma ou duas sugestões – disse o detetive, mudando de postura. – Com toda a certeza, de que, até agora, não tive o menor êxito neste caso.

— Que medidas você tomou?

— Mandei vigiar os movimentos de Tangey, o porteiro. Ele deixou os Guardas como um sujeito de boa conduta, e nada encontramos contra ele. Mas a mulher não vale grande coisa. Imagino que saiba mais a respeito do que parece.

— Mandou segui-la também?

— Pusemos uma de nossas agentes para vigiá-la. A Sra. Tangey bebe, e nossa agente a encontrou duas vezes muito embriagada, porém nada conseguiu arrancar dela.

— Soube que receberam a visita de cobradores na casa.

— Sim, mas foram pagos.

— De onde veio o dinheiro?

— Ficou tudo acertado. Ele recebeu uma pensão. Não mostram sinais de que nadam em dinheiro.

— Que explicação ela deu por ter atendido a campainha quando o Sr. Phelps tocou para pedir o café?

— Disse que o marido estava muito cansado, e ela quis aliviá-lo.

— Bem, sem dúvida isso parece plausível, pois o encontrara pouco depois em sono profundo. Não há nada contra eles, além do caráter duvidoso da mulher. Perguntou-lhe por que tinha tanta pressa naquela noite? Foi a pressa que chamou a atenção do policial.

— Ela se atrasou mais do que o habitual e quis ir logo para casa.

— O senhor se referiu ao fato de ter saído com o Sr. Phelps vinte minutos depois e chegado antes dela?

— Ela o explicou pela diferença entre um ônibus e uma charrete.

— E esclareceu por que, ao chegar, correu para a cozinha nos fundos?

— Porque guardara ali o dinheiro para pagar os cobradores.

— Ela tem uma resposta para tudo. Perguntou-lhe se, ao sair do Ministério, encontrou ou viu alguém parado à toa em Charles Street?

— Viu apenas o policial.

— Bem, parece que a submeteu a um interrogatório bem minucioso. O que mais fez?

— O porteiro Gorot tem sido seguido ao longo desses dois meses e meio. Nada temos a apresentar contra ele.

— Mais alguma coisa?

— Não. Não temos mais nenhum indício a seguir, indício de espécie alguma.

— Formou alguma teoria sobre por que aquela campainha tocou?

— Bem, devo confessar que isso vai além de minha compreensão. Fosse quem fosse, tinha sangue-frio para dar um alarme como aquele.

— Sim, uma ação muito estranha. Muito obrigado então por tudo o que me contou. Se eu puder pôr o homem em suas mãos, terá notícias minha. Vamos, Watson.

— Aonde agora? – perguntei, ao sairmos do posto policial.

— Entrevistar lorde Holdhurst, o ministro do governo e futuro primeiro-ministro da Inglaterra.

Tivemos sorte de constatar que lorde Holdhurst continuava em seus gabinetes em Downing Street, e, tão logo Holmes enviou-lhe o cartão, conduziram-nos ao interior. O estadista recebeu-nos com aquela antiquada cortesia pela qual se destaca e nos convidou a sentarmos nos luxuosos divãs em cada lado da lareira. Permaneceu em pé no tapete que se estendia entre nós, a compleição magra e alta, as feições marcantes, o rosto pensativo, os cabelos louros com prematuros fios brancos, e parecia representar aquele tipo nada comum de um nobre que é digno do nome.

— Seu nome me é muito conhecido, Sr. Holmes – disse sorridente. – E, claro, não posso fingir ignorar o objetivo de sua visita. Apenas uma ocorrência que se deu nesses escritórios poderia ter-lhe requerido a presença aqui. Permita-me perguntar-lhe a pedido de quem o senhor representa os interesses?

— Do Sr. Percy Phelps – respondeu Holmes.

— Ah, meu desafortunado sobrinho! O senhor deve entender que nosso parentesco torna ainda mais difícil eu fechar os olhos para tentar encobri-lo de qualquer maneira. Receio que esse incidente acabe exercendo uma influência muito prejudicial em sua carreira.

— Mas se o documento for encontrado?

— Ah, nesse caso, a situação seria diferente...

— Gostaria de lhe fazer uma ou duas perguntas, lorde Holdhurst.

— Terei o prazer de oferecer-lhe qualquer informação ao meu alcance.

— Foi nesta sala que o senhor lhe deu as instruções referentes à tarefa de copiar o documento?

— Sim, aqui mesmo.

— Há alguma chance de que alguém pudesse tê-las ouvido?

— Isso está fora de questão.

— Comentou com alguém que tinha a intenção de mandar copiar o tratado?

— Nunca.
— Tem certeza disso?
— Absoluta.
— Bem, como nem o senhor nem o Sr. Phelps jamais falaram do tratado, e ninguém mais sabia do assunto, a presença do ladrão na sala foi apenas acidental. Ele viu sua chance e agarrou-a.

O estadista sorriu.

— Nisso o senhor me tira de minha competência – respondeu.

Holmes pensou um momento.

— Gostaria de conversar com o senhor sobre outro ponto muito importante – disse. – Sei que temia as graves consequências que talvez se seguissem, caso alguns detalhes desse tratado se tornassem do conhecimento público.

Uma sombra passou pelo expressivo rosto do estadista.

— Consequências muito graves, de fato.
— E ocorreram?
— Ainda não.
— Mas se o tratado tivesse chegado, digamos, ao conhecimento do Ministério das Relações Exteriores da França ou da Rússia, o senhor esperaria ser informado disso?
— Teria de sê-lo – respondeu lorde Holdhurst com uma expressão irônica.
— Como transcorreram mais de dois meses e meio, e de nada se soube, não é incorreto supor que, por algum motivo, o tratado ainda não os alcançou.

Lorde Holdhurst encolheu os ombros.

— É difícil imaginarmos, Sr. Holmes, que o ladrão roubou o tratado para emoldurá-lo e pendurá-lo.
— Talvez esteja à espera de um preço melhor.
— Se esperar um pouco mais, não obterá preço algum. O tratado deixará de ser secreto em alguns meses.
— Trata-se de um dado muito importante – disse Holmes. – Decerto, constitui uma suposição possível o ladrão ter contraído uma doença repentina...
— Um ataque de encefalite, por exemplo? – perguntou o estadista, e lançou-lhe um rápido olhar.

— Eu não disse isso – rebateu Holmes, imperturbável.
– E agora, lorde Holdhurst, já tomamos demais seu valioso tempo, e queremos desejar-lhe um bom dia.

— Muito sucesso em sua investigação, seja quem for o criminoso –, respondeu o nobre quando se despediu de nós à porta, com uma reverência.

— É um camarada requintado – disse Holmes ao sairmos para Whitehall. – Mas se esforça para defender sua situação. Está longe de ser rico e tem muitas solicitações. Você reparou, claro, que os sapatos receberam solas novas. Agora, Watson, não o afastarei mais de seu legítimo trabalho. Hoje nada mais farei, a não ser que encontre uma resposta ao meu anúncio sobre o veículo de aluguel. Mas lhe ficaria extremamente grato se me acompanhasse amanhã a Woking, no mesmo trem que tomamos ontem.

Encontrei-me com ele na manhã seguinte, como combináramos, e seguimos viagem para Woking. Holmes não recebera resposta ao anúncio, e nada de novo se esclarecera sobre o caso. Assumia, quando o queria, a total imobilidade do semblante de um pele-vermelha, e não me foi possível deduzir dessa aparência se estava ou não satisfeito com a situação do caso. A conversa, lembro, girou sobre o sistema de medidas de Bertillon, e ele expressou entusiástica admiração pelo cientista francês.

Encontramos nosso cliente ainda sob os cuidados de sua devotada enfermeira, mas exibia considerável melhora em relação à véspera. Levantou-se do sofá e cumprimentou-nos sem dificuldade quando entramos.

— Alguma novidade? – perguntou, ansioso.

— Minha notícia, como eu esperava, é negativa – respondeu Holmes. – Conversei com Forbes e com seu tio, e deixei em andamento duas séries de busca de informações que talvez me levem a algo.

— Não desanimou, então?

— De modo nenhum.

— Deus o abençoe por essas palavras! – exclamou a Srta. Harrison. – Se mantivermos coragem e paciência, a verdade deve aparecer.

— Temos mais a contar-lhe do que o senhor a nós – disse Phelps, e tornou a sentar-se no divã.

— Esperava que tivesse algo.

— Sim, vivemos uma aventura durante a noite que poderia ter-se revelado muito grave. – Assumiu uma expressão muito séria, enquanto falava, e desprendeu-se dos olhos algo semelhante a medo. – Sabe – continuou –, começo a acreditar que sou o centro inconsciente de alguma monstruosa conspiração que visa destruir não apenas minha honra, mas também minha vida.

— Ah! – exclamou Holmes.

— Parece incrível, pois, pelo que sei, não tenho um único inimigo no mundo. No entanto, a julgar pela experiência de ontem à noite, não me resta outra conclusão.

— Rogo-lhe que me conte.

— Devo informá-lo de que a noite passada foi a primeira em que dormi sem uma enfermeira no quarto. Sentia-me tão melhor que julguei poder dispensá-la. Mantive, porém, uma luz acesa. Bem, por volta das 2h, eu mergulhara em um sono leve, e de repente me despertou um leve ruído semelhante ao que faz um rato quando rói uma placa de madeira; então prestei atenção por algum tempo, com a impressão de que devia ser isso mesmo. Em seguida, tornou-se mais alto, e de repente veio da janela um agudo corte metálico. Sentei-me admirado. Não tive mais dúvidas de onde vinham os ruídos. Os primeiros e mais fracos haviam sido causados por alguém que forçava um instrumento na separação dos caixilhos entre as vidraças, e o segundo, pela forte empurrada no trinco.

Fez-se então uma pausa de uns dez minutos, como se a pessoa esperasse para ver se o barulho me acordara. Em seguida, ouvi um rangido baixo quando se abriu a janela devagar. Não aguentei mais, pois meus nervos não são mais o que eram. Levantei-me de um salto da cama, corri até a janela e abri as venezianas. Havia um homem acocorado embaixo da janela. Quase não pude vê-lo porque fugiu como um raio, envolto em um tipo de manto que lhe cobria a parte inferior do rosto. Mas de uma coisa tive certeza: a de que portava uma arma na mão. Pareceu-me uma longa faca, da qual vi com muita nitidez o brilho quando ele se virou para fugir.

— Muitíssimo curioso – disse Holmes. – Diga-me, o que fez então?

— Eu teria transposto a janela e corrido atrás dele se estivesse mais forte. Na verdade, toquei a campainha e despertei a casa. Foi-me necessário algum tempo, pois a campainha toca na cozinha e todos os criados dormem no andar de cima. Gritei, porém, e Joseph ouviu e acordou os demais. Ele e o cavalariço encontraram pegadas no canteiro diante da janela, mas tem feito um tempo tão seco recentemente que julgaram seguir o rastro pelo gramado. Disseram-me, porém, que a cerca de madeira que contorna a estrada exibe sinais, como se alguém a houvesse escalado e quebrado a parte de cima da borda ao fazê-lo. Eu ainda nada disse à polícia local, pois achei melhor ouvir primeiro sua opinião.

Esse relato de nosso cliente pareceu causar uma extraordinária impressão em Sherlock Holmes. Levantou-se da cadeira e começou a andar de um lado para o outro no quarto, em incontrolável excitação.

— As desgraças nunca vêm desacompanhadas – disse Phelps com um sorriso, embora fosse evidente que a aventura meio deixara-o abalado.

— Sem dúvida você já recebeu mais do que sua parcela. Acha que poderia dar uma volta comigo ao redor da casa? – perguntou Holmes.

— Ah, sim, um pouco de sol me faria bem. Joseph venha também.

— E eu também – disse a Srta. Harrison.

— É melhor não! – interveio Holmes, com um aceno de cabeça. – Creio que devo pedir-lhe que permaneça sentada no mesmo lugar.

A jovem retornou ao assento com ar contrariado. O irmão, contudo, juntara-se a nós e saímos os quatro. Contornamos o gramado até a janela do jovem diplomata. Viam-se, como ele dissera, marcas no canteiro, mas lamentavelmente borradas e imprecisas. Holmes curvou-se acima delas um instante, em seguida se levantou e encolheu os ombros.

— Creio que ninguém possa esclarecer grande coisa a partir disso. Vamos contornar a casa e ver por que o ladrão escolheu este aposento específico. Eu julgaria que aquelas janelas maiores das salas de estar e de jantar oferecessem muito mais atrações para ele.

— Só que são mais visíveis da estrada – sugeriu o Sr. Joseph Harrison.

— Ah, sim, decerto. Mas poderia ter tentado forçar esta porta aqui. Para que serve?

— É a entrada lateral de serviço. Claro que fica trancada à noite.

— Vocês tiveram antes alguma tentativa de assalto semelhante?

— Nunca – disse nosso cliente.

— Guardam prataria em casa ou algo que atraia ladrões?

— Nada de valor.

Holmes passeou ao redor da casa com as mãos nos bolsos e um ar negligente fora do comum.

— Aliás – disse ele a Joseph Harrison –, soube que encontrou um lugar onde o sujeito transpôs a cerca. Vamos dar uma olhada lá.

O jovem gorducho levou-nos a um local onde se partira a ponta de uma das ripas da cerca, de onde pendia um pequeno fragmento de madeira. Holmes arrancou-o e examinou-o com um ar crítico.

— Acredita que se fez isto ontem à noite? Parece meio antigo, não?

— Bem, é possível que sim.

— Não se veem marcas de que alguém saltou no outro lado. Não, imagino que não vamos obter ajuda aqui. Voltemos ao quarto e examinemos minuciosamente a questão.

Percy Phelps caminhava muito devagar, apoiado no braço do futuro cunhado. Holmes atravessou veloz o gramado a ponto de chegarmos à janela aberta do quarto muito antes dos demais.

— Srta. Harrison – disse Holmes com uma atitude de extrema intensidade –, precisa permanecer onde está o dia todo. É da máxima importância que não deixe nada impedi-la de continuar aí, em momento algum.

— Com certeza, se o deseja, Sr. Holmes – disse a moça, espantada.
— Quando for para a cama, tranque a porta deste quarto pelo lado de fora e guarde a chave. Prometa fazê-lo.
— Mas e Percy?
— Irá conosco para Londres.
— E tenho de permanecer aqui?
— Pelo bem dele. Pode ajudá-lo. Rápido! Prometa!

Ela fez um rápido assentimento com a cabeça no instante em que os dois outros chegavam.

— Por que se enclausura aí com esse ar infeliz, Annie? – gritou o irmão. – Venha aproveitar o dia ensolarado aqui fora.
— Não, obrigada, Joseph. Estou com uma leve dor de cabeça, e este quarto é deliciosamente fresco e calmante!
— Que propõe agora, Sr. Holmes? – perguntou nosso cliente.
— Bem, que ao investigar esse incidente menor não percamos de vista nossa principal pesquisa. Seria de grande ajuda para mim se você pudesse nos acompanhar a Londres.
— Agora?
— Bem, logo que lhe possa ser conveniente. Digamos em uma hora.
— Sinto-me suficientemente forte, se puder de fato ser de alguma ajuda.
— A maior possível.
— Gostaria, talvez, que eu pernoitasse lá?
— Eu ia propor isso mesmo.
— Então, se meu amigo noturno vier me fazer uma nova visita, descobrirá que o pássaro fugiu. Estamos todos em suas mãos, Sr. Holmes, e o senhor precisa dizer-nos exatamente o que gostaria que fizéssemos. Será que prefere que Joseph venha conosco para tomar conta de mim?
— Ah, não, meu amigo. Você sabe que Watson é médico, e ele cuidará de você. Almoçaremos aqui, se nos permitir, e em seguida partiremos os três para a cidade.

Fez-se tudo conforme propôs Holmes, e a Srta. Harrison desculpou-se por não sair do quarto, de acordo com a sugestão dele. O objetivo das manobras de meu amigo escapava-me à compreensão, a não ser que fosse para manter a moça longe de Phelps, que, animado pela recuperação da saúde e com a perspectiva de ação, almoçou conosco na sala de jantar. Holmes tinha uma surpresa ainda mais maior para nós, contudo, pois após acompanhar-nos à estação e nos ver dentro do vagão, anunciou com toda calma que não tinha a menor intenção de deixar Woking.

— Gostaria de esclarecer um ou dois pequenos detalhes antes de ir – disse. – Sua ausência, Sr. Phelps, em alguns aspectos muito me ajudará. Watson, quando chegarem a Londres, você me faria um grande favor se tomasse um veículo direto para Baker Street com nosso amigo e ficasse com ele até eu chegar. Que sorte vocês serem velhos amigos de escola, e antigos colegas, pois devem ter muito que conversar. Acomode o Sr. Phelps no quarto de hóspedes esta noite, e estarei com vocês a tempo do desjejum, pois um trem me deixará em Waterloo às 8h.

— Mas e nossa investigação em Londres? – perguntou Phelps em um tom lastimoso.

— Podemos fazê-la amanhã. Acho que neste momento serei mais útil aqui.

— Por favor, avise-os em Briarbrae que espero voltar amanhã à noite – gritou Phelps, quando começamos a nos afastar da plataforma.

— Dificilmente espero voltar a Briarbrae – respondeu Holmes, acenando alegre para nós quando partimos a toda da estação.

Phelps e eu conversamos sobre o mistério durante a viagem, mas nenhum de nós conseguiu descobrir um motivo satisfatório para esse novo desdobramento.

— Suponho que ele queira descobrir alguma pista do arrombamento da noite passada, se é que foi mesmo o que ocorreu. Quanto a mim, não creio que seja um ladrão comum.

— Qual a sua ideia, então?

— Palavra de honra, talvez você o atribua aos meus nervos esfrangalhados, mas acho que me encontro no centro de uma profunda intriga política, e por algum motivo, que vai além de minha compreensão, minha vida constitui o alvo dos conspiradores. Parece bombástico e absurdo, mas pense nos fatos! Por que um ladrão tentaria irromper pela janela de um quarto onde não esperava roubar nada de valor, e por que com uma longa faca na mão?

— Tem certeza de que não era uma alavanca de metal para arrombamento?

— Ah, não, era uma faca. Vi bem nítido o brilho da lâmina.

— Mas por que diabos o perseguiriam com tanta animosidade?

— Ah, essa é a questão.

— Bem, se Holmes partilha da mesma opinião, isso lhe explicaria a atitude, não? Supondo que sua teoria esteja correta, se ele apanhar o homem que o ameaçou ontem à noite, não demorará muito para descobrir quem roubou o tratado naval. É absurdo imaginar que você tenha dois inimigos: um que o rouba, enquanto outro lhe ameaça a vida.

— Mas Holmes disse que não ia a Briarbrae.

— Conheço-o há algum tempo – falei –, mas nunca soube que fizesse alguma coisa sem um bom motivo. – E, com isso, nossa conversa desviou-se para outros tópicos.

Fora um dia fatigante para mim. Phelps continuava muito fraco, e seu infortúnio deixara-o ranzinza e nervoso. Em vão me esforcei por entretê-lo com o Afeganistão, a Índia, questões sociais, tudo enfim que lhe afastasse a mente do outro tópico. Contudo, ele sempre retornava ao tratado desaparecido, perguntava-se, supunha, especulava sobre o que Holmes fazia, que medidas tomara lorde Holdhurst, que notícias teríamos na manhã seguinte. Próximo ao anoitecer, sua excitação tornou-se muito penosa.

— Você tem absoluta fé em Holmes, não?

— Vi-o realizar alguns feitos admiráveis.

— Mas esclarecer uma questão tão insondável quanto essa?

— Ah, sim; vi-o resolver questões que apresentavam ainda menos pistas do que a sua.

— E que tinha tão grandes interesses em jogo?

— Não sei ao certo. Mas tenho pleno conhecimento de que trabalhou com êxito a pedido de três casas reais da Europa em assuntos muito vitais.

— Você o conhece bem, Watson. É um sujeito tão inescrutável que não sei bem se o compreendo. Acha que está esperançoso?

— Ele nada disse.

— É mau sinal.

— Ao contrário. Notei que, em geral, é quando se encontra fora da pista que ele o diz. Entretanto, é nos casos em que se encontra na pista, e ainda não tem absoluta certeza de que constitui a certa, que ele fica mais taciturno. Agora, meu caro colega, não é por ficarmos nervosos com a situação que vamos melhorá-la; por isso, permita-me implorar-lhe que nos deitemos e acordemos revigorados para seja o que for que o amanhã nos reserva.

Consegui afinal convencer meu companheiro a acatar meu conselho, embora eu não tivesse, a julgar por sua atitude de extrema excitação, muita esperança de sono para ele. De fato, aquele estado de ânimo contagiou-me, pois passei metade da noite em claro a debater-me na cama, e inventei uma centena de teorias, cada qual mais impossível do que a última. Por que Holmes permanecera em Woking? Por que pedira à Srta. Harrison para não sair do quarto do doente o dia inteiro? Por que tomara a precaução de não informar as pessoas de Briarbrae de que pretendia continuar na vizinhança? Quebrei a cabeça até adormecer no esforço de encontrar uma explicação que abrangesse todos esses fatos.

Eram 7h quando acordei e logo parti para o quarto de Phelps onde o encontrei emaciado e exausto após uma noite insone. Sua primeira pergunta foi se Holmes já chegara.

— Ele estará aqui como prometeu – respondi –; nem um instante antes, nem depois.

Não me enganei, pois logo depois das 8h um cabriolé de aluguel lançou-se até a porta e nosso amigo saltou. Parados diante da janela, vimos que tinha a mão esquerda enfaixada e o semblante muito sombrio e pálido. Entrou na casa, mas se passou algum tempo antes de subir.

— Parece um homem derrubado – disse Phelps.

Fui obrigado a confessar que ele tinha razão.

— Afinal – falei –, a pista do caso na certa está aqui na cidade.

Phelps deu um gemido.

— Não sei do que se trata, mas esperava tanto de seu retorno. Porém, não tinha a mão assim ontem. Qual pode ser o problema?

— Não se feriu, Holmes? – perguntei, quando meu amigo entrou no quarto.

— Esqueça, apenas um arranhão causado por minha própria falta de jeito – respondeu, ao desejar-nos um bom dia com um aceno de cabeça. – Este seu caso, Sr. Phelps, é sem dúvida um dos mais herméticos que já investiguei.

— Temi que o considerasse fora de sua competência.

— Foi uma experiência muitíssimo admirável.

— Essa atadura cheira a aventura – comentei. – Não vai nos contar que aconteceu?

— Depois do desjejum, meu caro Watson. Lembre-se de que respirei esta manhã quase cinquenta quilômetros do ar puro de Surrey. Suponho que não houve resposta ao meu anúncio sobre o cocheiro. Ora, ora, não posso esperar lavrar tentos sempre.

A mesa achava-se posta e, no momento em que eu ia tocar a sineta, a Sra. Hudson entrou com o chá e o café. Segundos depois, ela trouxe três travessas tampadas, e todos nos sentamos. Holmes, esfomeado; eu, curioso, e Phelps, no mais sombrio estado de depressão.

— A Sra. Hudson mostrou-se à altura da ocasião – disse Holmes, destapando uma travessa de galinha ao *curry*. – Sua culinária é um pouco limitada, mas tem uma ótima ideia do que constitui um desjejum, como escocesa. Que vai querer você, Watson?

— Presunto com ovos – respondi.

— Bom! E você, Phelps, galinha ao *curry*, ovos, ou prefere servir-se à vontade?

— Obrigado. Não posso comer nada.

— Ah! Que é isso! Prove o prato diante de si.

— Obrigado, eu prefiro não comer.

— Bem, então – disse Holmes com uma piscadela travessa. — Suponho que não faça objeções se eu lhe pedir que me sirva.

Phelps levantou a tampa e, ao fazê-lo proferiu um grito, com o rosto tão branco quanto a travessa da qual parecia não conseguir despregar os olhos. Atravessado no centro via-se um pequeno rolo de papel azul-acinzentado. Ele agarrou-o, devorou-o com os olhos, e em seguida pôs-se a dançar enlouquecido pela sala, apertava-o junto ao peito e gritava com a voz esganiçada de alegria. Depois desabou em uma poltrona, tão enfraquecido e exausto com tantas emoções que foi necessário despejar-lhe conhaque goela adentro para evitar que desmaiasse.

— Pronto! Pronto! – disse Holmes, ao acalmá-lo e dar-lhe leves tapinhas no ombro. Foi um pouco excessivo atirá-lo assim em você, mas Watson lhe explicará que não consigo resistir a um toque teatral.

Phelps agarrou-lhe a mão e beijou-a.

— Deus o abençoe! – gritou. – O senhor salvou minha honra.

— Bem, mas saiba que também arrisquei a minha – disse Holmes. – Garanto-lhe que me é detestável fracassar em um caso, como deve ser para você cometer um erro crasso em uma incumbência pela qual é responsável.

Phelps guardou o precioso documento no bolso interno do paletó.

— Não tenho coragem de interromper mais seu desjejum; no entanto, morro de curiosidade de saber como o obteve e onde estava.

Sherlock Holmes engoliu uma xícara de café, e desviou a atenção para o presunto com ovos. Em seguida, levantou-se, acendeu o cachimbo, e instalou-se em uma poltrona.

— Direi o que fiz primeiro e depois por que o fiz – disse. – Após deixá-los na estação, saí para um passeio encantador pelo admirável cenário de Surrey até um belo vilarejo chamado Ripley, onde tomei meu chá em uma hospedaria, e tive a precaução de encher meu frasco e levar um saco de sanduíches no bolso. Ali permaneci até o entardecer, quando percorri mais uma vez o caminho de volta a Woking, e me vi logo após o pôr do sol na estrada que margeia Briarbrae.

"Bem, esperei até não ver ninguém na rodovia... imagino que nunca seja muito frequentada... e em seguida transpus a cerca e saltei para o terreno."

— Decerto encontrou o portão aberto! – exclamou Phelps.

— Sim, mas tenho uma predileção maníaca nessas circunstâncias. Escolhi o lugar onde se erguem os três pinheiros e, protegido por esse anteparo, entrei na propriedade sem a menor chance de alguém na casa conseguir me ver. Agachei-me entre os arbustos no outro lado, e avancei de quatro de uma árvore à outra... o infame estado dos joelhos de minha calça é testemunha... até chegar ao grupo de rododendros bem diante da janela de seu aposento. Ali me sentei de cócoras e esperei os acontecimentos.

"Como ainda não se fechara a cortina, eu via a Srta. Harrison, que lia perto da mesa. Eram 22h15 quando ela fechou o livro, fechou as venezianas e se retirou.

Ouvi-a fechar a porta e senti-me muito seguro de que girara a chave na fechadura."

— A chave! – exclamou Phelps.

— Sim, eu dera instruções à Srta. Harrison para que trancasse a porta pelo lado de fora e levasse a chave consigo quando fosse se deitar. Cumpriu todas as minhas ordens ao pé da letra, e, com certeza, sem a cooperação dela, você não teria esse documento no bolso do paletó. Afastou-se em seguida, as luzes se apagaram, e continuei sentado à espera, na moita de rododendros.

"Embora fizesse uma linda noite, a vigília revelou-se exaustiva. Claro que me proporcionava o tipo de excitação que o caçador sente à margem de um córrego e espera a grande presa aparecer para saciar a sede. Mas foi uma longa espera, quase tão longa, Watson, quanto aquela em que você e eu ficamos naquela sala insuportável enquanto examinávamos o problema da "faixa malhada'. O relógio de uma igreja em Woking repicava os quartos de hora, e mais de uma vez acreditei que parara. Às 2h, afinal, ouvi de repente o ruído baixo de uma tramela ser empurrada para trás e o rangido de uma chave. Um momento depois, abriu-se a porta de serviço, e o Sr. Joseph Harrison surgiu ao sair para o luar."

— Joseph?! – exclamou Phelps.

— Vinha sem chapéu, mas com uma capa preta sobre os ombros que devia, imagino, permitir-lhe ocultar o rosto ao menor sinal de alerta. Esgueirou-se nas pontas dos pés à sombra do muro, e quando chegou à janela introduziu uma faca de lâmina comprida pelo caixilho e empurrou a tramela para trás. Em seguida, abriu a janela e, após enfiar a faca na fenda das venezianas, ergueu a barra de madeira e abriu-as.

"De onde me encontrava, eu tinha uma visão perfeita do interior do quarto e pude acompanhar todos os seus movimentos. Ele acendeu as duas velas em cima do consolo da lareira e em seguida levantou a ponta do tapete próxima à porta. Ali se ajoelhou e retirou um pedaço quadrado de parquete, como os que em geral se deixam soltos para permitir aos bombeiros alcançarem às juntas dos canos de gás. O parquete de fato cobria a conexão em T de onde saía o cano que abastece a cozinha embaixo. Desse esconderijo, Harrison retirou este pequeno rolo de papel, encaixou de novo o parquete no soalho, rearrumou o tapete, apagou as velas e pulou direto em meus braços, pois fiquei à sua espera diante da janela.

Bem, o Sr. Joseph mostrou mais crueldade do que eu julgara. Lançou-se sobre mim com a faca, tive de derrubá-lo e me engalfinhar com ele duas vezes, e cortei-me nos nós dos dedos antes de dominá-lo. Finda a luta, notei-lhe a expressão assassina transmitida por seu único olho em condições de ver, porém cedeu à razão e entregou-me os documentos. De posse deles, soltei-o, mas telegrafei a Forbes esta manhã e informei-o de todos os detalhes. Se for rápido o bastante para capturar seu pássaro, tanto melhor. Mas se, como sagazmente suspeito, encontrar o ninho vazio ao chegar lá, ora, muito melhor para o governo. Imagino que lorde Holdhurst e você, Percy Phelps, prefeririam que o caso não saia da alçada policial e nunca o apresentem perante um tribunal."

— Meu Deus! – arquejou nosso cliente. – O senhor acaba de me dizer que, durante esses quase três meses de agonia, os documentos roubados encontravam-se no quarto comigo o tempo todo?

— Isso mesmo.

— E Joseph! Joseph, um bandido e um ladrão!

— Hum! Receio que o caráter de Joseph seja muito mais secreto e perigoso do que se poderia julgar por sua aparência. Segundo o que me disseram a respeito dele esta manhã, concluí que perdeu uma enorme soma ao se meter com aplicações em ações na Bolsa, sem saber fazê-lo, e agora se dispõe a qualquer coisa para corrigir o erro. Como se trata de um indivíduo muito egoísta, quando se apresentou uma chance ele a agarrou, sem sequer levar em conta que ia comprometer a felicidade da irmã ou sua reputação, Phelps.

Percy Phelps tornou a afundar na cadeira.

— Sinto vertigens. Tudo o que contou me deixa atordoado – disse.

— A principal dificuldade em seu caso – observou Holmes naquela maneira didática – consistia no fato de haver demasiados indícios que chamaram atenção para circunstâncias sem importância e ocultaram as cruciais. De todos os fatos que se apresentaram a nós, tive de selecionar os que julguei essenciais e depois os agrupar em ordem, para refazer essa admirável cadeia de acontecimentos. Eu já começara a suspeitar de Joseph pelo fato de que você pretendera viajar com ele para casa naquela noite; por isso, era muito provável que ele o visitasse, pois conhecia bem o Ministério, no caminho. Quando nos informou que alguém tentara entrar em seu quarto de forma desesperada, no qual apenas Joseph poderia ter escondido algo, você nos relatou que o desalojara dali quando chegou com o médico; então, todas as minhas suspeitas se tornaram certezas, sobretudo quando se fez a tentativa na primeira noite em que a enfermeira estava ausente, o que mostrou como o intruso conhecia bem os hábitos da casa.

— Como pude ser tão cego!

— Os fatos do caso, como os elaborei, são os seguintes: Joseph Harrison entrou no escritório pela porta de Charles Street e, por conhecer o caminho, foi direto para sua sala no instante seguinte ao que você se ausentara. Como não encontrou ninguém, logo tocou a campainha, e assim que o fez viu o documento em cima da mesa. Uma olhada mostrou-lhe que o acaso pusera diante de si um documento de Estado, de imenso valor, e em um piscar de olhos enfiou-o no bolso e desapareceu. Passaram-se alguns minutos, como você se lembra, até o guarda sonolento chamar-lhe a atenção para a campainha, e esses bastaram para dar ao ladrão tempo de escapar.

"Ele partiu para Woking no primeiro trem, e após examinar seu butim e garantir-se de que tinha mesmo imenso valor, escondera-o em um lugar que julgou muito seguro, com a intenção de retirá-lo em um ou dois dias e levá-lo à embaixada francesa ou a qualquer lugar onde conseguisse um bom preço. Então ocorreu seu repentino retorno que, um minuto depois, o obrigou a ceder-lhe o quarto que dali em diante passou a ter pelo menos dois de vocês presentes para impedi-lo de recuperar o tesouro. A situação para ele deve ter sido enlouquecedora. Na noite em que você dispensou a enfermeira, Joseph acreditou que chegara sua chance. Tentou roubá-lo, mas sua insônia o frustrou. Lembra-se de que naquela noite não tomou sua poção habitual para dormir?"

— Lembro-me.

— Imagino que ele tenha tomado medidas para tornar a poção eficaz, e confiava em encontrá-lo inconsciente. Obviamente me dei conta de que ele repetiria a tentativa, assim que pudesse fazê-lo com segurança. O fato de deixar o quarto proporcionou-lhe a chance que precisava. Mantive a Srta. Harrison ali dentro o dia todo para que o irmão não se antecipasse a nós. Em seguida, após fazê-lo acreditar que não existia mais perigo, fiquei de vigia como descrevi. Eu já sabia que ele decerto escondera o documento no quarto, mas não tinha o menor desejo de arrancar todos os parquetes e rodapé à procura deles. Portanto, deixei que ele o pegasse do esconderijo, e assim me poupei de uma infinidade de transtornos. Posso esclarecer mais algum detalhe?

— Por que Harrison tentou a janela na primeira ocasião – perguntei – quando podia ter entrado pela porta?

— Para chegar à porta ele teria de passar por sete quartos. Por outro lado, ele poderia sair depois para o gramado com muito mais facilidade. Mais alguma coisa?

— Não pensa então – perguntou Phelps – que ele tinha alguma intenção assassina? A faca serviu apenas como uma ferramenta.

— É possível – respondeu Holmes e encolheu os ombros. – Só posso dizer com certeza que o Sr. Joseph Harrison é um cavalheiro em cuja misericórdia eu não confiaria por nada neste mundo.

Aventura XI
O problema final

É com profundo pesar que pego a pena para escrever estas últimas palavras em que registrarei os dons excepcionais pelos quais se sobressaiu meu amigo Sherlock Holmes. De uma forma incoerente e, como agora o sinto em profundidade, inteiramente inadequada, esforcei-me por escrever o relato de minhas estranhas experiências em sua companhia desde o acaso que nos reuniu no período de "Um estudo em vermelho" até a época de sua intervenção na questão d' "O tratado naval", uma intervenção que teve o inquestionável desfecho de evitar uma séria complicação internacional. Era minha intenção tê-lo encerrado aí, e nada dizer do acontecimento que criou um vazio em minha vida e que o decorrer de dois anos pouco fez para preencher. As recentes cartas, porém, em que o Coronel James Moriarty defende a memória de seu irmão obrigaram-me a continuar o relato, e não me restou outra opção além de expor ao público os fatos com a exatidão como ocorreram. Apenas eu conheço toda a verdade da questão, e alegra-me ter chegado o momento em que nada justificaria meu silêncio. Pelo que sei, publicaram-se apenas três artigos na imprensa: o do *Journal de Genève*, em 6 de maio de1891; a notícia enviada em 7 de maio pela Reuter aos jornais ingleses e, por último, as recentes cartas às quais me referi acima. Dessas, condensaram-se extremamente a primeira e a segunda, enquanto a última, como mostrarei agora, constitui uma total distorção dos fatos. Encarrego-me de contar pela primeira vez o que de fato aconteceu entre o professor Moriarty e o Sr. Sherlock Holmes.

Talvez valha a pena lembrar que, após meu casamento e posterior início na clínica médica particular, as relações muito íntimas que haviam existido entre mim e Holmes em certa medida se modificaram. Ele continuava a me procurar de tempos em tempos quando desejava a ajuda de um companheiro em suas investigações, porém essas ocasiões tornaram-se cada vez mais raras, até eu constatar que, do ano de 1890, conservo as anotações de apenas três casos. Durante o inverno daquele ano e o início da primavera de 1891, li nos jornais que o governo francês o contratara para uma questão de extrema importância, e recebi dois bilhetes de Holmes, de Narbonne e Nimes, com base nos quais concluí que sua estada na França seria longa. Foi com certa surpresa, em consequência, que o vi entrar em meu consultório na noite de 24 de abril. Tive a impressão de que parecia mais pálido e magro do que de hábito.

— Sim, andei muito relaxado com minha saúde – observou ele, mais em resposta ao meu olhar do que às palavras. – Tenho vivido sob muita pressão nos últimos tempos. Incomoda-o se eu fechar as venezianas?

A única luz da sala vinha do lampião na mesa à qual eu estivera lendo. Holmes dirigiu-se devagar até a parede até a janela, fechou as venezianas e trancou-as.

— Receia alguma coisa? – perguntei.
— Receio, sim.
— O quê?
— Armas aéreas.
— Meu caro Holmes, o que quer dizer?
— Creio que me conhece bem demais, Watson, para saber que não sou de modo nenhum um homem nervoso. Ao mesmo tempo, é mais estupidez do que coragem recusar-se a reconhecer que o perigo se fecha à sua volta. Poderia pedir-lhe um fósforo? – Sorveu a fumaça do cachimbo como se agradecido pelo efeito calmante do tabaco. – Preciso desculpar-me por visitá-lo tão tarde – disse – e lhe pedir, além disso, que seja tão pouco convencional para permitir que eu saia de sua casa daqui a pouco escalando o muro de seu quintal.

— Mas que significa tudo isso?

Estendeu a mão e vi à luz do lampião que dois nós dos dedos feridos sangravam.

— Vê que não tem nada de aéreo – disse com um sorriso.
– Ao contrário, é sólido o bastante para me quebrar a mão. A Sra. Watson encontra-se em casa?

— Não, no campo para fazer uma visita.
— Estupendo! Está sozinho?
— Totalmente.
— Então isso me facilita propor-lhe que venha comigo ao continente por uma semana.
— Onde?
— Ah, a qualquer lugar. Para mim, dá no mesmo.

Notei algo de muito estranho em toda essa história. Não era da natureza de Holmes sair de férias sem objetivo, e algo no rosto pálido e extenuado revelou-me o estado de grande tensão nervosa em que se encontrava.

Ele viu a pergunta em meus olhos e, após juntar as pontas dos dedos e apoiar os cotovelos na mesa, explicou a situação.

— Por acaso, você já ouviu falar do professor Moriarty?
— Nunca.
— Sim, aí está o gênio e o prodígio da coisa! – exclamou.
– O homem se infiltra em Londres, e ninguém ouviu falar nele. Isso é o que o põe no pináculo dos registros do crime. Digo-lhe, Watson, com toda a seriedade que, se eu pudesse derrotar esse homem, se conseguisse livrar a sociedade dele, sentiria que minha própria carreira alcançara o apogeu e ficaria pronto para seguir um rumo mais tranquilo na vida. Cá entre nós, os casos recentes, nos quais ajudei a família real da Escandinávia e a França, deixaram-me em tal situação que eu poderia continuar a viver da maneira tranquila que me é mais compatível e concentrar a atenção em minhas pesquisas químicas. Mas eu não conseguiria descansar, Watson, nem me sentar em paz na cadeira, se eu soubesse que um homem como o professor Moriarty continua a percorrer as ruas de Londres, impune.

— O que foi que ele fez, então?
— Teve uma trajetória extraordinária. Trata-se de um homem de boa família e excelente educação, dotado pela natureza de uma fenomenal aptidão matemática. Aos 21 anos, escreveu um tratado sobre o teorema binomial que causou sensação na Europa e rendeu-lhe uma cátedra de matemática em uma de nossas pequenas universidades, e tudo levava a crer que tinha uma carreira muito brilhante diante de si. Mas o

homem também tem tendências hereditárias da mais diabólica espécie. Um veio criminoso flui-lhe no sangue, o qual, em vez de atenuar-se, intensificou-se e tornou-se infinitamente mais perigoso por seus extraordinários poderes mentais. Rumores sinistros gravitavam em torno dele na cidade universitária, e acabaram por obrigá-lo a demitir-se da cátedra e vir para Londres, onde se estabeleceu como instrutor do exército. O mundo conhece esse tanto, mas o que irei contar-lhe agora consiste no que descobri sozinho.

"Como você não ignora, Watson, ninguém conhece tão bem quanto eu o mundo da mais alta criminalidade de Londres. Há anos tenho me conscientizado continuamente de certo talento por trás do malfeitor, algum profundo poder de organização que sempre se interpõe no caminho dos representantes da lei e serve de escudo para os criminosos. Repetidas vezes, em casos dos mais variados tipos, falsificações, roubos, assassinatos, o tempo todo eu senti a presença dessa força e deduzi sua ação em muitos crimes não desvendados nos quais não me solicitaram a participação como consultor. Durante anos, esforcei-me por desenredar o véu que os encobria, e afinal chegou o momento em que me apoderei do fio e segui-o até me levar, após milhares de meandros astuciosos, ao ex-professor Moriarty, a celebridade matemática.

Ele é o Napoleão do crime, Watson. Organizador de metade do que existe de mal e de quase tudo não desvendado nesta grande cidade. Um gênio, um filósofo, um pensador abstrato. Tem um cérebro de primeira ordem. Fica imóvel como uma aranha no centro da teia, mas essa teia tem milhares de radiações, e ele conhece muito bem toda vibração de cada uma delas. Moriarty pouco faz, apenas planeja. Contudo, tem numerosos agentes esplendidamente organizados. Se há um crime a cometer, um documento a roubar, uma casa a assaltar ou um homem a eliminar, transmite-se a palavra ao professor, que se organiza e empreende a ação. O agente pode ser preso. Nesse caso, encontra-se o dinheiro para pagar-lhe a fiança ou a defesa. Mas nunca se captura o poder central que emprega o agente, do qual não se tem sequer uma suspeita. Essa é a organização que deduzi, Watson, e à qual dediquei toda a minha energia para denunciar e desagregar.

Contudo, o professor cercou-se de salvaguardas elaboradas de maneira tão astuciosa que, por mais que eu fizesse, parecia impossível obter provas que o condenassem em um tribunal de justiça. Você conhece meus dons, caro Watson, e, no entanto, depois de três meses, fui obrigado a confessar que afinal encontrara um adversário que, no plano intelectual, equiparava-se a mim. O horror por seus crimes se desfez na admiração que tenho por sua competência. Mas, enfim, Moriarty acabou por cometer um deslize, muito pequeno, contudo maior do que podia permitir-se, quando eu me encontrava tão perto dele. Surgiu então minha chance, e, a partir desse ponto, teci minha rede ao seu redor até deixá-la agora pronta para ser fechada. Em três dias, isto é, na próxima segunda-feira, a questão terá amadurecido, e o professor, com todos os principais membros de sua quadrilha, será capturado pela polícia. Depois se seguirá o maior julgamento criminal do século, o esclarecimento de mais de quarenta mistérios, e a corda para todos eles; mas, se realizarmos uma única ação prematura, entenda, esses homens talvez escapem de nossas mãos, mesmo no último momento.

No entanto, se eu pudesse tê-lo feito sem o conhecimento do professor Moriarty, tudo teria terminado bem, mas ele se revelou astuto demais para isso. Percebeu todos os passos que dei para apanhá-lo em minha rede. Repetidas vezes tentou rompê-la, mas eu sempre o rechacei. Digo-lhe o seguinte, meu amigo: se alguém pudesse escrever um relato detalhado dessa luta silenciosa, ela ocuparia o lugar do mais brilhante trabalho de ataque e contra-ataque da história da investigação de crimes. Nunca me elevei a tal altura, e jamais sofri tão dura pressão de um adversário. Ele golpeia fundo, e, apesar disso, eu apenas o rebato. Tomaram-se as últimas medidas esta manhã, e bastavam apenas três dias para concluir o caso. Sentava-me em minha poltrona e pensava a fundo nisso, quando a porta se abriu e o professor Moriarty parou diante de mim.

Tenho nervos muito resistentes, Watson, mas preciso confessar que me sobressaltei ao ver o homem que por tanto tempo não me saía do pensamento parado no limiar da porta. Eu conhecia bem sua aparência. Muitíssimo alto e magro, a testa protuberante em uma curva branca e os olhos enterrados fundos no rosto. Bem barbeado, pálido, ar austero, conserva algo de professor no semblante, e os ombros curvados por causa de tanto estudo, o rosto projeta-se para frente e não para de oscilar de um lado a outro em um curioso movimento reptiliano. Espreitou-me com grande curiosidade nos olhos franzidos.

— Você tem menos desenvolvimento frontal do que eu esperava – disse afinal. – É um hábito perigoso tocar armas de fogo carregadas no bolso de um roupão.

O fato é que, quando ele entrou, eu reconhecera o extremo perigo pessoal em que me encontrava. A única fuga concebível para ele consistia em calar-me a boca. Em um piscar de olhos, eu pegara o revólver na gaveta e o enfiara no bolso, ocultando-o sob o tecido. Ao ouvir aquele comentário, tirei a arma e larguei-a engatilhada na mesa. Ele continuava a sorrir e piscar, mas algo em seus olhos fez com que me sentisse muito satisfeito por ter a arma ao alcance da mão.

— É evidente que não me conhece – disse.

— Ao contrário – respondi –, acho que é evidente que o conheço. Queira se sentar. Concedo-lhe cinco minutos se tem algo a dizer.

— Tudo o que tenho a dizer já lhe passou pela mente.

— Então é possível que minha resposta também tenha passado pela sua – respondi.

— Permanece irredutível em sua decisão?

— Com toda certeza.

Ele mergulhou a mão no bolso, e eu ergui a pistola da mesa. Mas o visitante apenas pegou uma agenda, na qual escrevera algumas linhas.

— Você se interpôs em meu caminho no dia 4 de janeiro – disse. – No dia 23, incomodou-me; em meados de fevereiro, prejudicou-me seriamente; em fins de março frustrou-me todos os planos; e agora, ao terminar o mês de abril, sua perseguição contínua deixou-me em uma situação que se torna cada vez mais possível de fazer-me correr verdadeiro perigo de perder a liberdade.

— Tem alguma sugestão a fazer? – perguntei.
— A de que deve desistir, Sr. Holmes! – respondeu. – Sabe que deve mesmo.
— Depois de segunda-feira – retruquei.
— Não diga nada, nada – disse ele, tentando calar-me. – Sei muito bem que um homem com sua inteligência entenderá que só pode haver um desfecho para este caso. É necessário que se retire, pois empreendeu ações de tal forma que só nos resta um recurso. Tem-me proporcionado verdadeiro prazer intelectual ver a garra com que se dedicou a este caso, e afirmo, com muita naturalidade, que me causaria pesar tomar quaisquer medidas extremas. Sorria, senhor, mas lhe garanto que de fato as tomarei.

— O perigo faz parte do meu ofício – observei.
— Não me refiro ao perigo – disse –, mas à inevitável destruição. O senhor não se deu conta, apesar de toda a sua inteligência, que se interpõe no caminho não só de um indivíduo, mas também de uma poderosa organização da qual desconhece o infinito limite de possibilidades. Deve se afastar, Holmes; do contrário, será esmagado.

— Receio – respondi e levantei-me – que no prazer desta conversa eu negligencie um importante problema que me aguarda em outro lugar.

Moriarty também se levantou e encarou-me calado, enquanto balançava pesaroso a cabeça.

— Bem, bem – acabou por dizer. – Parece lamentável, mas fiz o que pude. Conheço cada lance de seu jogo. Nada pode fazer até segunda-feira. Tem sido um duelo entre mim e você, Sr. Holmes. Espera levar-me ao banco dos réus, mas lhe garanto que jamais me verá lá. Também espera vencer-me. Afirmo-lhe que nunca o fará. Se for inteligente o bastante para causar-me a destruição, assegure-se de que lhe causarei o mesmo.

— O senhor me fez vários elogios, Sr. Moriarty – falei. – Permita-me lhe retribuir um, ao dizer que se eu tivesse certeza da primeira ocorrência, aceitaria de bom grado, pelo bem do público, a última.

— Posso prometer-lhe a primeira, mas não a outra – ele rosnou, deu-me as costas curvadas e saiu da sala, a me encarar e espreitar."

— Assim se passou meu estranho encontro com o professor Moriarty, Watson, e confesso que me deixou uma impressão desagradável na mente. Desprendera-se daquele modo de expressar-se baixo e preciso que me transmitiu uma convicção de sinceridade que um simples bandido poderia manifestar. Claro que você se perguntará por que não tomei precauções policiais contra ele? O motivo é que fiquei convencido de que é um de seus agentes que desferirá o golpe. Tenho provas cabais para achar que será assim.

— Já foi atacado?

— Meu caro Watson, o professor Moriarty não é homem que perde tempo. Saí por volta do meio-dia para resolver uns negócios em Oxford Street. Quando virei na esquina de Bentinck Street e ia atravessar para Weibeck Street, uma carroça de mudança atrelada a dois cavalos impelidos com fúria contornou-a com um zunido em minha direção e veio para cima de mim como um raio. Saltei a tempo para a calçada e salvei-me por uma fração de segundo. O veículo precipitou-se a toda ao virar na esquina de Marylebone Lane e logo desapareceu. Mantive-me sempre na calçada depois disso, Watson, mas, ao seguir por Vere Street, um tijolo desabou do telhado de uma casa e despedaçou-se junto aos meus pés. Chamei a polícia e mandei examinar o local. Encontraram pedras e tijolos empilhados no telhado destinados a reparos, e quiseram fazer-me acreditar que fora o vento que o derrubara. Decerto eu sabia das coisas, mas nada podia provar. Tomei em seguida uma charrete de aluguel e fui para a casa de meu irmão em Pall Mall, onde passei o dia. Há pouco, saí para vir aqui, e no caminho fui atacado por um brutamontes com um porrete. Derrubei-o, e a polícia o prendeu, mas posso lhe dizer com absoluta convicção que eles jamais conseguirão estabelecer qualquer ligação entre o cavalheiro em cujos dentes da frente feri os nós de meus dedos e o professor de matemática aposentado que no momento, ouso dizer, resolve problemas em um quadro-negro, a muitos quilômetros de distância. Não se espantará mais, Watson, por meu primeiro ato ao chegar aqui ter sido fechar as venezianas e pedir-lhe que me deixasse sair de sua casa por um lugar menos conspícuo do que a porta da frente.

Muitas vezes eu admirara a coragem de meu amigo, mas nunca tanto como naquela noite em que, após se sentar tranquilo, relatou-me uma série de incidentes que se haviam reunido para proporcionar-lhe um dia de horror.

— Vai passar a noite aqui, Holmes? – perguntei.

— Não, meu amigo, talvez me considere um hóspede perigoso. Tenho meus planos traçados, e tudo ficará bem. No ponto a que chegaram, os problemas agora podem avançar sem minha ajuda, pelo menos até a prisão do bando, embora minha presença seja necessária para a condenação. Por isso, parece-me óbvio que o melhor a fazer é ausentar-me durante os poucos dias que restam até a polícia ter liberdade para agir. Seria uma grande alegria para mim, portanto, se você pudesse ir comigo ao continente.

— Minha clientela anda tranquila – falei –, e tenho um vizinho que me substitui de bom grado. Será um prazer acompanhá-lo.

— E partir amanhã de manhã?

— Se necessário.

—Ah, sim, muito necessário. Aqui tem suas instruções, e rogo-lhe, meu caro Watson, que as siga ao pé da letra, pois agora você é meu parceiro em um jogo de dupla contra o mais astucioso bandido e a mais poderosa organização de criminosos da Europa. Agora, preste atenção! Despache para a estação Victoria a bagagem que pretende levar, não endereçada, por um mensageiro de confiança. De manhã, mande seu empregado chamar um cabriolé de aluguel, diga-lhe que não aceite nem o primeiro nem o segundo que possa se apresentar. Salte nesse veículo e dirija-se à esquina do Strand com Lowther Arcade, após entregar o endereço ao cocheiro em uma tira de papel, com a solicitação de que ele não a jogue fora. Leve a passagem na mão e, assim que o cabriolé parar, percorra rapidamente a Arcade para chegar ao outro lado às 9h15. Encontrará junto ao meio-fio uma sege pequena e fechada, conduzida por um sujeito com uma pesada capa preta rematada por uma gola vermelha. Entre nesse carro, e chegará a Victoria a tempo de tomar o expresso continental.

— Onde me encontrarei com você?

— Na estação. Reservei o segundo vagão de primeira classe, a contar da frente para nós.

— O vagão é nosso ponto de encontro, então?

— Sim.

Foi em vão que pedi a Holmes que pernoitasse comigo. Tive certeza de que ele achou que talvez atraísse problemas ao teto sob o qual se encontrava; daí o motivo que o impelia a ir embora. Com algumas palavras apressadas quanto aos nossos planos para o dia seguinte, levantou-se e saiu comigo para o jardim, transpôs o muro que dá para Mortimer Street e assobiou para um carro de aluguel, no qual o ouvi afastar-se.

Na manhã seguinte, obedeci ao pé da letra as instruções de Holmes. Enviei meu empregado para procurar um cabriolé com todas as precauções necessárias para certificar-se de que não escolhesse um já pronto para nós, e parti logo depois do desjejum para Lowther Arcade, que percorri a toda velocidade. Uma sege esperava-me com um corpulento cocheiro envolto em uma capa preta, que, tão logo entrei, chicoteou o cavalo e saiu a sacolejar para a estação Victoria. Assim que saltei, ele deu meia-volta e precipitou-se de novo sem sequer um olhar em minha direção.

Até então tudo saíra de forma admirável. Encontrei minha bagagem à espera e não tive a menor dificuldade para localizar o vagão que Holmes indicara, menos ainda por ser o único do trem que exibia a tabuleta de "Reservado". Meu único motivo de preocupação agora se devia ao não aparecimento de Holmes. Sete minutos apenas, segundo o relógio da estação, separavam-nos da hora marcada para a partida do trem. Em vão eu procurava, entre os grupos de viajantes e os que se despediam, a silhueta esguia de meu amigo. Nenhum sinal dele. Levei alguns minutos vendo um venerável padre italiano, que se esforçava em um inglês péssimo, dizer a um carregador que sua bagagem devia ser enviada para Paris. Em seguida, após lançar outro olhar em volta, retornei ao compartimento, onde descobri que o carregador, apesar da tabuleta de "Reservado", dera-me como companheiro de viagem o decrépito amigo italiano. Foi inútil eu tentar explicar-lhe que sua presença era uma invasão, pois meu italiano era ainda mais limitado que o inglês dele; por isso, encolhi resignado os ombros e continuei a procurar meu amigo ansiosamente pela janela. Um calafrio de pavor percorreu-me, ao pensar que sua ausência talvez significasse que sofrera algum golpe durante a noite. Já se haviam fechado as portas e soprado o apito, quando...

— Meu caro Watson – disse uma voz –, você não se dignou sequer a me desejar bom dia.

Virei-me em incontrolável estupefação. O idoso eclesiástico desviara o rosto para mim. Em um instante, as rugas se alisaram, o nariz se afastou do queixo, o lábio inferior perdeu a protuberância, a boca, as contrações repetidas, os olhos baços recuperaram seu fulgor, a compleição encurvada empertigou-se. Em seguida, toda a simulação desapareceu, e Holmes ressurgiu com a mesma rapidez com que desaparecera.

— Santo Deus! – exclamei. – Você me deu um imenso susto!

— Todas as precauções continuam indispensáveis – sussurrou. – Tenho motivos para achar que eles estão em nosso encalço. Ah, ali está o próprio Moriarty.

O trem já começara a se locomover quando Holmes falou. Olhei para trás e vi um homem alto que, com violência, abria caminho pela multidão e acenava a mão como se desejasse mandar o trem parar. Tarde demais, contudo, porque logo ganhara impulso e um instante depois zarpara da estação.

— Com todas as nossas precauções, você vê que escapamos na hora H – disse Holmes, rindo.

Levantou-se e, após tirar a batina e o manto preto que lhe haviam formado o disfarce, guardou-os em uma valise.

— Viu o jornal da manhã, Watson?
— Não.

— Não soube do que aconteceu em Baker Street, então?
— Baker Street?
— Atearam fogo em nossos aposentos ontem à noite.
— Santo Deus, Holmes! Mas isso é intolerável.
— Devem ter perdido toda pista de mim depois da prisão do homem com o porrete. Do contrário, não teriam imaginado que eu retornara aos aposentos. Mas com certeza tomaram a precaução de vigiá-lo, e foi isso que trouxe Moriarty a Victoria. Não cometeu nenhum deslize na vinda?
— Fiz exatamente o que me aconselhou.
— Encontrou a sege?
— Sim, à minha espera.
— Reconheceu o cocheiro?
— Não.
— Era meu irmão Mycroft. É uma vantagem agir em um caso como esse sem ter de confiar em mercenários. Mas agora precisamos planejar o que devemos fazer em relação a Moriarty.
— Como se trata de um trem expresso que tem conexão direta com a barca, parece-me que nos livramos de vez dele.
— Meu caro Watson, é evidente que você não entendeu bem quando eu lhe disse que se pode considerar esse homem no mesmo nível intelectual que eu. Não imagina mesmo que, se fosse eu o perseguidor, permitiria que um obstáculo tão insignificante me aturdisse. Por que, então, você o menosprezaria?
— O que ele fará?
— O que eu faria?
— E o que faria você, então?
— Tomaria um trem especial.
— Mas deve ser tarde para isso.
— De modo nenhum. Esse para em Canterbury, e o barco sempre atrasa uns 15 minutos. Ele nos alcançará lá.
— Seria de pensar que somos nós os criminosos. Vamos mandar prendê-lo quando ele chegar.
— Isso arruinaria o trabalho de três meses. Pegaríamos o peixe grande, mas os menores escapariam à direita e à esquerda de nossa rede. Pegaremos todos na segunda-feira. Não, uma prisão é inadmissível.

— Que faremos então?
— Desembarcaremos em Canterbury.
— E depois?
— Bem, depois, é necessário fazer uma viagem pelos bosques, campos e trilhas do campo até Newhaven, e daí para Dieppe. Moriarty mais uma vez fará o que eu faria. Chegará a Paris, vai identificar o destino de nossa bagagem e esperar dois dias no terminal. Enquanto isso, vamos nos presentear com duas valises artesanais exclusivas, feitas de tapetes orientais; incentivaremos as fábricas das regiões pelas quais viajarmos e avançaremos ociosos para a Suíça, via Luxemburgo e Basileia.

Em Canterbury, portanto, descemos e constatamos que teríamos de esperar uma hora para tomar o trem que nos levaria a Newhaven.

Eu continuava a observar um tanto pesaroso o rápido desaparecimento do vagão de bagagens que continha meu guarda-roupa, quando Holmes me puxou a manga e apontou a linha férrea.

— Veja – falou.

Ao longe, da mata de Kentish, subia um fino borrifo de fumaça. Instantes depois, uma locomotiva com um único vagão deslizava pela curva aberta que leva à estação. Mal tivemos tempo de nos abaixar atrás de uma pilha de malas quando a máquina passou com um matraquear e um rugido, disparando em nosso rosto uma rajada de ar quente.

— Lá vai ele – disse Holmes, enquanto olhávamos a máquina girar e balançar acima dos trilhos.

— Veja que há limites para a inteligência de nosso amigo. Teria sido um golpe de mestre se ele houvesse reconstituído as deduções que eu faria e agisse em conformidade.

— E o que ele teria feito se nos houvesse alcançado?

— Não tenho a menor dúvida de que um ataque homicida contra mim. Esse, contudo, é um jogo do qual participam dois competidores. A questão agora é saber se devíamos almoçar aqui, embora seja um pouco cedo, ou se nos arriscamos a ficar esfomeados até chegar ao bufê de Newhaven.

Rumamos para Bruxelas naquela noite e lá passamos dois dias; no terceiro, seguimos viagem para Estrasburgo. Na manhã de segunda-feira, Holmes telegrafara à polícia de Londres, e à tarde encontramos uma resposta à nossa espera no hotel. Holmes abriu-o e, em seguida, com uma indignada praga, atirou-o na lareira.

— Eu devia ter suspeitado! – grunhiu. – Ele escapou!
— Moriarty?
— Detiveram a quadrilha inteira com exceção dele. Conseguiu passar-lhes a perna e fugiu. Claro que, quando deixei o país, não restou ninguém na Inglaterra para combatê-lo com êxito, mas de fato pensei que pusera a caça nas mãos da polícia. Acho que seria melhor você retornar para a Inglaterra, Watson.
— Por quê?
— Porque vai considerar-me um perigoso companheiro de viagem. A organização desse homem se desmantelou. Se ele voltar para Londres, não saberá mais o que fazer. E, se lhe interpretei bem o caráter, vai empregar toda a sua energia em vingar-se de mim. Ele o disse em nosso breve encontro, e imagino que falava a sério. Sem a menor dúvida, é meu dever recomendar-lhe que volte para sua clínica.

Revelou-se um apelo que dificilmente seria bem-sucedido vindo de alguém que, além de um antigo veterano, era um velho amigo. Sentados no restaurante de nosso hotel em Estrasburgo, debatemos a questão durante meia hora, mas na mesma noite retomamos nossa viagem rumo a Genebra.

Durante uma encantadora semana, passeamos pelo vale do Ródano e, em seguida, após tomar a bifurcação em Leuk, transpusemos o desfiladeiro Gemmi, ainda mergulhado sob a neve, para chegar, por Interlaken, a Meiringen. Que adorável viagem, o belo verdor da primavera abaixo, o prístino branco do inverno acima! Mas eu via muito bem que Holmes nem por um instante esquecia a sombra estendida diante de si. Nas rústicas aldeias alpinas, conto nos solitários desfiladeiros da cadeia de montanhas, dei-me conta de que pelos seus olhares furtivos e pela intensa observação de cada rosto que passava por nós, ele tinha absoluta convicção de que, em qualquer lugar onde estivéssemos, não nos afastávamos do perigo que nos seguia no encalço.

Uma vez, lembro, enquanto transpúnhamos o Gemmi e caminhávamos pelas margens do melancólico Daubensee, que uma grande rocha se desprendera da encosta à direita e desabara com estrondo no lago atrás de nós. Em um instante, Holmes precipitou-se penhasco acima e, após surgir em um elevado pináculo, esticou o pescoço para todos os lados. Em vão nosso guia tranquilizou-o de que um desabamento de pedras era uma ocorrência comum naquele lugar, na primavera. Ele nada disse, mas me sorriu com o ar de uma pessoa que vê a concretização do que previra.

No entanto, apesar de toda a sua vigilância, nunca se sentia deprimido. Ao contrário, não me lembro de jamais tê-lo visto tão animado. Repetidas vezes, recorria ao fato de que, se pudesse libertar a sociedade do professor Moriarty, aceitaria de bom grado a conclusão de sua carreira.

— Creio que posso até mesmo dizer, Watson, que não vivi de todo em vão – observou. – Mesmo se meu histórico terminasse esta noite, poderia examiná-lo com equanimidade. O ar de Londres é o mais doce para minha presença. Em mais de mil casos, sei que nunca usei meus dons em favor do mal. Nos últimos tempos, tenho sido tentado a estudar mais os problemas apresentados pela natureza do que outros mais superficiais pelos quais é responsável nosso estado artificial da sociedade. Suas memórias chegarão ao ponto final, Watson, no dia em que eu coroar minha carreira com a captura ou a eliminação do mais perigoso e competente criminoso da Europa.

Serei breve, mas exato, no pouco que me resta a dizer. Não é assunto no qual eu gostaria de me estender de bom grado, no entanto tenho consciência de que o dever me obriga a não omitir nenhum detalhe.

No dia 3 de maio, chegamos à pequena aldeia de Meiringen, onde nos hospedamos no Englischer Hof, então administrado por Peter Steiler, o pai. Nosso senhorio era um homem inteligente e falava excelente inglês, após ter trabalhado durante três anos no hotel Grosvenor em Londres. Por sua recomendação, saímos na tarde do dia 4 com a intenção de cruzar as montanhas e passar a noite no vilarejo de Rosenlaui. Ele nos recomendou em especial não passarmos próximo às cataratas de Reichenbach, a meio caminho montanha acima, sem fazer um pequeno desvio para visitá-las.

Trata-se de fato de um lugar que impõe temor. A torrente, avolumada pela neve derretida, mergulha em um tremendo abismo, do qual a ducha de água sobe em espiral como a fumaça de uma casa em chamas. O desfiladeiro pelo qual desaba o próprio rio é um imenso precipício, orlado por cintilantes rochas pretas como carvão, e estreita-se em um fosso cremoso, espumante, de incalculável profundidade, que transborda e dispara a corrente para sua margem irregular à frente. A longa imensidão de água verde que despenca em constante estrondo e a espessa cortina vibrante de esguicho que se eleva continuamente deixam a pessoa tonta com seu constante remoinho e clamor. Paramos perto da borda a contemplar o brilho da água que se precipita, muito abaixo de nós, de encontro às rochas negras, e a ouvir o grito semelhante ao de um ser humano que chega estrondoso com o esguicho do abismo.

A vereda forma um semicírculo ao redor da cachoeira e descortina uma visão completa, mas termina abruptamente e obriga o viajante a retornar por onde chegou. Havíamos dado meia-volta para fazê-lo, quando vimos um jovem suíço correr em nossa direção com uma carta na mão. Trazia a marca-d'água do hotel que acabáramos de deixar endereçada a mim pelo senhorio. Informara que uma senhora inglesa chegara pouco antes em estado final de tuberculose. Passara o inverno em Davos-Platz e ia viajar para se reunir aos amigos em Lucerna, quando sofreu uma hemorragia repentina. Acreditava que não tinha mais do que poucas horas de vida, mas lhe proporcionaria um grande alívio consultar um médico inglês, e se eu pudesse retornar etc. O bom Steiler garantia-me no pós-escrito que ele próprio encararia minha vinda como um grande favor pessoal, pois a senhora se recusara de forma categórica a ver um médico suíço, e isso só o fez sentir-se oprimido por enorme responsabilidade.

Eu não podia ignorar tal apelo. Era impossível recusar o pedido de uma conterrânea que agonizava em uma terra estrangeira, mas eu tinha escrúpulos quanto a deixar Holmes. Acertou-se, afinal, que ele ficaria com o mensageiro suíço como guia e acompanhante, enquanto eu retornava a Meiringen. Meu amigo permaneceria um pouco mais na cachoeira e depois subiria devagar a montanha para Rosenlaui, onde eu me reuniria a ele à noite. Ao me afastar, vi Holmes, de costas para uma rocha, os braços cruzados, a contemplar a precipitação das águas, embaixo. Quis o destino que essa fosse a última vez que eu o veria neste mundo.

Quando me aproximei do fim da descida, olhei para trás. Era impossível ver a cachoeira daquele lugar, mas vi o caminho ondulante que serpenteia e conduz ao topo da montanha. Ao longo desse caminho, lembro-me bem, um homem seguia muito rápido.

Vi-lhe a silhueta preta nitidamente delineada diante do verde atrás e a energia com que caminhava, mas a pressa de cumprir minha missão me fez tirá-lo da mente.

Deve ter passado pouco mais de uma hora até eu chegar a Meiringen e encontrar o velho Steiler em pé na varanda de seu pequeno hotel.

— Bem – disse eu ao entrar às pressas –, espero que ela não tenha piorado.

Uma expressão de surpresa cobriu-lhe o rosto enrugado, e, diante de seu primeiro erguer de sobrancelhas, senti o coração pesar-me como chumbo no peito.

— Não escreveu esta carta? – perguntei, ao tirá-la do bolso. — Não tem uma inglesa doente no hotel?

— Claro que não! – exclamou ele. – Mas traz a marca-d'água do hotel!

—Ah, deve ter sido escrita por aquele inglês alto que chegou logo depois de vocês saírem. Disse...

Não esperei as explicações do senhorio. Em um frêmito de terror, eu já corria pela rua da aldeia e pelo caminho acima do qual acabara de descer. Levara uma hora na descida, mas, apesar de todos os meus esforços, haviam-se passado mais de duas até tornar a ver-me na catarata de Reichenbach. Lá estava o bastão de alpinista de Holmes ainda apoiado na rocha perto da qual eu deixara meu amigo. No entanto, não havia nenhum sinal dele, e gritei em vão. Minha única resposta era minha própria voz, que reverberava em um eco ondulante dos rochedos ao redor.

A visão daquele bastão alpino deixou-me gelado e nauseado. Ele não fora para Rosenlaui, então. Permanecera naquela vereda de um metro, com uma muralha íngreme de um lado e o íngreme abismo do outro até o inimigo alcançá-lo. O jovem suíço também desaparecera. Na certa, fora pago por Moriarty, e deixara os dois homens juntos. E o que teria acontecido? Quem poderá algum dia dizer-nos o que aconteceu então?

Continuei imóvel por um ou dois minutos para restabelecer-me, pois o horror da coisa causou-me vertigem. Comecei então a pensar segundo os próprios métodos de Holmes e tentar aplicá-los na leitura dessa tragédia. Foi, ai de mim, fácil demais fazê-lo. Durante nossa conversa, não chegáramos ao fim do caminho, e o bastão alpino assinalava o lugar onde ficáramos. O esguicho de água mantém o terreno enegrecido sempre macio, e até um pássaro deixaria nele seu rastro. Duas linhas de pegadas destacavam-se nítidas ao longo da outra ponta do caminho, ambas se afastavam de mim. Dali não havia retorno. A poucos metros do fim do caminho, o terreno encontrava-se todo revolvido, e os galhos e as samambaias que orlavam o precipício, arrancados e desgrenhados. Inclinei o rosto e espreitei, com os esguichos de água atingindo-me em toda a volta. Escurecera desde que eu chegara, e agora eu só via aqui e ali o brilho da umidade nas encostas escuras, e muito abaixo o clarão da água que desabava. Gritei, mas o mesmo grito semelhante ao de um ser humano vindo da cachoeira chegou-me de volta aos ouvidos.

Quis o destino mais uma vez, porém, que eu recebesse apesar de tudo uma última palavra de saudação de meu amigo e camarada. Eu disse que o bastão ficara apoiado na rocha que se erguia no caminho. Do alto desse pedregulho o brilho de alguma coisa captou-me o olhar e, ao erguê-lo, descobri que vinha da cigarreira de prata que Holmes sempre levava no bolso. Quando a peguei, um pequeno quadrado de papel esvoaçou e caiu no chão. Ao desdobrá-lo, descobri que consistia em três páginas arrancadas de seu livrinho de anotações e destinadas a mim. Características do homem, exibiam a direção precisa e a caligrafia firme e clara, como se houvessem sido escritas em seu escritório.

Meu caro Watson [dizia], *escrevo-lhe estas poucas linhas graças à cortesia do Sr. Moriarty, que aguarda um instante para a discussão final daquelas questões que se interpõem entre nós. Fez-me um resumo dos métodos pelos quais evitou a polícia inglesa e manteve-se informado de nossos movimentos. Confirmam, sem a menor dúvida, a altíssima opinião que eu formara de sua capacidade. Alegra-me pensar que conseguirei livrar a sociedade de outros efeitos maléficos de sua presença, embora tema que seja à custa de algo que causará sofrimento aos meus amigos, e sobretudo a você, meu caro Watson. Já lhe expliquei, contudo, que minha carreira em todo caso entrara em crise, e que nenhuma outra conclusão possível poderia ser mais compatível para mim do que esta. Na verdade, se devo fazer-lhe uma confissão completa, convencera-me de que a carta de Meiringen era uma farsa, e deixei-o partir nessa incumbência com a certeza de que se seguiria semelhante acontecimento. Diga ao inspetor Patterson que os papéis de que ele necessita para condenar a quadrilha encontram-se no escaninho M dentro de um envelope azul e assinalado "Moriarty". Já cuidei de tudo o que se relaciona aos meus bens antes de partir da Inglaterra, e entreguei ao meu irmão, Mycroft. Rogo-lhe que transmita minhas saudações à Sra. Watson, e, acredite em mim, meu caro amigo, que nunca deixei de ser,*
Muito sinceramente seu,
Sherlock Holmes.

Algumas palavras talvez bastem para contar o pouco que resta. Um exame dos peritos deixa poucas dúvidas de que uma luta corpo a corpo entre os dois homens terminou, como dificilmente não terminaria em tal situação, na queda de ambos no abismo, trancados um nos braços do outro. Qualquer tentativa para a recuperação dos corpos seria impossível, e lá, no fundo daquele caldeirão de águas revoltas e espuma efervescente, jazerão para todo o sempre o mais perigoso criminoso e o principal defensor da lei da geração deles. Jamais se encontrou o jovem suíço, mas não resta dúvida de que era outro dos numerosos agentes que Moriarty empregava. Quanto à quadrilha, ficará para sempre na memória do público que as provas acumuladas por Holmes denunciaram a organização criminosa, e o peso com que a mão do morto se abateu sobre eles. De seu terrível chefe, poucos detalhes vieram à tona durante o processo; o fato de eu agora me sentir obrigado a fazer uma exposição clara de sua carreira deve-se a certos paladinos insensatos que se empenharam a apagar-lhe a memória com ataques àquele que sempre respeitarei como o melhor e o mais sábio homem que já conheci em toda a vida.

Apêndice

Complemento de Leitura

Sherlock Holmes foi diversas vezes levado ao cinema, ao teatro e a televisão, e muitos fãs ainda se dividem quanto à melhor representação do detetive. No entanto, é quase unânime que os atores Basil Rathbone e Jeremy Brett são os que melhor incorporaram o espírito de Sherlock. Enquanto Rathbone interpretou o personagem nos cinemas, nas décadas de 1930 e 1940, Brett fez o personagem num seriado da TV britânica, exibido entre 1980 e 1990. No entanto, Sherlock Holmes foi vivido por outros grandes nomes, como Michael Caine, Peter Cushing e, mais recentemente, Robert Downey Jr. Os estúdios Disney criaram dois personagens baseados no detetive: Shamrock Bones (no Brasil, Beroque Gomes) e Sir Lock Holmes. O primeiro, arguto e perspicaz, tal como Sherlock; o segundo, uma versão mais debochada e atrapalhada do detetive. Em meio a centenas de reproduções e adaptações do detetive criado por Sir Arthur Conan Doyle, destacam-se:

Cinema

***Sherlock Holmes Baffled* (1900)**
Diretor: Arthur Marvin.
Produção: EUA.
Duração: 30 segundos (aproximadamente).
Sinopse: A primeira adaptação levada às telas tem duração inferior a 1 minuto, e foi realizada ainda nos primórdios do cinema.

O Cão dos Baskervilles* (1939) – título original: *The Hound of Baskervilles
Diretor: Sidney Lanfield.

Elenco: Basil Rathbone.
Produção: EUA.
Duração: 80 minutos.
Sinopse: Dentre os tantos filmes em que Basil Rathbone interpretou Sherlock, esta é sua primeira aparição no papel do personagem (Rathbone viria a interpretar Sherlock Holmes em outros treze filmes) e, sem dúvida, uma das melhores

Esse louco me fascina **(1971)** – título original: *They Might be Giants*
Diretor: Anthony Harvey.
Elenco: George C. Scott; Joanne Woodward; Jack Gilford; Lester Rawlins.
Sinopse: O filme não é necessariamente sobre Sherlock Holmes, mas sobre alguém que acha que é Sherlock Holmes. Divertida comédia em que Justin, um juiz, convencido de que é o famoso detetive, deparará com a psicóloga Mildred Watson, a qual tentará ajudá-lo, e acabarão se envolvendo em inúmeras confusões.

Visões de Sherlock Holmes **(1976)** – título original: *The Seven-Per-Cent Solution*
Diretor: Herbert Ross.
Elenco: Alan Arkin; Vanessa Redgrave; Robert Duvall; Nicol Williamson; Laurence Olivier.
Produção: Reino Unido; EUA.
Duração: 113 minutos.
Sinopse: Sherlock Holmes é convencido pelo Dr. Watson a realizar um tratamento com ninguém menos que Sigmund Freud, quando este tentará auxiliar o detetive buscando desvendar os enigmas de sua mente. A ação transcorre enquanto Sherlock se envolve na solução de um caso de sequestro.

Sherlock Holmes **(2009)**
Diretor: Guy Ritchie.
Elenco: Robert Downey Jr.; Jude Law; Rachel McAdams; Mark Strong.
Produção: Reino Unido; EUA.

Duração: 128 minutos.
Sinopse: Uma das mais recentes adaptações de Sherlock Holmes levadas ao cinema e repleta de cenas de ação – e de situações inimaginadas pelo próprio Doyle – adicionadas ao humor e à dedução característicos do detetive

Indicação de leitura

As aventuras de Sherlock Holmes, 1892, de Sir Arthur Conan Doyle

Sobre a tradutora

Alda Porto é graduada em Comunicação Social e atua no ramo editorial desde 1984. Possui vasta experiência em traduções do inglês para o português e já trabalhou para mais de 20 editoras, entre elas, Record, Martins Fontes e Rocco, traduzindo desde Stephen King à Émile Zola. Além de *Memórias de Sherlock Holmes*, ela também assina as traduções de outras obras do famoso detetive: *Um estudo em vermelho* e *O cão dos Baskerville,* todas pela Editora Martin Claret.

O OBJETIVO, A FILOSOFIA E A MISSÃO DA EDITORA MARTIN CLARET

O principal objetivo da Martin Claret é contribuir para a difusão da educação e da cultura, por meio da democratização do livro, usando os canais de comercialização habituais, além de criar novos.

A filosofia de trabalho da Martin Claret consiste em produzir livros de qualidade a um preço acessível, para que possam ser apreciados pelo maior número possível de leitores.

A missão da Martin Claret é conscientizar e motivar as pessoas a desenvolver e utilizar o seu pleno potencial espiritual, mental, emocional e social.

O livro muda as pessoas. Revolucione-se: leia mais para ser mais!

MARTIN CLARET

Relação dos Volumes Publicados

1. Dom Casmurro
   Machado de Assis
2. O Príncipe
   Maquiavel
3. Mensagem
   Fernando Pessoa
4. O Lobo do Mar
   Jack London
5. A Arte da Prudência
   Baltasar Gracián
6. Iracema / Cinco Minutos
   José de Alencar
7. Inocência
   Visconde de Taunay
8. A Mulher de 30 Anos
   Honoré de Balzac
9. A Moreninha
   Joaquim Manuel de Macedo
10. A Escrava Isaura
    Bernardo Guimarães
11. As Viagens - "Il Milione"
    Marco Polo
12. O Retrato de Dorian Gray
    Oscar Wilde
13. A Volta ao Mundo em 80 Dias
    Júlio Verne
14. A Carne
    Júlio Ribeiro
15. Amor de Perdição
    Camilo Castelo Branco
16. Sonetos
    Luis de Camões
17. O Guarani
    José de Alencar
18. Memórias Póstumas de Brás Cubas
    Machado de Assis
19. Lira dos Vinte Anos
    Álvares de Azevedo
20. Apologia de Sócrates / Banquete
    Platão
21. A Metamorfose/Um Artista da Fome/Carta a Meu Pai
    Franz Kafka
22. Assim Falou Zaratustra
    Friedrich Nietzsche
23. Triste Fim de Policarpo Quaresma
    Lima Barreto
24. A Ilustre Casa de Ramires
    Eça de Queirós
25. Memórias de um Sargento de Milícias
    Manuel Antônio de Almeida
26. Robinson Crusoé
    Daniel Defoe
27. Espumas Flutuantes
    Castro Alves
28. O Ateneu
    Raul Pompeia
29. O Noviço / O Juiz de Paz da Roça / Quem Casa Quer Casa
    Martins Pena
30. A Relíquia
    Eça de Queirós
31. O Jogador
    Dostoiévski
32. Histórias Extraordinárias
    Edgar Allan Poe
33. Os Lusíadas
    Luis de Camões
34. As Aventuras de Tom Sawyer
    Mark Twain
35. Bola de Sebo e Outros Contos
    Guy de Maupassant
36. A República
    Platão
37. Elogio da Loucura
    Erasmo de Rotterdam
38. Caninos Brancos
    Jack London
39. Hamlet
    William Shakespeare
40. A Utopia
    Thomas More
41. O Processo
    Franz Kafka
42. O Médico e o Monstro
    Robert Louis Stevenson
43. Ecce Homo
    Friedrich Nietzsche
44. O Manifesto do Partido Comunista
    Marx e Engels
45. Discurso do Método / Regras para a Direção do Espírito
    René Descartes
46. Do Contrato Social
    Jean-Jacques Rousseau
47. A Luta pelo Direito
    Rudolf von Ihering
48. Dos Delitos e das Penas
    Cesare Beccaria
49. A Ética Protestante e o Espírito do Capitalismo
    Max Weber
50. O Anticristo
    Friedrich Nietzsche
51. Os Sofrimentos do Jovem Werther
    Goethe
52. As Flores do Mal
    Charles Baudelaire
53. Ética a Nicômaco
    Aristóteles
54. A Arte da Guerra
    Sun Tzu
55. Imitação de Cristo
    Tomás de Kempis
56. Cândido ou o Otimismo
    Voltaire
57. Rei Lear
    William Shakespeare
58. Frankenstein
    Mary Shelley
59. Quincas Borba
    Machado de Assis
60. Fedro
    Platão
61. Política
    Aristóteles
62. A Viuvinha / Encarnação
    José de Alencar
63. As Regras do Método Sociológico
    Émile Durkheim
64. O Cão dos Baskervilles
    Sir Arthur Conan Doyle
65. Contos Escolhidos
    Machado de Assis
66. Da Morte / Metafísica do Amor / Do Sofrimento do Mundo
    Arthur Schopenhauer
67. As Minas do Rei Salomão
    Henry Rider Haggard
68. Manuscritos Econômico-Filosóficos
    Karl Marx
69. Um Estudo em Vermelho
    Sir Arthur Conan Doyle
70. Meditações
    Marco Aurélio
71. A Vida das Abelhas
    Maurice Materlinck
72. O Cortiço
    Aluísio Azevedo
73. Senhora
    José de Alencar
74. Brás, Bexiga e Barra Funda / Laranja da China
    Antônio de Alcântara Machado
75. Eugênia Grandet
    Honoré de Balzac
76. Contos Gauchescos
    João Simões Lopes Neto
77. Esaú e Jacó
    Machado de Assis
78. O Desespero Humano
    Sören Kierkegaard
79. Dos Deveres
    Cícero
80. Ciência e Política
    Max Weber
81. Satíricon
    Petrônio
82. Eu e Outras Poesias
    Augusto dos Anjos
83. Farsa de Inês Pereira / Auto da Barca do Inferno / Auto da Alma
    Gil Vicente
84. A Desobediência Civil e Outros Escritos
    Henry David Toreau
85. Para Além do Bem e do Mal
    Friedrich Nietzsche
86. A Ilha do Tesouro
    R. Louis Stevenson
87. Marília de Dirceu
    Tomás A. Gonzaga
88. As Aventuras de Pinóquio
    Carlo Collodi
89. Segundo Tratado Sobre o Governo
    John Locke
90. Amor de Salvação
    Camilo Castelo Branco
91. Broquéis/Faróis/ Últimos Sonetos
    Cruz e Souza
92. I-Juca-Pirama / Os Timbiras / Outros Poemas
    Gonçalves Dias
93. Romeu e Julieta
    William Shakespeare
94. A Capital Federal
    Arthur Azevedo
95. Diário de um Sedutor
    Sören Kierkegaard
96. Carta de Pero Vaz de Caminha a El-Rei Sobre o Achamento do Brasil
97. Casa de Pensão
    Aluísio Azevedo
98. Macbeth
    William Shakespeare

99. Édipo Rei/Antígona
    Sófocles
100. Lucíola
    José de Alencar
101. As Aventuras de Sherlock Holmes
    Sir Arthur Conan Doyle
102. Bom-Crioulo
    Adolfo Caminha
103. Helena
    Machado de Assis
104. Poemas Satíricos
    Gregório de Matos
105. Escritos Políticos / A Arte da Guerra
    Maquiavel
106. Ubirajara
    José de Alencar
107. Diva
    José de Alencar
108. Eurico, o Presbítero
    Alexandre Herculano
109. Os Melhores Contos
    Lima Barreto
110. A Luneta Mágica
    Joaquim Manuel de Macedo
111. Fundamentação da Metafísica dos Costumes e Outros Escritos
    Immanuel Kant
112. O Príncipe e o Mendigo
    Mark Twain
113. O Domínio de Si Mesmo Pela Auto-Sugestão Consciente
    Emile Coué
114. O Mulato
    Aluisio Azevedo
115. Sonetos
    Florbela Espanca
116. Uma Estadia no Inferno / Poemas / Carta do Vidente
    Arthur Rimbaud
117. Várias Histórias
    Machado de Assis
118. Fédon
    Platão
119. Poesias
    Olavo Bilac
120. A Conduta para a Vida
    Ralph Waldo Emerson
121. O Livro Vermelho
    Mao Tsé-Tung
122. Oração aos Moços
    Rui Barbosa
123. Otelo, o Mouro de Veneza
    William Shakespeare
124. Ensaios
    Ralph Waldo Emerson
125. De Profundis / Balada do Cárcere de Reading
    Oscar Wilde
126. Crítica da Razão Prática
    Immanuel Kant
127. A Arte de Amar
    Ovídio Naso
128. O Tartufo ou O Impostor
    Molière
129. Metamorfoses
    Ovídio Naso
130. A Gaia Ciência
    Friedrich Nietzsche
131. O Doente Imaginário
    Molière
132. Uma Lágrima de Mulher
    Aluisio Azevedo
133. O Último Adeus de Sherlock Holmes
    Sir Arthur Conan Doyle
134. Canudos - Diário de Uma Expedição
    Euclides da Cunha
135. A Doutrina de Buda
    Siddharta Gautama
136. Tao Te Ching
    Lao-Tsé
137. Da Monarquia / Vida Nova
    Dante Alighieri
138. A Brasileira de Prazins
    Camilo Castelo Branco
139. O Velho da Horta/Quem Tem Farelos?/Auto da India
    Gil Vicente
140. O Seminarista
    Bernardo Guimarães
141. O Alienista / Casa Velha
    Machado de Assis
142. Sonetos
    Manuel du Bocage
143. O Mandarim
    Eça de Queirós
144. Noite na Taverna / Macário
    Alvares de Azevedo
145. Viagens na Minha Terra
    Almeida Garrett
146. Sermões Escolhidos
    Padre Antonio Vieira
147. Os Escravos
    Castro Alves
148. O Demônio Familiar
    José de Alencar
149. A Mandrágora / Belfagor, o Arquidiabo
    Maquiavel
150. O Homem
    Aluisio Azevedo
151. Arte Poética
    Aristóteles
152. A Megera Domada
    William Shakespeare
153. Alceste/Electra/Hipólito
    Eurípedes
154. O Sermão da Montanha
    Huberto Rohden
155. O Cabeleira
    Franklin Távora
156. Rubáiyát
    Omar Khayyám
157. Luzia-Homem
    Domingos Olimpio
158. A Cidade e as Serras
    Eça de Queirós
159. A Retirada da Laguna
    Visconde de Taunay
160. A Viagem ao Centro da Terra
    Júlio Verne
161. Caramuru
    Frei Santa Rita Durão
162. Clara dos Anjos
    Lima Barreto
163. Memorial de Aires
    Machado de Assis
164. Bhagavad Gita
    Krishna
165. O Profeta
    Khalil Gibran
166. Aforismos
    Hipócrates
167. Kama Sutra
    Vatsyayana
168. Histórias de Mowgli
    Rudyard Kipling
169. De Alma para Alma
    Huberto Rohden
170. Orações
    Cicero
171. Sabedoria das Parábolas
    Huberto Rohden
172. Salomé
    Oscar Wilde
173. Do Cidadão
    Thomas Hobbes
174. Porque Sofremos
    Huberto Rohden
175. Einstein: o Enigma do Universo
    Huberto Rohden
176. A Mensagem Viva do Cristo
    Huberto Rohden
177. Mahatma Gandhi
    Huberto Rohden
178. A Cidade do Sol
    Tommaso Campanella
179. Setas para o Infinito
    Huberto Rohden
180. A Voz do Silêncio
    Helena Blavatsky
181. Frei Luís de Sousa
    Almeida Garrett
182. Fábulas
    Esopo
183. Cântico de Natal/ Os Carrilhões
    Charles Dickens
184. Contos
    Eça de Queirós
185. O Pai Goriot
    Honoré de Balzac
186. Noites Brancas e Outras Histórias
    Dostoiévski
187. Minha Formação
    Joaquim Nabuco
188. Pragmatismo
    William James
189. Discursos Forenses
    Enrico Ferri
190. Medeia
    Eurípedes
191. Discursos de Acusação
    Enrico Ferri
192. A Ideologia Alemã
    Marx & Engels
193. Prometeu Acorrentado
    Esquilo
194. Iaiá Garcia
    Machado de Assis
195. Discursos no Instituto dos Advogados Brasileiros / Discurso no Colégio Anchieta
    Rui Barbosa
196. Édipo em Colono
    Sófocles
197. A Arte de Curar pelo Espírito
    Joel S. Goldsmith
198. Jesus, o Filho do Homem
    Khalil Gibran
199. Discurso sobre a Origem e os Fundamentos da Desigualdade entre os Homens
    Jean-Jacques Rousseau
200. Fábulas
    La Fontaine
201. O Sonho de uma Noite de Verão
    William Shakespeare

202. MAQUIAVEL, O PODER
    José Nivaldo Junior
203. RESSURREIÇÃO
    Machado de Assis
204. O CAMINHO DA FELICIDADE
    Huberto Rohden
205. A VELHICE DO PADRE ETERNO
    Guerra Junqueiro
206. O SERTANEJO
    José de Alencar
207. GITANJALI
    Rabindranath Tagore
208. SENSO COMUM
    Thomas Paine
209. CANAÃ
    Graça Aranha
210. O CAMINHO INFINITO
    Joel S. Goldsmith
211. PENSAMENTOS
    Epicuro
212. A LETRA ESCARLATE
    Nathaniel Hawthorne
213. AUTOBIOGRAFIA
    Benjamin Franklin
214. MEMÓRIAS DE
    SHERLOCK HOLMES
    Sir Arthur Conan Doyle
215. O DEVER DO ADVOGADO /
    POSSE DE DIREITOS PESSOAIS
    Rui Barbosa
216. O TRONCO DO IPÊ
    José de Alencar
217. O AMANTE DE LADY
    CHATTERLEY
    D. H. Lawrence
218. CONTOS AMAZÔNICOS
    Inglês de Souza
219. A TEMPESTADE
    William Shakespeare
220. ONDAS
    Euclides da Cunha
221. EDUCAÇÃO DO HOMEM
    INTEGRAL
    Huberto Rohden
222. NOVOS RUMOS PARA A
    EDUCAÇÃO
    Huberto Rohden
223. MULHERZINHAS
    Louise May Alcott
224. A MÃO E A LUVA
    Machado de Assis
225. A MORTE DE IVAN ILICHT
    / SENHORES E SERVOS
    Leon Tolstói
226. ÁLCOOIS E OUTROS POEMAS
    Apollinaire
227. PAIS E FILHOS
    Ivan Turguêniev
228. ALICE NO PAÍS DAS
    MARAVILHAS
    Lewis Carroll
229. À MARGEM DA HISTÓRIA
    Euclides da Cunha
230. VIAGEM AO BRASIL
    Hans Staden
231. O QUINTO EVANGELHO
    Tomé
232. LORDE JIM
    Joseph Conrad
233. CARTAS CHILENAS
    Tomás Antônio Gonzaga
234. ODES MODERNAS
    Anntero de Quental
235. DO CATIVEIRO BABILÔNICO
    DA IGREJA
    Martinho Lutero
236. O CORAÇÃO DAS TREVAS
    Joseph Conrad
237. THAIS
    Anatole France
238. ANDRÔMACA / FEDRA
    Racine
239. AS CATILINÁRIAS
    Cícero
240. RECORDAÇÕES DA CASA
    DOS MORTOS
    Dostoiévski
241. O MERCADOR DE VENEZA
    William Shakespeare
242. A FILHA DO CAPITÃO /
    A DAMA DE ESPADAS
    Aleksandr Púchkin
243. ORGULHO E PRECONCEITO
    Jane Austen
244. A VOLTA DO PARAFUSO
    Henry James
245. O GAÚCHO
    José de Alencar
246. TRISTÃO E ISOLDA
    Lenda Medieval Celta de Amor
247. POEMAS COMPLETOS DE
    ALBERTO CAEIRO
    Fernando Pessoa
248. MAIAKÓVSKI
    Vida e Poesia
249. SONETOS
    William Shakespeare
250. POESIA DE RICARDO REIS
    Fernando Pessoa
251. PAPÉIS AVULSOS
    Machado de Assis
252. CONTOS FLUMINENSES
    Machado de Assis
253. O BOBO
    Alexandre Herculano
254. A ORAÇÃO DA COROA
    Demóstenes
255. O CASTELO
    Franz Kafka
256. O TROVEJAR DO SILÊNCIO
    Joel S. Goldsmith
257. ALICE NA CASA DOS ESPELHOS
    Lewis Carrol
258. MISÉRIA DA FILOSOFIA
    Karl Marx
259. JÚLIO CÉSAR
    William Shakespeare
260. ANTÔNIO E CLEÓPATRA
    William Shakespeare
261. FILOSOFIA DA ARTE
    Huberto Rohden
262. A ALMA ENCANTADORA
    DAS RUAS
    João do Rio
263. A NORMALISTA
    Adolfo Caminha
264. POLLYANNA
    Eleanor H. Porter
265. AS PUPILAS DO SENHOR REITOR
    Júlio Diniz
266. AS PRIMAVERAS
    Casimiro de Abreu
267. FUNDAMENTOS DO DIREITO
    Léon Duguit
268. DISCURSOS DE METAFÍSICA
    G. W. Leibniz
269. SOCIOLOGIA E FILOSOFIA
    Émile Durkheim
270. CANCIONEIRO
    Fernando Pessoa
271. A DAMA DAS CAMÉLIAS
    Alexandre Dumas (filho)
272. O DIVÓRCIO /
    AS BASES DA FÉ /
    E OUTROS TEXTOS
    Rui Barbosa
273. POLLYANNA MOÇA
    Eleanor H. Porter
274. O 18 BRUMÁRIO DE
    LUÍS BONAPARTE
    Karl Marx
275. TEATRO DE MACHADO DE ASSIS
    Antologia
276. CARTAS PERSAS
    Montesquieu
277. EM COMUNHÃO COM DEUS
    Huberto Rohden
278. RAZÃO E SENSIBILIDADE
    Jane Austen
279. CRÔNICAS SELECIONADAS
    Machado de Assis
280. HISTÓRIAS DA MEIA-NOITE
    Machado de Assis
281. CYRANO DE BERGERAC
    Edmond Rostand
282. O MARAVILHOSO MÁGICO DE OZ
    L. Frank Baum
283. TROCANDO OLHARES
    Florbela Espanca
284. O PENSAMENTO FILOSÓFICO
    DA ANTIGUIDADE
    Huberto Rohden
285. FILOSOFIA CONTEMPORÂNEA
    Huberto Rohden
286. O ESPÍRITO DA FILOSOFIA
    ORIENTAL
    Huberto Rohden
287. A PELE DO LOBO /
    O BADEJO / O DOTE
    Artur Azevedo
288. OS BRUZUNDANGAS
    Lima Barreto
289. A PATA DA GAZELA
    José de Alencar
290. O VALE DO TERROR
    Sir Arthur Conan Doyle
291. O SIGNO DOS QUATRO
    Sir Arthur Conan Doyle
292. AS MÁSCARAS DO DESTINO
    Florbela Espanca
293. A CONFISSÃO DE LÚCIO
    Mário de Sá-Carneiro
294. FALENAS
    Machado de Assis
295. O URAGUAI /
    A DECLAMAÇÃO TRÁGICA
    Basílio da Gama
296. CRISÁLIDAS
    Machado de Assis
297. AMERICANAS
    Machado de Assis
298. A CARTEIRA DE MEU TIO
    Joaquim Manuel de Macedo
299. CATECISMO DA FILOSOFIA
    Huberto Rohden
300. APOLOGIA DE SÓCRATES
    Platão (Edição bilingue)
301. RUMO À CONSCIÊNCIA CÓSMICA
    Huberto Rohden
302. COSMOTERAPIA
    Huberto Rohden
303. BODAS DE SANGUE
    Federico García Lorca
304. DISCURSO DA SERVIDÃO
    VOLUNTÁRIA
    Étienne de La Boétie

305. Categorias
    Aristóteles
306. Manon Lescaut
    Abade Prévost
307. Teogonia /
    Trabalho e Dias
    Hesíodo
308. As Vítimas-Algozes
    Joaquim Manuel de Macedo
309. Persuasão
    Jane Austen
310. Agostinho - Huberto Rohden
311. Roteiro Cósmico
    Huberto Rohden
312. A Queda dum Anjo
    Camilo Castelo Branco
313. O Cristo Cósmico e os
    Essênios - Huberto Rohden
314. Metafísica do Cristianismo
    Huberto Rohden
315. Rei Édipo - Sófocles
316. Livro dos Provérbios
    Salomão
317. Histórias de Horror
    Howard Phillips Lovecraft
318. O Ladrão de Casaca
    Maurice Leblanc
319. Til
    José de Alencar

Série Ouro
(Livros com mais de 400 p.)

1. Leviatã
   Thomas Hobbes
2. A Cidade Antiga
   Fustel de Coulanges
3. Crítica da Razão Pura
   Immanuel Kant
4. Confissões
   Santo Agostinho
5. Os Sertões
   Euclides da Cunha
6. Dicionário Filosófico
   Voltaire
7. A Divina Comédia
   Dante Alighieri
8. Ética Demonstrada à
   Maneira dos Geômetras
   Baruch de Spinoza
9. Do Espírito das Leis
   Montesquieu
10. O Primo Basílio
    Eça de Queirós
11. O Crime do Padre Amaro
    Eça de Queirós
12. Crime e Castigo
    Dostoiévski
13. Fausto
    Goethe
14. O Suicídio
    Émile Durkheim
15. Odisseia
    Homero
16. Paraíso Perdido
    John Milton
17. Drácula
    Bram Stoker
18. Ilíada
    Homero
19. As Aventuras de
    Huckleberry Finn
    Mark Twain
20. Paulo – O 13º Apóstolo
    Ernest Renan
21. Eneida
    Virgílio
22. Pensamentos
    Blaise Pascal
23. A Origem das Espécies
    Charles Darwin
24. Vida de Jesus
    Ernest Renan
25. Moby Dick
    Herman Melville
26. Os Irmãos Karamazovi
    Dostoiévski
27. O Morro dos Ventos
    Uivantes
    Emily Brontë
28. Vinte Mil Léguas
    Submarinas
    Júlio Verne
29. Madame Bovary
    Gustave Flaubert
30. O Vermelho e o Negro
    Stendhal
31. Os Trabalhadores do Mar
    Victor Hugo
32. A Vida dos Doze Césares
    Suetônio
33. O Moço Loiro
    Joaquim Manuel de Macedo
34. O Idiota
    Dostoiévski
35. Paulo de Tarso
    Huberto Rohden
36. O Peregrino
    John Bunyan
37. As Profecias
    Nostradamus
38. Novo Testamento
    Huberto Rohden
39. O Corcunda de Notre Dame
    Victor Hugo
40. Arte de Furtar
    Anônimo do século XVII
41. Germinal
    Émile Zola
42. Folhas de Relva
    Walt Whitman
43. Ben-Hur — Uma História
    dos Tempos de Cristo
    Lew Wallace
44. Os Maias
    Eça de Queirós
45. O Livro da Mitologia
    Thomas Bulfinch
46. Os Três Mosqueteiros
    Alexandre Dumas
47. Poesia de
    Álvaro de Campos
    Fernando Pessoa
48. Jesus Nazareno
    Huberto Rohden
49. Grandes Esperanças
    Charles Dickens
50. A Educação Sentimental
    Gustave Flaubert
51. O Conde de Monte Cristo
    (Volume I)
    Alexandre Dumas
52. O Conde de Monte Cristo
    (Volume II)
    Alexandre Dumas
53. Os Miseráveis (Volume I)
    Victor Hugo
54. Os Miseráveis (Volume II)
    Victor Hugo
55. Dom Quixote de
    La Mancha (Volume I)
    Miguel de Cervantes
56. Dom Quixote de
    La Mancha (Volume II)
    Miguel de Cervantes
57. As Confissões
    Jean-Jacques Rousseau
58. Contos Escolhidos
    Artur Azevedo
59. As Aventuras de Robin Hood
    Howard Pyle
60. Mansfield Park
    Jane Austen